Whiskey und die Geister der Vergangenheit

Whiskey und Lügen

Buch Zwei

Carrie Ann Ryan

Whiskey und die Geister der Vergangenheit

Whiskey und Lügen, Buch 3

von
Carrie Ann Ryan

Whiskey und die Geister der Vergangenheit

Zwei beste Freunde folgen einem gefährlichen und verführerischen Pfad in diesem letzten Teil der beliebten Reihe »Whiskey und Lügen« von NYT Bestsellerautorin Carrie Ann Ryan.

Ainsley Harris hatte schon immer ein Geheimnis vor ihrem besten Freund. Sie war an seiner Seite, hat ihm geholfen, seine Tochter großzuziehen, und sie hat versucht, Distanz von ihm zu wahren, obwohl sie schon seit Jahren in ihn verliebt ist. Sie weiß, dass er selbst ebenfalls Geheimnisse hat, und sie ist nicht bereit, ein Risiko mit ihm einzugehen.

Lochlan Collins versteckt aus gutem Grund sich selbst und seine Vergangenheit vor der Welt. Die Dunkelheit kehrt immer wieder zu denen zurück, die dagegen ankämpfen, und er weiß das besser als die meisten. Ein leidenschaftlicher Abend jedoch zwingt ihn dazu, sich seinen wahren Gefühlen für Ainsley zu stellen – mit allen Konsequenzen.

Doch Lochlans ehemalige Verbündete stehen nicht mehr auf seiner Seite, und nun befinden sich nicht nur sein eigenes Leben und das seiner Tochter in Gefahr, sondern Ainsley steht ebenfalls im Fadenkreuz. Zusammen müssen diese beiden besten Freunde für sich selbst und ihre kleine Stadt kämpfen, denn Whiskey hat noch nie heller gebrannt. Und wie es scheint, schwebt alles in Gefahr.

Jedes Buch dieser Serie ist in sich abgeschlossen und kann unabhängig von den anderen Teilen gelesen werden.

EBENFALLS VON CARRIE ANN RYAN

Montgomery Ink Reihe:
Ink Inspired – Tattoos und Inspiration (Buch 0,5)
Ink Reunited – Wieder vereint (Buch 0,6)
Delicate Ink – Tattoos und Überraschungen (Buch 1)
Forever Ink – Tattoos und für immer (Buch 1,5)
Tempting Boundaries – Tattoos und Grenzen (Buch 2)
Harder than Words – Tattoos und harte Worte (Buch 3)
Written in Ink – Tattoos und Erzählungen (Buch 4)
Hidden Ink – Tattoos und Geheimnisse (Buch 4,5)
Ink Enduring – Tattoos und Leid (Buch 5)
Ink Exposed – Tattoos und Genesung (Buch 6)
Inked Expressions – Tattoos und Zusammenhalt
(Buch 7)
Inked Memories – Tattoos und Erinnerungen (Buch 8)

Montgomery Ink Reihe: Colorado Springs:
Fallen Ink – Tattoos und Leidenschaft (Buch 1)
Restless Ink – Tattoos und Intrigen (Buch 2)

Jagged Ink – Tattoos und Turbulenzen (Buch 3)
(erhältlich ab März 2026)

Die Gallagher-Brüder:
Love Restored – Geheilte Liebe (Buch 1)
Passion Restored – Geheilte Leidenschaft (Buch 2)
Hope Restored – Geheilte Hoffnung (Buch 3)

Whiskey und Lügen:
Whiskey und Geheimnisse (Buch 1)
Whiskey und Enthüllungen (Buch 2)
Whiskey und die Geister der Vergangenheit (Buch 3)

Das Aspen Rudel:
Durch Ehre Geschliffen (Buch 1)
In der Dunkelheit Gejagt (Buch 2)
Im Chaos Gebunden (Buch 3)
Unterschlupf in der Stille (Buch 4)
Von Flammen Gezeichnet (Buch 5)

Kapitel Eins

Lochlan Collins wusste, dass der Abend nicht so bald enden würde, aber das Pochen in seinem Kopf wünschte es sich. Er war die meiste Zeit der Nacht wach gewesen, um sich um Papierkram und seine Tochter zu kümmern. Mistys Albträume hatten ihn dazu gezwungen, früher als sonst aufzuwachen, und dann hatte er sein Fitnessstudio selbst öffnen müssen, da der dafür eingeteilte Mitarbeiter sich für den Morgen krank gemeldet hatte.

Zu behaupten, er sei erschöpft, gereizt und nicht in der Stimmung, sich mit Menschen zu beschäftigen, wäre eine Untertreibung gewesen. Aber obwohl er am liebsten die Kneipe verlassen und sich in sein Bett begeben hätte, um acht Stunden ununterbrochenen Schlaf zu genießen, wusste er, dass er das niemals schaffen würde, nicht, solange seine Mutter ihm über die Schulter Blicke zuwarf, während er lässig zum anderen Ende der Kneipe schlich, wo sich die Tür befand.

Die Frau schien Augen im Hinterkopf zu haben und seit seiner Kindheit wusste sie, was er vorhatte, bevor er überhaupt die Chance hatte, es auch nur zu versuchen. Heute war die Verlobungs- und Babyfeier für seinen Bruder Fox und dessen Verlobte Melody in der Whiskeykneipe und dem Restaurant von Lochlans anderem Bruder Dare. Er wusste, dass es einen bestimmten Namen für die Veranstaltung gab, aber er konnte sich beim besten Willen nicht daran erinnern. Sie hatten diesen Teil der Kneipe nur für die Familie für eine Stunde für die Öffentlichkeit geschlossen, aber bald würde er für den Rest der Stadt und die Touristen geöffnet werden. Jedes Familienmitglied besaß ein Haus, das groß genug für eine Party gewesen wäre, aber Dares Kneipe eignete sich hervorragend, da sie alle hier zusammenkommen konnten, ohne nach ein paar Gläsern Whiskey noch fahren zu müssen.

»Warum sitzt du schmollend in der Ecke, während der Rest der Familie Spaß hat und trinkt?«

Lochlan blickte auf seine beste Freundin hinab und hob eine Braue.

Ainsley verdrehte nur die Augen und stieß ihm den Ellbogen in den Bauch. Er verzog keine Miene, musste sich aber beherrschen, nicht zusammenzuzucken. Er hatte sie im Laufe der Jahre so gut in Selbstverteidigung unterrichtet, dass ihre knochigen Ellbogen echten Schaden anrichten konnten – er wollte sie jedoch nicht wissen lassen, dass er den Stoß gespürt hatte.

»Ich schmolle nicht.« Er verschränkte die Arme vor der Brust, drehte sich aber nicht zu ihr herum, da er nicht wollte, dass seine Familie bemerkte, dass er nicht wirklich bei der Sache war. Normalerweise war er bei Familienzusammenkünften besser, aber heute war einfach nicht sein Tag. Anscheinend hatten sowohl seine Mutter als auch Ainsley das bemerkt.

»Du schmollst. Und zieh nicht schon wieder die Augenbrauen hoch. Du hast das vielleicht für alle anderen perfektioniert, aber ich durchschaue das immer. Mich schüchterst du nicht ein.« Ainsley verschränkte die Arme direkt unter ihren Brüsten und starrte ihn durchdringend an, aber er konnte den Humor in ihren haselnussbraunen Augen sehen.

Sie trug ihr Haar heute Abend offen, und die langen braunen Wellen mit den honigfarbenen Strähnchen flossen über ihre Schultern. Lochlan mochte es immer, wenn sie ihr Haar offen trug, aber sie tat es nicht so oft, wie er es gern gehabt hätte. Ob sie ihr Haar zu einem hohen Pferdeschwanz zusammenband oder wie jetzt offen trug, es betonte immer die scharfen Züge ihres Gesichts. Seine Mutter hatte einmal gesagt, dass Ainsleys Wangenknochen Glas schneiden könnten, und da konnte er ihr nur zustimmen. Er warf einen Blick auf die Lippen seiner besten Freundin und bemerkte, dass sie heute farblosen Lipgloss aufgetragen hatte, was sie oft tat. Sie hatte ihm einmal verraten, dass es ihr nicht gefiel, wie dünn ihre Lippen waren. Als er gesagt hatte, dass sie ihm sehr gut gefielen, hatte sie nur die Augen verdreht und irgendetwas darüber gesagt, dass er eben ein Mann sei und nicht wisse, wie Lippen aussehen müssten. Er hatte ihr nicht geantwortet, aber insgeheim gedacht, er sollte wissen, welche Lippen ihm gefielen, da er ja schließlich derjenige war, der sie ansah.

Nicht dass er Ainsley das sagen würde, denn es war

definitiv tabu, über die Lippen seiner besten Freundin oder irgendeinen anderen Teil ihres Körpers zu sprechen.

So sollte es auch sein.

»Du starrst mich an. Und schmollst immer noch. Bist sogar mürrisch. Was ist heute Abend mit dir los?«

»Nichts ist mit mir los. Geh und nerve Dare oder Fox und lass mich in Ruhe.« Er hatte nicht vorgehabt, sie anzuschnauzen, aber er hatte beschissene Laune und der Gedanke an Ainsleys Lippen hatte sie nicht gerade verbessert.

»Du bist ein Idiot«, flüsterte sie atemlos. »Und ein Arschloch. Also, setz dich in Bewegung und umarme deinen Bruder. Denn er ist verlobt und glücklich, und das darf er auch sein.«

Diesmal wandte Lochlan sich ihr zu und runzelte die Stirn. »Ich bin kein Arschloch.« *Doch, das war er.* »Und ich habe nie gesagt, dass Fox nicht glücklich sein soll.«

»Du verhältst dich aber so, als würdest du das denken. Du sitzt hier in der Ecke, während dein Bruder und seine Frau ein neues Baby feiern und die Tatsache, dass Melody bald zur Familie gehören wird. Dare und Kenzie feiern auch, denn auch sie sind verlobt. Alle sind glücklich und beginnen ein neues Leben. Und du sitzt hier und glotzt.«

Lochlan gefiel es nicht, dass sie ihm eine Standpauke hielt, aber ehrlich gesagt wusste er nicht, warum er überhaupt den ganzen Abend hier sein musste. Dies war nicht die eigentliche Verlobungsfeier, denn die würde später kommen. Es ging nur um ein oder zwei Drinks mit der Familie, während sie über die Planung und andere Dinge sprachen, die nichts mit ihm zu tun hatten.

Normalerweise war er nicht so ungesellig, aber verdammt, er hatte einen langen Tag, eine lange Woche und ein noch längeres Jahr hinter sich, und er wollte nichts als schlafen. Hinzu kam, dass er wusste, dass seine Tochter gerade beim Babysitter war und dann bei seinen Eltern übernachten würde, um Zeit mit den Großeltern zu verbringen. Das Haus würde also leer sein und er könnte in Ruhe schlafen.

Alles, was er wollte, war schlafen, verdammt noch mal.

»Im Augenblick glotze ich nur dich an, Ainsley. Lass mich in Ruhe und schließ dich der Familie an.« Er hatte keine Ahnung, warum ihm die schneidenden Worte so aus dem Mund geflutscht waren, aber sobald er sie gesagt hatte, wusste er, dass er sie nicht mehr zurücknehmen konnte.

Einen Moment lang glaubte er, Schmerz in ihren Augen zu sehen, aber sie blinzelte ihn schnell weg, als sei er nie da gewesen.

»Wie ich schon sagte. Arschloch. Ich verstehe aber nicht, warum ausgerechnet heute Abend, Lochlan? Warum musst du heute Abend ein Arschloch sein? Manchmal verstehe ich dich einfach nicht und in Anbetracht dessen, dass ich deine sogenannte beste Freundin bin, heißt das schon etwas.« Ainsley stürmte davon, doch dann verlangsamte sie ihre Schritte und strich sich das Haar über die Schultern, sodass es ihr über den Rücken fiel. Er konnte ihr Gesicht nicht sehen, aber er nahm an, dass sie für Kenzie, Dares Verlobte, und Melody ein Lächeln aufsetzte.

Beide Frauen warfen Lochlan über Ainsleys Kopf hinweg einen Blick zu und er nahm an, dass das Lächeln seiner besten Freundin nicht gut genug gewesen war, um ihre wahren Gefühle zu verbergen.

Nun, verdammt. Es stellte sich heraus, dass er doch ein Arschloch war. Aber er hatte das ja auch zuvor nicht geleugnet. Zumindest nicht vor sich selbst.

Während seine Eltern sich mit Kenzie, Melody und Ainsley unterhielten, kamen seine Brüder mit Whiskeygläsern in der Hand zu ihm hinüber. Dare hatte auch ein Glas für ihn mitgebracht. Lochlan nahm das Glas nur zu gern von seinem Bruder entgegen und prostete beiden zu, bevor er einen Schluck trank. Den Whiskey, den sein Bruder ausgesucht hatte, stürzte man nicht in einem Zug hinunter, sondern genoss ihn in einzelnen Schlucken. Und gleichgültig, wie sehr Lochlan den Schock jetzt für seinen Körper gebraucht hätte, er ließ sich Zeit.

Die drei Brüder sahen sich ähnlich, und sogar ihre kleine Schwester Tabby, die mit ihrem Mann in Denver lebte, sah ihnen ähnlich. Sie hatten alle dunkles Haar und blaue Augen, Merkmale, die sie von ihrem Vater geerbt hatten. Die feinen Unterschiede in ihren Gesichtern stammten zum größten Teil von der Familie ihrer Mutter. Während Tabby von durchschnittlicher Größe und schlankem Körperbau war, waren die anderen Geschwister alle etwas größer als der Durchschnitt. Lochlan war nicht nur der Größte und Kräftigste von ihnen, was er seiner Karriere als Besitzer eines Fitnessstudios und seinem anderen Job, über den er nicht viel sprach, zu verdanken hatte, sondern er war auch der Älteste der vier.

Und der Einzige, der weder verheiratet noch verlobt war und auch nicht daran dachte, weitere Kinder zu bekommen – nicht dass er sich darüber beschwert hätte.

Er hatte bereits eine perfekte Tochter. Er brauchte nicht noch mehr. Er brauchte auch keine ernsthafte Beziehung oder irgendetwas, das in diese Richtung ging. Er hatte einst geglaubt, eine solche Beziehung mit Mistys Mutter zu haben, aber nachdem das Baby geboren war, hatte Marnie, seine Ex, das Sorgerecht für Misty an ihn überschrieben und war schnurstracks aus der Stadt verschwunden, ohne sich noch einmal umzusehen.

Lochlan hatte sich allein in seiner Heimatstadt Whiskey, Pennsylvania wiedergefunden und versucht herauszufinden, wie er allein ein kleines Mädchen großziehen sollte. Natürlich war er nicht ganz allein gewesen. Seine Eltern waren eingesprungen, ebenso wie Fox und Dare, der nach seinem Ausscheiden aus dem Polizeidienst nach Whiskey zurückgezogen war. Tabby hatte zu diesem Zeitpunkt bereits in Denver gelebt, hatte ihm aber unzählige Listen und Tabellen angefertigt, damit er sich zurechtfand, während er lernte, wie man ein Elternteil ist.

Und dann war da natürlich noch Ainsley.

Sie war sein Ein und Alles gewesen.

Sein Babysitter. Seine Freundin. Seine Beschützerin vor seinen dunkelsten Gedanken. Seine Retterin.

Sie war diejenige gewesen, die bis spät in die Nacht aufgeblieben war und ihn auf Schritt und Tritt begleitet hatte, wenn Mistys Koliken sie stundenlang mit Schmerzen und Weinen wach gehalten hatten. Sie war diejenige, die ihm beim Kochen geholfen hatte, damit er so viel arbeiten konnte, wie er musste. Obwohl sie beide nicht die besten Köche der Welt waren, hatten sie es geschafft. Sie war eingesprungen, als Lochlan nicht in der Lage gewesen war, um Hilfe zu bitten, und sie hatte keine Gegenleistung verlangt.

Ehrlich gesagt war sie für Misty mehr Mutter, als Marnie es je gewesen war, und er würde nie die richtigen Worte finden, um ihr zu sagen, wie dankbar er ihr war – auch wenn er sich selbst jeden Tag ein bisschen mehr dafür hasste, dass er sich so sehr auf sie verließ.

Sie war sein Ein und Alles, und doch … sein Nichts. Nicht mehr, als sie sein durfte.

Als er wieder in die Gegenwart zurückkehrte, bemerkte er, wie seine Brüder ihn neugierig ansahen, und ihm wurde klar, dass er Ainsley angestarrt hatte, anstatt mit ihnen zu reden. Wer wusste schon, wie lange er wie ein Idiot dagestanden und sie angestarrt hatte. Und seine Kopfschmerzen waren in der Zwischenzeit bestimmt nicht besser geworden.

»Willst du weiter so glotzen oder wirst du dich wie ein Collins verhalten und in die Gänge kommen, um zu feiern?« Dare starrte ihn an und Lochlan zeigte seinem Bruder den Mittelfinger.

»Ach, Familienliebe eben«, brummte Fox.

»Manchmal hasse ich euch beide«, sagte Lochlan leise.

»Das wissen wir«, erwiderten beide wie aus einem Mund.

»Was ist eigentlich mit dir los?«, fragte Dare, wobei er sich vorbeugte und die Stimme senkte.

Lochlan schüttelte den Kopf. »Nichts. Ich habe nur nicht genügend Schlaf bekommen und laut Ainsley bin ich ein Arschloch.«

»Nun … da hat sie nicht unrecht«, meinte Fox.

Lochlan zeigte nun auch diesem Bruder seinen Mittelfinger, dann trank er einen weiteren Schluck von seinem Whiskey. Er ließ den rauchigen Geschmack auf seiner Zunge wirken, bevor er schluckte. In Dares Kneipe wurden viele verschiedene Whiskeysorten angeboten, wie in den meisten Kneipen auf der Welt, aber Lochlan bevorzugte Dares. Die Kneipe war im Laufe der Jahre ein paarmal renoviert worden, seit damals, zur Zeit der Prohibition, als sie noch Teil einer kleinen, illegalen Brennerei gewesen war, aber Lochlan fand, dass Dares Gestaltung der historischen Kneipe und des Restaurants mit seiner breiten Palette an köstlichen Spirituosen bei Weitem am besten war.

Nicht dass sein Urteil voreingenommen wäre oder so, wenn es um seine Familie ging.

»Du musst nicht bleiben«, sagte Dare schnell. »Ich meine, du bist hier aufgetaucht, wir haben gegessen und jetzt hast du etwas getrunken. Du kannst nach Hause gehen und einfach allein sein. Es wird niemanden stören.«

»Mom und Ainsley mit Sicherheit.«

»Wenn Mom wüsste, dass du müde bist und Kopfschmerzen hast, würde es sie nicht stören, wenn du gehst.« Als Lochlan ihm einen Blick zuwarf, fügte Fox schnell hinzu: »Ich weiß, dass du welche hast, weil du dir ständig an die Schläfe fasst. Vielleicht ist Trinken im Moment nicht so gut für dich. Whiskey führt nicht immer zu den besten Entscheidungen.«

»Wenn man bedenkt, dass du die Frau heiratest, mit der du zu viel getrunken hast, und dank des besagten Whiskeys ein Baby mit ihr bekommst, hört sich das aus deinem Mund nicht gerade glaubwürdig an. Für dich scheint es ja gut ausgegangen zu sein«, erwiderte Lochlan trocken.

»Da hast du recht.« Fox warf einen Blick über die Schulter und lächelte Melody zu, die das Lächeln erwiderte. Lochlan lernte seine zukünftige Schwägerin gerade erst kennen, aber er mochte sie. Er wusste, dass sie durch die Hölle und zurück gegangen war – ein paarmal –, aber sie war gestärkt daraus hervorgegangen. Fox liebte die Frau, und alles und jeder, der seinen Bruder so zum Lächeln brachte, war für Lochlan perfekt.

Er riss sich aus seinen Gedanken und konzentrierte sich wieder auf seine Brüder. »Ich kann jetzt nicht gehen, ohne Ainsley zu verärgern, und da ich sie in letzter Zeit häufiger verärgert habe als sonst, habe ich nicht vor, es wieder zu tun.«

»Guter Mann.« Dare schnaufte. »Jetzt komm her und iss mit uns den Kuchen auf, und dann geh nach Hause. Du bist müde, wir verstehen das. Überanstrenge dich nicht bei dem Versuch, alles zu bewältigen.«

»Tue ich nicht.« Wieder eine Lüge.

»Doch, das tust du. Wir sind alle so, aber ich bin mir ziemlich sicher, dass du am weitesten gehst.« Fox trank einen Schluck aus seinem Glas und blickte Lochlan in die Augen.

»Da hast du wahrscheinlich recht. Ich hole mir noch etwas Kuchen und dann gehe ich nach Hause. Klingt wie ein Plan.«

Dare drückte Lochlan die Schulter, bevor die drei sich auf den Weg zu den anderen machten. Seine Mutter warf Lochlan tatsächlich einen Blick zu, aber er gesellte sich verstohlen zu Ainsley und nippte an seinem

Whiskey – nur einen, da er bereits Kopfschmerzen hatte – und aß den Kuchen, den Ainsley ihm reichte. Letztendlich hatte er mehr Spaß, als er erwartet hatte, und er war froh, dass seine Brüder ihn überredet hatten. Er liebte seine Familie und verbrachte gern Zeit mit ihr, aber manchmal vergaß er, nicht in seinem Kopf zu leben und sich ständig mit seinen eigenen Problemen zu beschäftigen.

Als sich dann schließlich ihre Wege trennten, seine Geschwister und deren Frauen zu ihren eigenen Häusern gingen und Lochlans Eltern sich auf den Weg machten, um Dares Sohn und Misty zu einer Pyjamaparty abzuholen, war Lochlan bereit fürs Bett.

»Macht es dir etwas aus, wenn ich mit zu dir nach Hause komme?«, fragte Ainsley. »Ich weiß, dass du müde bist, aber ich Idiotin habe vorhin meinen Laptop dort vergessen und ich brauche ihn für morgen früh.«

Lochlan ergriff die Hand seiner besten Freundin und drückte sie. Er hatte sich den ganzen Abend wie ein Idiot verhalten und hasste sich dafür. Ainsley erstarrte und warf ihm einen seltsamen Blick zu, zeigte aber keine weitere Reaktion.

»Ja, natürlich. Soll ich dich später nach Hause fahren? Dein Wagen steht doch bei dir zu Hause, oder?« Sie winkten allen zu, als sie gingen, aber Lochlan behielt ihre Hand in seiner, damit sie wusste, dass es ihm leidtat, sich wie ein Arschloch verhalten zu haben.

»Ich kann gut zu Fuß gehen. Es ist noch nicht so spät und es ist ein angenehmer Abend für einen Spaziergang.« Ainsley entzog ihm ihre Hand nicht, was er als Zeichen deutete, dass sie ihm verzieh. Oder sie hatte vergessen, dass sie seine Hand hielt. Oder vielleicht fror sie auch nur, da in Pennsylvania der Winter gerade erst zu Ende ging.

»Dann lass uns zusehen, dass wir aus der Kälte herauskommen«, sagte Lochlan schnell, während sie den Bürgersteig entlanggingen, vorbei an Touristen und Einwohnern, die zu den verschiedensten Orten entlang der Hauptstraße von Whiskey strebten. Ein großer Teil des Einkommens der Stadt stammte aus dem Tourismus und obwohl es im Moment nicht allzu kalt war, so war es doch Nebensaison.

Es würde Schnee geben, Lochlan konnte es spüren. Sobald es dann zu schneien aufhörte und der Schnee auf den Bäumen um die alten Gebäude und Sehenswürdigkeiten liegen bliebe, kämen die Leute wieder in Scharen, um Fotos zu machen und Schnickschnack zu kaufen. Einige würden länger bleiben, um im Haus seines Bruders zu speisen oder sogar ein Zimmer in dem Familiengasthaus zu mieten, das Kenzie betrieb. Andere würden an einem Tanzkurs in Melodys Studio teilnehmen oder in Lochlans Fitnessstudio trainieren. Sie würden die Zeitung mit Fox' Storys lesen und sich über die Geschehnisse in der Welt unterhalten, während sie durch die Straßen von Whiskey schlenderten. Diejenigen, die hier wohnten, schickten ihre Kinder in Ainsleys Schule. Sie alle waren auf irgendeine Weise mit der Stadt verbunden. Sogar noch, wenn sie versuchten wegzugehen, blieb Whiskey ein Teil von ihnen.

»Wie läuft es in der Schule?« Er zog Ainsley an sich, als jemand sie anrempelte, und sie lehnte sich an ihn, während sie sich auf den Weg zu seinem Haus machten.

»Ermüdend, aber es lohnt sich. Ich liebe meine Kinder dieses Jahr, auch wenn ich schwören könnte, dass die Noten schlechter sind als je zuvor. Ich freue mich schon auf die Frühlingsferien, obwohl die Winterferien gerade erst ein paar Wochen her sind.«

Er lächelte auf sie hinab. »Das ging mir als Schüler auch so. Aber ich habe nie wirklich darüber nachgedacht, wie die Lehrer sich fühlen.«

Sie verdrehte die Augen und grinste zu ihm hoch. Er schluckte heftig und fragte sich, warum er heute Abend immerzu an ihre Lippen denken musste.

»Niemand tut das jemals. Und hier sind wir nun. Es ist kühler, als ich dachte.«

Er zog sie an sich, als sie auf den Eingang seines Hauses zugingen. »Ich hätte dir meinen Mantel geben sollen.«

Sie zuckte mit den Schultern, als sie sich von ihm löste, damit er die Haustür aufschließen konnte. »Ich habe doch meinen eigenen an. So kalt ist mir nicht, Lochlan. Der Winter ist zwar noch nicht vorbei, aber im Moment ist es nicht so schlimm.«

»Hüte deine Zunge, Frau. Fordere Mutter Natur nicht heraus. Also, wo ist dein Laptop?«

»Ich habe ihn. Danke, Lochlan. Ich muss noch ein paar Dinge erledigen, wenn ich morgen meine Verabredung wahrnehmen will.«

Lochlan erstarrte. Sicher hatte er sie falsch verstanden.

»Verabredung?«

Ainsley drehte sich herum und warf ihm einen vernichtenden Blick zu. »Ja. Eine Verabredung. Ich habe noch nicht zugesagt, aber ein Freund hat mich eingeladen und ich habe ihm versprochen, ihm heute

Abend Bescheid zu geben, ob ich Zeit habe. Hast du ein Problem damit, Lochlan?«

Er schob die Hände in die Taschen und fragte sich, wie er es geschafft hatte, wieder alles zu vermasseln. »Ich wusste nicht, dass du dich mit jemandem triffst.«

»Du hast nie gefragt. Ich gehe aus, Lochlan.«

»Nicht oft.« Er zuckte zusammen, als sie ihm auf die Schulter schlug. »Ich habe es nicht so gemeint.«

»Du bist ein Idiot. Das habe ich dir heute Abend schon einmal gesagt, aber ich dachte mir, ich sollte es wiederholen. Ich verabrede mich nicht oft, weil ich keine Zeit habe und nicht weil ich nicht begehrenswert bin.«

Er riss die Augenbrauen in die Höhe. »Wow, das habe ich nicht gesagt. Ich habe so etwas nicht einmal gedacht. Also, wer ist dieser Kerl? Und warum höre ich erst jetzt von ihm?«

»Jetzt machst du aber Witze. Im Ernst? Ist das wichtig? Ich erzähle dir nicht alles, Lochlan. Und tu nicht so überrascht, dass sich tatsächlich jemand mit mir verabreden will. Wenn du mich wirklich sehen würdest, wärst du vielleicht nicht so überrascht.«

»Ich sehe dich.« Er flüsterte die Worte, aber er war sich nicht sicher, ob sie ihn gehört hatte.

»Wenn du mich nicht nur als deine Freundin sehen würdest, als jemanden, der nicht nur immer für dich da ist, würdest du vielleicht tatsächlich sehen, dass ich es wert bin, mich mit mir zu verabreden. Ich habe bemerkt, wie du mich ansiehst, wenn ich in der Nähe anderer Männer bin. Wie an jenem Abend, als du dachtest, ich wäre mit Fox zusammen. Und trotzdem tust du nichts dagegen. Du stehst da und verhältst dich, als seist du überrascht, dass ich eine Verabredung habe, aber du schaust mich nicht einmal an. Du nimmst mich nicht wahr.«

Lochlan knurrte leise, bevor er einen Schritt näher an sie herantrat. »Ich sehe dich, Ainsley. Das ist das verdammte Problem.«

Dann nahm er ihren Mund mit seinem und wusste sogleich, dass er einen Fehler beging.

Aber sie wich nicht zurück.

Und er auch nicht.

Kapitel Zwei

Lochlan wusste, dass er sich von Ainsley zurückziehen sollte, aber schon beim ersten, süßen Geschmack von Whiskey und Frau wusste er, dass er süchtig war.

Er hatte Ainsley noch nie geküsst.

Sich nie erlaubt, ihr so nahe zu kommen.

Sich nie erlaubt, auch nur daran zu denken.

Und jetzt konnte er an nichts anderes mehr denken, denn er hielt sie in seinen Armen und sein Mund war auf ihrem. Er wusste, er sollte sich zurückziehen und vergessen, dass dies jemals geschehen war.

Aber er konnte es nicht.

Ainsley zog sich zuerst zurück. Er trat zwei Schritte nach hinten, seine Brust hob und senkte sich schwer. Er konnte sie immer noch auf seiner Zunge schmecken und sehnte sich immer noch nach ihr.

»Was … was war das?« Ihre Worte klangen ein wenig bissig und er wusste, dass er es verdient hätte, wenn sie ihn in den Magen getreten hätte – oder Schlimmeres.

»Du hast gesagt, ich sehe dich nicht«, stieß er hervor. »Ich sehe dich nur zu gut, Ainsley. Und wie gesagt, das ist das Problem.«

Er wiederholte die Worte, aber er wusste immer noch nicht, was sie bedeuteten. Nicht wirklich. Er musste herausfinden, was zum Teufel in seinem Kopf vor sich ging. Aber es war, als sei etwas über ihn gekommen. Er war nicht in der Lage gewesen, den Wunsch zu unterdrücken, die Gedanken auszuleben, die schon länger in seinem Hinterkopf lauerten, als er zugeben wollte.

Ainsleys Brust hob und senkte sich, während sie ihn anstarrte, und er konnte nicht umhin, die harten Spitzen ihrer Brustwarzen zu bemerken, die sich gegen ihr T-Shirt drückten. Er hatte bis jetzt sein Bestes getan, um nicht hinzusehen. Er hatte sich bemüht, nicht zuzulassen, dass der Teil von ihr, der *Frau* war, in seinen Gedanken auftauchte, aus Angst, alles zu zerstören.

Ainsley war sein … Ein und Alles. Verdammt noch mal. Seine beste Freundin. Seine Vertraute. Ein Teil seiner Seele.

Mehr durfte sie nicht sein.

Nicht wenn er für etwas, das niemals funktionieren konnte, alles vermasselte und alles zerstörte, was auch immer sie jetzt haben mochten.

Er war nicht der Typ, den Frauen für lange Zeit liebten. Sie verließen ihn, wenn sie ihn leid wurden. Sein Job, seine *Vergangenheit* waren zu hart für sie. Sie waren bei ihm nicht sicher.

Ainsley, seine Ainsley, würde nicht sicher sein.

Sie schüttelte den Kopf dann machte sie einen Schritt auf ihn zu.

Er wich nicht zurück.

»Du kannst nicht einfach … du kannst nicht einfach alles verändern.« Sie stand jetzt direkt vor ihm, so nahe, dass er ihre Wärme auf seiner Haut spüren konnte. Da war etwas in ihrem Gesichtsausdruck, das er nicht deuten konnte, und das beunruhigte ihn, weil er immer in ihrem Gesicht lesen konnte.

Zumindest glaubte er das.

Vielleicht hatte er sich die ganze Zeit geirrt.

Vielleicht irrte er sich jetzt.

Lochlan wusste nicht, was er sagen sollte, aber als sie ihm eine Hand auf die Brust legte, wusste er, heute Abend würde er einen zweiten Fehler begehen.

Er schlug alle Vorsicht in den Wind, neigte den Kopf und nahm ihren Mund, um sich in ihr zu verlieren.

Sie zog sich nicht zurück, wich keinen Schritt zurück. Stattdessen legte sie auch noch die andere Hand auf seine Brust und grub die Fingernägel in sein T-Shirt. Der Kuss war grob, leidenschaftlich, ganz Zungen und Zähne.

Irgendwie schob er sie rückwärts zur Couch, denn er brauchte mehr von ihr. Sie glitt mit den Händen über seinen Rücken und unter sein T-Shirt, sodass sie ihn mit ihrer Haut berührte.

»Mehr«, keuchte sie und er stöhnte.

»Kein Problem.«

Blitzschnell waren seine Hände auf ihrem Hintern. Er hob sie hoch und setzte sie mit gespreizten Beinen auf den Rand der Couch. Sein Körper schmiegte sich perfekt zwischen ihre Schenkel. Er wollte sie ohne Hose sehen, ihre Kleider auf einem Haufen neben ihnen. Er wollte in ihr sein, wollte sie berühren, wollte sie kennenlernen.

Sie biss ihn ins Kinn und er bewegte seinen Kopf so, dass er ihren Mund in Besitz nehmen konnte, während er die Hände über ihren Körper wandern ließ. Sie schlang ihm die Beine um die Taille und wölbte sich ihm entgegen, als er vorsichtig in ihren Hals biss.

»Lochlan.«

Er hörte seinen Namen gern aus ihrem Mund. Wollte mehr davon. Als er am Saum ihres T-Shirts zerrte, hob sie die Arme über den Kopf, sodass er es darüber ziehen konnte. Dann starrte er auf ihre in dem BH gefangenen Brüste und das Wasser lief ihm im Mund zusammen, als er endlich erblickte, was er sich verboten hatte, jemals zu betrachten.

Er umfasste eine ihrer vollen Brüste mit der Hand und strich mit dem Daumen zärtlich über den Spitzenstoff, der ihre Brustwarze bedeckte. Ihre Blicke trafen sich. Er sagte nichts, war sich nicht einmal sicher, ob er etwas hätte sagen können. Und da auch sie schwieg, nahm Lochlan an, dass sie beide dasselbe dachten.

Ein einziges Wort hätte diesen Augenblick zerstören können.

Ein einziges Wort hätte sie beide daran erinnern können, dass dies eine verdammt schlechte Idee war.

Also sagte er nichts.

Und sie auch nicht.

Er beugte sich hinunter, küsste sie zwischen die Brüste und saugte durch den BH hindurch an ihren Nippeln, bevor er um sie herum langte, um den Verschluss zu öffnen. Ihre Brüste fielen schwer in seine Hände. Er bedeckte sie mit Küssen, leckte sie und schenkte ihnen all seine Aufmerksamkeit. Sie stöhnte und fuhr ihm mit der Hand durchs Haar, was ihn daran erinnerte, dass er sich die Haare schneiden lassen musste.

Der Gedanke wurde jäh unterbrochen, als sie mit den Fingernägeln über seinen Rücken fuhr und ihn daran erinnerte, wo er sich befand und was genau er gerade tat. Er brauchte mehr von ihr, brauchte sie ganz. Er verschob ihre Position, sodass sie mit den Füßen den Boden erreichte und er ihr die Hose ausziehen konnte. Sie half ihm und fummelte gleichzeitig an seinem T-Shirt und seinem Gürtel herum. Bald standen sie einander nackt gegenüber. Jahre ihrer gemeinsamen Geschichte und was sie füreinander waren stand pulsierend zwischen ihnen, obwohl sie es zu ignorieren versuchten.

Dann waren sie auf der Couch, ihre Beine gespreizt und er über ihr, den Unterleib fest auf ihren gepresst. Er küsste sie wieder. Er bewegte sich nicht, stieß nicht in sie hinein, denn er wollte den Moment genießen.

Aber Ainsley schien offensichtlich nicht bereit, ihn langsam vorgehen zu lassen.

Sie fuhr mit dem Fuß über seine Kniekehle und presste ihn enger an sich. Er löste sich etwas von ihr, denn ihm war bewusst, dass sie ein Kondom brauchten, bevor sie irgendetwas taten. Er glitt an ihrem Körper hinunter und hinterließ auf seinem Weg Küsse und die feuchten Spuren seiner Zunge.

Als er den Kopf schließlich zwischen ihren Beinen hatte, stöhnte er, dann spreizte er sie mit den Fingern, sodass er sie dort unten genau betrachten konnte. Er blickte zu ihr hoch und sie erwiderte den Blick mit verschleierten Augen. Sie leckte sich die Lippen.

»Ich habe ein Kondom in meiner Handtasche.«

Er wollte nicht über den Grund dafür nachdenken, also nickte er ihr kurz zu, dann senkte er den Kopf und vergrub sich in ihrer Muschi. Sie drückte den Rücken durch, als er an ihrer Klitoris saugte, über den Schlitz leckte und sie mit den Fingern reizte. Sie erbebte unter ihm, unter seiner Behandlung, und als sie an seinem Gesicht kam, hörte er nicht auf, ihre Muschi zu lecken, denn er wollte sie noch einmal in den siebenten Himmel schicken, bevor er sie nehmen wollte.

Hart.

Als sie zum zweiten Mal kam, brannte sich ihre Süße auf seiner Zunge ein. Als er sich erhob, pochte sein Schwanz gegen seinen Magen. Er ging zu ihrer Handtasche und wühlte darin herum, bis er in einer Tasche ein einziges Kondom fand. Er drehte sich wieder zu ihr herum, öffnete die Verpackung und rollte das Kondom über seinen Schaft, während er ihr in die Augen blickte.

Sie schluckte schwer. Ihre Brust hob sich, als sie die Luft einsog. Lochlan konnte nicht umhin zu beobachten, wie ihre Brüste mit den rosafarbenen Spitzen sich dabei hoben und senkten. Ihm lief das Wasser im Mund zusammen. Er wollte nichts mehr, außer sie auszufüllen, mit ihr zusammen zu sein und sie zu der Seinen zu machen.

Und weil Lochlan wusste, dass er alles nur noch mehr vermasseln würde, wenn er unvorsichtig wäre und ihr in die Augen blickte, wenn er in ihr wäre, ging er zu ihr, umfasste ihre Hüften und drehte sie auf den Bauch. Sie keuchte, umklammerte den Rand der Couch und warf ihm über die Schulter einen Blick zu.

Er hatte gewusst, wie schön sie war, und hatte sich

die ganze Zeit, die er sie kannte, bemüht, diese Tatsache zu ignorieren. Aber in diesem Augenblick wusste er, dass er diesen Moment – ihre Augen dunkel vor Lust, ihre Lippen geschwollen von seinen Küssen, ihr Körper, der sich ihm bereitwillig entgegenwölbte – solange er lebte, nie vergessen würde.

Und dann war er auf ihr, umklammerte ihre Hüften und glitt in sie hinein.

Wonne.

Die pure, reinste Wonne.

Sie war seine Droge, sein Leid, sein … Alles.

Er stieß noch tiefer in sie hinein. Sie keuchten beide, während er versuchte, nicht daran zu denken, was die Gedanken bedeuteten, die gerade in seinem Kopf aufgeblitzt waren.

Ainsley warf den Kopf in den Nacken. Er glitt in sie hinein und wieder hinaus, langsam zuerst, denn sie war so verdammt eng und heiß und er wollte ihr nicht wehtun. Dann schneller. Bald schon hämmerte er in sie hinein. Sie kam ihm mit ihrem üppigen Hintern bei jedem Stoß entgegen. Er ließ eine Hand um sie herumgleiten und fuhr mit einem Finger über ihre geschwollene Klitoris, die unter ihrer Haube hervorlugte.

Und dann kam sie wieder. Ihre inneren Wände pressten seinen Schwanz zusammen und er konnte sich nicht mehr zurückhalten. Wie besinnungslos stieß er in sie hinein. Der Schweiß lief ihm die Wirbelsäule hinab, als er sie nahm, sie als die Seine brandmarkte. Und als er kam, schrie er ihren Namen, die eine Hand auf ihrer Brust, die andere auf ihrer Hüfte, wo sie wahrscheinlich blaue Flecke hinterließ.

Lochlan legte sich neben Ainsley und versuchte, zu

Atem zu kommen. Er fragte sich, was sie als Nächstes tun würden. Die Tatsache, dass er mit Ainsley geschlafen hatte, ohne über die Folgen seiner Handlungen, ihrer beider Handlungen, nachzudenken, sagte ihm, dass er genau das Arschloch war, als das sie ihn früher am Abend bezeichnet hatte.

»Ich muss gehen«, stieß Ainsley plötzlich hervor und zog sich hastig ihre Kleider an, während sie praktisch vor ihm flüchtete.

»Ainsley.« Er hasste es zu reden, hasste es, seine Gefühle und Gedanken zu äußern, aber er konnte das Beste in seinem Leben – abgesehen von seiner Tochter – nicht einfach so gehen lassen, als hätte sie etwas Falsches getan.

Denn wenn schon irgendjemand irgendetwas falsch gemacht hatte, dann war er es.

Wie immer.

»Nicht. Ich muss nach Haus gehen und arbeiten … und … verdammt noch mal, Lochlan. Ich muss nachdenken.« Sie drehte sich zu ihm herum, nur mit Hose und BH bekleidet, und starrte ihn an. »Lass mich nachdenken, denn ich habe keine Ahnung, was gerade geschehen ist.«

Da erhob er sich, wickelte das Kondom in ein Papiertuch und stieg in seine Jeans. »Ich weiß es auch nicht.«

»Und Worte wie diese sind auch nicht gerade hilfreich, also werde ich gehen und etwas schlafen. Und morgen früh werden wir vielleicht herausfinden, was zur Hölle gerade geschehen ist. Denn wir haben das noch niemals getan und so wie du mich ansiehst, weiß ich nicht, ob du es bereits bereust oder nicht.«

Er sagte nichts. Ihm fehlten die Worte. Ainsleys Gesicht fiel in sich zusammen.

»Aha. Ich sehe schon.«

»Ainsley.« Sie sah nichts. Er sah selbst nichts, also wie hätte sie es können?

»Nein. Sag nichts. Ich kann mich jetzt nicht damit auseinandersetzen und offen gesagt glaube ich, dass wir beide das jetzt auch nicht tun sollten.« Sie blickte wieder auf, als sie vollständig bekleidet war. Er konnte den Schmerz in ihren Augen sehen und hatte keine Ahnung, wie er ihn vertreiben sollte.

Er reparierte immer alles.

Aber er wusste nicht, wie er das reparieren sollte, was sie füreinander waren.

Ainsley sagte kein Wort mehr und weil er sich ebenso verloren fühlte wie sie offenbar auch, ließ er sie zur Tür hinausgehen, ohne sie aufzuhalten. Er hatte sie nicht küssen wollen, hatte sie nicht berühren wollen, hatte nicht erleben wollen, wie sie sich unter ihm anfühlte.

Und doch hatte er es getan. Und jetzt mussten sie sich beide fragen, wie es weitergehen sollte.

Er konnte sie immer noch auf seiner Zunge schmecken und wollte es nicht mit Whiskey oder Bier hinunterspülen. Stattdessen kleidete er sich zu Ende an, schnappte sich seine Sportsachen und machte sich auf den Weg zu seinem Fitnessstudio. Er würde sich die Gefühle abtrainieren, die mit einer Geschwindigkeit von gefühlten tausend Stundenkilometern in ihm herumrasten.

Er hatte sich niemals erlaubt, an Ainsley anders zu denken als an eine beste Freundin. Er ging keine Beziehungen ein. Denn er vermasselte sie und stieß die Menschen von sich. In seinem alten Job hatte er das tun müssen – sowohl zu ihrer als auch zu seiner eigenen Sicherheit.

Lochlan brauchte Ainsley in seinem Leben, und zwar schon seit Jahren. Weil sie sein Fels war, sein Anker. Er wusste, es war keinem von ihnen beiden gegenüber fair, nur so an sie zu denken. Außerdem, was hatte er ihr zu geben?

Nichts.

Ganz zu schweigen davon, dass er Ainsleys Beziehung zu seiner Tochter zerstören konnte, wenn er die Geschichte mit Ainsley weiter vorantrieb. Also würde er den Vorfall ignorieren. Sich so verhalten, als sei alles in Ordnung, und dann könnten sie einfach so weitermachen.

Es war ein Fehler gewesen.

Es durfte nicht wieder geschehen.

Er würde seine Gefühle in Bezug auf ihren Abend tief in sich begraben und verzweifelt hoffen, dass Ainsley ihn am kommenden Morgen nicht hassen würde.

Er hasste sich selbst schon genug.

Lochlan schob die Hände in die Taschen, als die Temperatur bei Sonnenuntergang sank, und ging die paar Häuserblocks zu seinem Fitnessstudio zu Fuß. Er hätte fahren können, aber er musste gehen und sich von der kalten Luft den Kopf klären lassen. Er konnte Ainsley nicht aus dem Sinn bekommen. Immer war sie dort gewesen, aber nicht so.

Verdammt.

Sobald er um die Ecke gebogen war, wusste er, dass

etwas nicht stimmte. Lichter von zwei Polizeiautos blinkten ihm entgegen und er konnte erkennen, wo sie parkten.

Genau vor seinem Studio.

Mit rasendem Puls joggte er zu ihnen. Sie hatten eine Barrikade aufgestellt und er konnte nicht hindurch. Aber er konnte gut genug hören, um zu wissen, dass etwas falsch gelaufen war.

Tödlich falsch.

»Wir haben die Leiche hinter dem Gebäude gefunden«, flüsterte ein Beamter dem anderen zu. »Wir rufen besser die Kripo. Ich weiß nicht, ob wir das allein hinkriegen. Noch niemals hat es in Whiskey einen Mord gegeben.«

Leiche.

Mord.

Und alles in der Nähe von Lochlans verdammtem Studio.

Er wusste alles über Leichen. Hatte in seinem Leben schon mehr gesehen, als er zählen konnte. Aber er hatte das Gefühl, diese hier würde ihn nicht ungeschoren davonkommen lassen. Es hatte ihn bereits erwischt. Buchstäblich. Er bekam eine Gänsehaut und betete zu Gott, dass es niemand war, den er kannte.

Hastig sandte er eine SMS an die Gruppe seiner Familie, um zu erfahren, ob es allen gut ging. Wie dankbar war er, als alle mit einem *Gute Nacht* antworteten! Er hatte weder den Grund erwähnt, warum er sich meldete, noch schickte er Ainsley eine SMS, da er sie gerade erst gesehen hatte. Er schluckte schwer, denn er wusste, dies war erst der Anfang.

Es hatte einen Mord in Whiskey gegeben und in Anbetracht der Miene des Beamten hatte er das Gefühl, er würde im Mittelpunkt der Geschichte stehen.

Wieder einmal.

Kapitel Drei

Ainsley Harris wünschte sich nichts sehnlicher als einen starken Drink und ein Nickerchen, aber sie wusste, dass sie das auch nach diesem langen Unterrichtstag nicht so bald bekommen würde. Die ganze Schule war in Aufruhr gewesen wegen der Leiche und des möglichen Mordes in Whiskey am Abend zuvor, und es hatte sie all ihre Energie und Geduld gekostet, die Aufmerksamkeit ihrer Schüler von ihren Handys auf chemische Verbindungen zu lenken.

Mit den Lehrern war es in den Pausen noch schlimmer gewesen, denn viele fragten sich, wer ermordet worden war, und versuchten zu erraten, wer vermisst wurde. Die Behörden und die Nachrichtensender hielten sich bedeckt, aber Ainsley wusste, dass sich das jeden Moment ändern konnte. Morde in kleinen, touristisch geprägten Städten neigten dazu, ein großes Chaos auszulösen.

Ainsley empfand Schmerz für denjenigen, den es

getroffen hatte, was auch immer geschehen sein mochte, aber ein kleiner Teil von ihr war erleichtert, dass es keiner ihrer Freunde war. Das wusste sie nur, weil sie jedem von ihnen am Abend zuvor, nachdem sie es gehört hatte, oder heute Morgen vor der Arbeit entweder eine SMS geschickt oder mit demjenigen gesprochen hatte, und alle hatten sich zurückgemeldet.

Sogar Lochlan.

Sie presste die Lippen aufeinander und verdrängte die Gedanken an ihn.

Die Schüler waren entweder bereits zu Hause oder auf dem Weg dorthin und die Türen des Gebäudes würden in fünf Minuten verschlossen werden, also blieben ihr nur zwei bis drei Minuten, um ihre restlichen Sachen zusammenzupacken und zu ihrem Wagen zu gehen, bevor die nächste Phase ihres Tages beginnen würde: die Arbeit außerhalb des Klassenzimmers an der Zensurenvergabe und den Unterrichtsplänen. Ihre Schule mochte es nicht, wenn Lehrer das auf dem Schulgelände taten, also mussten sie das zu Hause erledigen. Ainsley hatte das immer seltsam gefunden, denn allein wegen der Verwaltung türmte die Arbeit sich so auf. Aber anscheinend hielt die Schule nichts davon, nach der sogenannten Arbeitszeit noch für den Strom aufkommen zu müssen.

Ainsley machte es allerdings nichts aus, zu Hause zu arbeiten. Oder in Lochlans Haus, wo sie auch den Großteil ihrer Zensurenvergabe erledigte.

Sie hielt beim Packen inne. Ihre Kehle wurde trocken und sie presste bei dem Gedanken an Lochlan die Schenkel zusammen.

Nein, sie wollte nicht daran denken.

An ihn.

Nicht an ihn denken.

Oder daran.

Wo war sie stehen geblieben?

Oh, richtig, sie hatte an die Notenvergabe gedacht. Das war schön und sicher und nahm den Großteil ihrer Energie in Anspruch, aber wie ihre Mutter immer gesagt hatte, sie war Ainsley Harris und hatte eine Menge Energie zu verbrennen. Sie arbeitete sich zu Tode und manchmal schaffte sie es sogar, sich die Wochenenden freizunehmen, um Zeit mit ihren Freundinnen zu verbringen. Sie belegte Kochkurse, weil ihre Fähigkeit zu kochen miserabel war – zumindest früher –, nahm mit ihrer neuen Freundin Melody an einem Tanzkurs im neuen Tanzstudio der Stadt teil und manchmal ging sie sogar mit netten, strahlend lächelnden Jungs aus, die ihr überhaupt nichts bedeuteten.

Und in den meisten Fällen taten sie wirklich nichts *für* sie oder *mit* ihr und sie bedeuteten ihr nichts, weil sie in ihren besten Freund verliebt war.

Sie bediente das Klischee aller Klischees und war sich ziemlich sicher, dass jeder einzelne Mensch in ihrem Leben das wusste, außer der Mann selbst.

Aber weil sie ein großes Mädchen war, tat sie ihr Bestes, um das niemals zu einem Problem werden zu lassen. Es durfte nicht sein. Sie konzentrierte sich auf die Arbeit und auf ihre Freundinnen, die ihr als einzige Familie geblieben waren – zumindest kam es ihr an den meisten Tagen so vor, obwohl sie ihre Mutter immer noch in ihrem Leben hatte, auch wenn sie sich aufgrund ihrer eigenen Probleme und ihres Kummers etwas von ihr distanziert hatte. An manchen Tagen vermisste sie ihre Schwester so sehr, dass ihr das Atmen wehtat, und doch machte sie weiter. Aber diesem Gedanken würde sie jetzt nicht weiter folgen. Und manchmal konzentrierte sie sich sogar auf ihr trauriges kleines Liebesleben.

Wie zum Beispiel der Abend mit dem süßen Mann, den sie ausgelassen hatte. Sie hatte ihn am Abend nach dem *Zwischenfall* angerufen und die Verabredung an diesem Abend so höflich wie möglich abgesagt. Schließlich konnte sie ihm nicht bei *Marsha Brown's* bei einem köstlichen Gumbo gegenübersitzen und so tun, als hätte sie nicht ihre Hand in der Hose ihres besten Freundes gehabt, oder ihren Mund auf seinem, oder seinen Schwanz in ihr, als er sie am Abend zuvor nicht nur einmal, sondern viele Male zum Kommen gebracht hatte.

Ja, das würde nicht geschehen. Und da sie im Moment immer noch wie erstarrt an ihrem Schreibtisch saß und über den besagten Schwanz und all seine magischen Schwanzkräfte nachdachte, schaltete sie diese Gedanken so schnell ab, wie sie Lochlan am Abend zuvor das Wort abgeschnitten hatte, als er unbedingt mit ihr hatte reden wollte, nachdem was auch immer geschehen war. Stattdessen packte sie die letzten ihrer Sachen.

Sie eilte den leeren Flur entlang und war dankbar, dass sich keiner ihrer Schüler dort aufhielt, um Zeuge ihrer Hast zu werden, da sie gerade an diesem Tag einige von ihnen streng ermahnt hatte, nicht wie Verrückte über die Flure zu rennen. Dank der unzähligen Gedanken, die sie nicht haben sollte, war sie spät dran, und es wartete jemand auf sie, der viel wichtiger war als sie oder Lochlan.

Der Mensch, der ihnen beiden alles bedeutete und dessen Existenz erforderte, dass der Vorfall vom Vorabend sich weder je wiederholen noch darüber geredet werden durfte.

Denn wenn Ainsley darüber reden müsste, dass sie einen schrecklichen Fehler begangen und dem Verlangen nachgegeben hatte, das sie so lange verborgen gehalten hatte, würde sie zerbrechen. Und sie war in ihrem Leben schon an genügend Schicksalsschlägen zerbrochen, vielen Dank auch.

Sie wollte nicht an Lochlan Collins zerbrechen.

Sie würde ihr Verlangen und die Erinnerung einfach tief in sich vergraben und beides ignorieren, bis die Wunde eitern würde. Dann würde sie einfach alles wieder hinunterschlucken. Das war das einzig Richtige, wenn es um ein vierjähriges Mädchen ging, das Ainsley alles bedeutete – wenn es auch nicht gerade die gesündeste und reifste Vorgehensweise war.

Ainsley stieg in ihren Wagen. Es fröstelte sie ein wenig von dem Wind, der aus dem Nichts zu kommen schien, aber da sie sich in Whiskey, Pennsylvania aufhielt, war er wahrscheinlich schon den ganzen Tag da gewesen. Dann machte sie sich auf den Weg zu Lochlans Haus, um seine Mutter bei der Aufsicht von Misty abzulösen.

Ainsley bog um die Ecke und ein Lächeln umspielte ihre Lippen, als sie an das kleine Mädchen dachte, das ihr Leben erhellte. Als Lochlan und Marnie miteinander ausgegangen waren, hatte Ainsley sich nicht viel dabei gedacht, denn Lochlan war ziemlich verschwiegen, was sein Privatleben anging – sie hatte es nie als *Liebesleben* bezeichnet, weil Ainsley Grenzen hatte und sich um ihre geistige Gesundheit kümmern musste –, und außerdem schien der Mann es mit der anderen Frau nicht wirklich ernst gemeint zu haben. Er hatte wegen seines Jobs in der alten Firma, über die sie nicht viel wusste, oft reisen müssen, aber wenn er in der Stadt gewesen war, dann immer nur für kurze Zeit, in der er mit Ainsley genauso viel Zeit zu verbringen schien wie mit Marnie.

Es hatte keine Rolle gespielt, dass Ainsley Gefühle für ihn hegte. Wirklich nicht. Denn diese Gefühle durften niemals die Tatsache beeinträchtigen, dass Lochlan ihr bester Freund war. Sie vertraute ihm alles an.

Fast alles, korrigierte sie sich.

Sie vertraute ihm nicht ihr Herz an, aber das war etwas, das sich nie ändern würde, also bemühte sie sich, überhaupt nicht daran zu denken.

Wieder einmal erinnerte sie sich daran, dass sie nicht an ihn denken durfte. Schon vergessen?

»Leichter gesagt als getan«, murmelte sie vor sich hin, als sie in die Hauptstraße einbog.

In der Stadt war gerade Winter-Hochsaison für Touristen und da einige Straßen wegen eines bevorstehenden Festes und einer Parade abgesperrt waren, musste sie die Hauptstraße durch die Stadt nehmen. Nicht dass die Hochsaison im Winter besonders betriebsam gewesen wäre, denn eigentlich war es trotz allem Nebensaison und es gab weniger Touristen und Fahrzeuge als zu jeder anderen Zeit des Jahres. Sie fuhr an Dares Kneipe und Gasthaus vorbei, dann an der Straße, in der Fox' Zeitung lag. Vorbei an Lochlans

Fitnessstudio und Melodys Tanzstudio. Da war die Eisdiele, die sie liebte und die sogar im Februar Hochkonjunktur hatte. Und die anderen Restaurants und Kunstgalerien, die Tattoostudios und Andenkenläden.

Ainsley fuhr an der alten Kirche vorbei, an der Brücke, die über den Wasserfall führte, und an der riesigen roten Scheune, in der die kleine Theatergruppe untergebracht war.

Die Menschen hasteten von einem Ort zum anderen, obwohl es nicht so viele waren, wie es hätten sein können, da die meisten noch arbeiteten und es kalt war. Aber ehrlich gesagt war Ainsley froh, Menschen zu sehen.

Die Nachricht, dass in Whiskey jemand getötet worden war, hatte sich herumgesprochen, und sie hatte befürchtet, dass die Leute zu viel Angst haben würden, um in die Stadt zu kommen.

Sie wusste nicht, was in den nächsten Tagen oder Wochen geschehen würde, falls der Täter nicht gefasst würde – falls es sich um einen Mord handelte – oder falls und wenn herauskäme, dass es sich nur um einen Unfall handelte. Whiskey lebte vom Tourismus, und sie wusste, dass die Bürger der Stadt sich Gedanken darüber machten, während sie sich gleichzeitig um die arme Seele sorgten, die ihr Leben verloren hatte – und auch um die Tatsache, dass noch immer ein Mörder da draußen herumlaufen könnte.

Ainsley schüttelte den Kopf und bog auf dem Weg zu Lochlans Haus in eine weitere Straße ein, während sie sich wunderte, dass ihr Gehirn so viele verschiedene Richtungen einschlagen konnte.

Whiskey war eine große Familie und doch wuchs die Stadt.

Vielleicht sollte sie sich Sorgen darüber machen, was als Nächstes geschehen könnte und ob sie vielleicht auf der Strecke bleiben würde.

Ainsley stellte den Motor ab und seufzte, nachdem sie neben dem Wagen von Lochlans Mutter geparkt hatte. Sie wusste, dass es Gefahren in der Welt gab, schreckliche Dinge, die guten Menschen zustießen. Erst kürzlich war sie Zeuge davon bei Kenzie und Melody gewesen und sie wusste, dass Lochlan in seiner Vergangenheit Dinge getan hatte, die er immer noch verschwieg. Doch die Vorstellung, dass jemand in ihrer Stadt ermordet wurde, kam ihr wie etwas vor, das niemals passieren sollte.

Offenbar war sie naiv, aber ihr gefiel diese Naivität.

Lochlans Mutter öffnete die Tür, sobald Ainsley auf der Veranda angekommen war, und sie sank in die Arme der Frau. Barbara Collins konnte wunderbar umarmen – eine Fähigkeit, die die Frau offenbar an ihre Söhne und Tochter weitergegeben hatte.

Ainsley war in ihrem Leben oft genug von den Collins-Geschwistern umarmt worden, um zu wissen, dass sie erwünscht war, gebraucht und als Teil der Familie betrachtet wurde.

Nicht dass sie in diesem Moment unbedingt so für Lochlan empfand, aber daran zu denken, während sie in den Armen seiner Mutter lag, war wahrscheinlich keine sehr gute Idee.

»Du siehst gut aus, Liebes«, sagte Mrs. Collins, als sie Ainsley losließ und einen Schritt zurücktrat. »Komm rein. Misty wäscht sich gerade die Hände nach ihrer

Zwischenmahlzeit. Ich muss jetzt nach Hause fahren, aber du wirst sie ja versorgen, bis Lochlan zum Abendessen nach Hause kommt. Es hat vier Jahre gedauert, aber wir haben unsere Routine entwickelt.«

Ainsley lächelte nur und schüttelte den Kopf, als sie in Lochlans Haus trat und Schuhe und Jacke auszog, nachdem sie ihre Sachen auf dem Tisch neben der Tür abgestellt hatte. Mrs. Collins schloss die Haustür hinter ihnen und hielt so die warme Luft im Haus. Die Kälte draußen schien nur noch Erinnerung zu sein.

»Das sagst du, aber mit dem nächsten Schuljahr kommt der Ganztagsunterricht. Dazu kommen Tanzstunden bei Melody und der neuen Assistentin, die sie eingestellt hat, um ihr zu helfen, wenn das Baby da ist. Und dann gibt es zwangsläufig noch Teamarbeit, weitere Kurse und zahlreiche außerschulische Aktivitäten, denn Misty liebt es, alles zu tun, was möglich ist, damit sie alles lernen kann.«

Mrs. Collins lächelte nur. »Klingt wie jemand anderes, den ich kenne.«

Ainsley legte den Kopf schräg. Sie war verwirrt. »Lochlan? Ich weiß nicht mehr, ob er als Kind auch so unternehmungslustig war. Ich war viel jünger als er und habe erst nach der Highschool angefangen, mich mit euch allen anzufreunden.«

Sie war ganze acht Jahre jünger als Lochlan, was bedeutete, dass sie sich in ihn verknallt hatte, wie junge Mädchen es eben tun angesichts der älteren Jungs mit den dunklen Blicken und dem verruchten Lächeln. Dann hatte sie andere Jungs in ihrem Alter gefunden und Lochlan eine Zeit lang vergessen.

Vielleicht nicht ganz vergessen, er war immer da

gewesen. Aber erst als sie die Highschool abgeschlossen hatte und das College besuchte, aber immer noch in Whiskey lebte, weil sie sich kein Wohnheim oder eine andere Wohnung außerhalb ihrer Stadt hatte leisten können, hatte sie Lochlan und den Rest der Familie wirklich kennengelernt.

Sie war während der gesamten Highschool-Zeit mit Tabby befreundet gewesen und hatte mit Lochlans Schwester sogar die gleiche Klasse besucht, aber als Tabby Whiskey verließ, um in Denver aufs College zu gehen, und schließlich dort blieb und die Liebe ihres Lebens kennenlernte, hatte Ainsley sich zu Lochlan hingezogen gefühlt. Nicht nur wegen der Verliebtheit eines kleinen verträumten Mädchens, sondern weil sie sich gut verstanden. Im Scherz sagte die Familie immer, dass sie und Lochlan schon immer beste Freunde gewesen waren, aber das war nicht so. Es waren nur zehn Jahre oder so. Aber die kamen Ainsley wie ein ganzes Leben vor.

Mrs. Collins schüttelte den Kopf, als die beiden sich auf den Weg ins Wohnzimmer machten. »Ich habe eigentlich von dir gesprochen.«

Ainsley runzelte die Stirn. »Von mir? Misty kommt nicht nach mir.« Schließlich war sie nicht die Mutter des kleinen Mädchens, woran sie sich oft erinnerte, wenn es um bestimmte Dinge ging wie Schlafenszeit, Misty aufwachsen zu sehen oder auch wenn sie an Lochlan dachte.

Da war ein schmaler Grat zwischen Hilfsbereitschaft und Wahnvorstellungen, wenn es darum ging, wie sie mit Lochlans Familie umging, und manchmal war sie sich nicht sicher, auf welcher Seite sie sich befand.

»Ich glaube doch. Belegst du nicht einen Tanz- und einen Kochkurs? In der Highschool warst du in der Leichtathletik, im Schwimmen, im Cheerleading, im Matheteam und in ein paar anderen akademischen Kursen, die ich so aus dem Stegreif nicht nennen kann. Du hast immer so viel gemacht. Du willst immer so viel wie möglich lernen, genau wie Misty.« Die Frau nahm Ainsleys Hand und drückte sie. »Es sind nicht die Gene, die ein Kind zu dem machen, was es ist, nicht wirklich. Du bist hier bei uns, tagein, tagaus, mit dem kleinen Mädchen, da wird Misty zwangsläufig einige deiner Charakterzüge übernehmen.«

Ainsley schluckte schwer und versuchte, nicht an die Tatsache zu denken, dass Lochlan sie vielleicht aus Mistys Leben stoßen würde, wenn sie und er jemals darüber reden würden, was am Abend zuvor geschehen war. Sie könnte sogar ganz und gar aus Lochlans Leben verdrängt werden. Ainsleys Handflächen wurden feucht und ihr wurde ein wenig schwindelig im Kopf, als die möglichen Konsequenzen sie voll und ganz trafen. Sie war dankbar, dass Mrs. Collins ihre Hand losgelassen hatte, sonst wäre Ainsley in Schwierigkeiten geraten. Die ältere Frau sah alles. Und so, wie sie Ainsley betrachtete, fürchtete sie, dass sie auch jetzt bereits alles wusste.

»Du solltest jetzt gehen, sonst kommst du zu spät«, sagte Ainsley schnell, um die Unterhaltung zu unterbrechen, die sie gerade führten. Sie war nicht gut darin, ihre Gedanken zu kontrollieren, und wenn sie nicht aufpasste, würde sie Mrs. Collins alles erzählen – und dann könnte ihr gegenwärtiges Leben vorbei sein.

»Ich war gerade auf dem Weg nach draußen, aber Ainsley, Liebes, geht es dir gut?«

Ainsley lächelte breit und hoffte, dass es ihre Augen erreichte und nicht so manisch wirkte, wie sie sich im Moment fühlte. »Mir geht es gut. Wirklich. Ich hatte einen langen Tag in der Schule und freue mich auf das Wochenende.«

»Tun wir das nicht alle? Aber wenn du reden willst, Liebes, bin ich für dich da.«

»Ainsley!«

Beim Klang der liebsten Stimme auf der Welt drehte sie sich herum und ging in die Hocke. Misty lief ihr in die Arme und sie umarmte das kleine Mädchen fest. Sie schloss die Augen, als sie sich daran erinnerte, wie aufrichtig dankbar sie war, dass sie diese Familie und vor allem dieses Kind in ihrem Leben hatte.

Misty duftete nach Seife und Schokolade, was bedeutete, dass Grandma nach der Schule ein paar Kekse eingeschmuggelt haben musste. Lochlan war kein Fan davon, da sie alle versuchten, auf ihren Zuckerkonsum zu achten, und der Mann besaß schließlich ein Fitnessstudio, aber Ainsley wusste, dass Mrs. Collins sich das nur gelegentlich freitags erlaubte.

»Du bist hier«, flüsterte Misty. »Ich freue mich so, dass du hier bist.«

Tränen traten Ainsley in die Augen und sie bemühte sich, sie wegzublinzeln, bevor sie ihr über die Wangen liefen. Weder Mrs. Collins noch das kleine Mädchen in Ainsleys Armen mussten sie sehen.

»Ich freue mich auch.« Sie küsste Misty auf die Wange, bevor sie aufstand, wobei sie Mistys Hand ergriff. »Willst du dich von deiner Grandma verabschieden, bevor sie nach Hause fährt?«

Misty lächelte breit und hüpfte zu ihrer Großmutter,

um diese zum Abschied zu umarmen. Ainsley wusste, dass Mrs. Collins wahrscheinlich die stolzeste Großmutter der Welt war – ein Titel, den Ainsleys Mutter weder würde haben noch jemals benutzen wollen. Ainsley war zwar noch nicht Mutter, aber aus irgendeinem Grund gingen ihr heute Abend seltsame Gedanken durch den Kopf, wenn sie sogar an ihre Mutter dachte und an alles, was sie wahrscheinlich nicht miteinander teilen würden. Mrs. Collins hatte bereits Enkelkinder, Lochlans Tochter und Dares Sohn. Mit Tabbys bevorstehender Geburt und der gerade von Fox verkündeten Schwangerschaft von Melody würde sie bald zwei weitere haben. Ainsley hatte das Gefühl, dass auch Kenzie bald das Ihre dazu beitragen würde, was Dare zu einem zweifachen Vater machen würde. Bald würde es doppelt so viele Collins in Whiskey geben wie zuvor.

Und Ainsley würde für immer die beste Freundin bleiben.

Der Ort, an dem sie bleiben musste, weil dies ihre Familie war, die Menschen, die sie liebte und an denen sie hing. Weil sie die waren, die sie brauchte, und sie tat ihr Bestes, um ihnen gerecht zu werden. Das, was sie mit Lochlan in einem Moment der Schwäche und Leidenschaft getan hatte, durfte sich nicht wiederholen.

Nicht wenn sie das Leben, das sie sich aufgebaut hatte, weiterleben wollte.

Nicht wenn sie ihren besten Freund in ihrem Leben behalten wollte.

»Oh, Misty, warum holst du nicht dein Kunstprojekt heraus und zeigst es Ainsley und später deinem Dad, wenn er nach Hause kommt? Ich verabschiede mich jetzt von Ainsley, okay?«

»Okay, Grandma. Hab dich lieb!« Misty rannte los und Ainsley lächelte nur. Misty war heute gut gelaunt, und das bedeutete eine Menge freigesetzter Energie für sie beide.

»Ich wollte sie nur aus dem Weg haben, damit ich dir sagen kann, dass du vorsichtig sein sollst, wenn du heute Abend gehst, nachdem Lochlan nach Hause gekommen ist«, flüsterte Mrs. Collins. »Ich habe nicht viel darüber gehört, was gestern Abend passiert ist, aber gerade da es nicht viele Informationen gibt und nicht einmal Fox etwas ausgeplaudert hat, muss es etwas Ernstes sein.«

Ainsley nickte. »Ich weiß. Glaubst du, dass sie den Namen des Toten heute bekannt geben werden?«

»Ich denke, das müssen sie. Aber, Ainsley? Ich weiß, dass die Leiche hinter Lochlans Fitnessstudio gefunden wurde.«

Ainsley erstarrte, ihre Zunge wurde trocken. »Lochlan …«

»Mehr weiß ich nicht. Bitte ihn um Informationen, wenn du kannst. Du kennst ihn. Da es in der Nähe seines Studios geschehen ist, wird er es persönlich nehmen und alles in sich hineinfressen und versuchen, alles allein zu regeln. Er ist kein Polizist und Dare auch nicht mehr, aber alle meine Jungs bringen gern Dinge in Ordnung.«

Ainsley umarmte die Frau fest. »Ich werde vorsichtig sein, aber sei du auch vorsichtig. Ich weiß, es klingt schrecklich, aber ich hoffe, es ist eine einmalige Sache und sie wird bald aufgeklärt. Mir gefällt der Gedanke nicht, dass es in Whiskey gefährlich ist.«

»Ich weiß, Liebes. Ich weiß. Sag Lochlan, dass ich ihn liebe, so wie ich dich liebe. Und sag ihm, er soll seine Mutter anrufen.« Und damit verließ die Frau das Haus und ging zu ihrem Wagen. Obwohl es noch hell war, schloss Ainsley die Tür hinter sich und beobachtete durch das Fenster die Straße, während Mrs. Collins wegfuhr.

Sobald der Wagen außer Sichtweite war, stieß Ainsley den Atem aus und rieb sich die Gänsehaut auf den Armen. Sie war nicht gerade ein Fan davon, über Mord zu reden, vor allem nicht, wenn es sich um echte Fälle handelte. Sie sah sich gern Sendungen über wahre Verbrechen an und hörte Podcasts über Ereignisse aus dem wirklichen Leben, aber besonders mochte sie die gelösten Fälle, bei denen der Bösewicht gefasst und für sehr lange Zeit weggesperrt wurde. Es gefiel ihr nicht, dass etwas in ihrer eigenen Stadt passiert war. Vielleicht mochte sie widersprüchlich wirken, aber sie war sich dessen immer bewusst, wenn sie diese Sendungen sah und den Geschichten zuhörte. Ihr ging es um das Opfer, nicht um denjenigen, der das Verbrechen begangen hatte. Die Opfer und ihre Familien waren diejenigen, auf die es am Ende ankam, auch wenn das nicht jeder so sah.

Als sie hörte, dass Misty ins Wohnzimmer zurückkehrte, zwang sie wieder ein Lächeln auf ihr Gesicht und ging zu dem kleinen Mädchen, dem sie in den nächsten Stunden ihre ganze Aufmerksamkeit widmen würde. Sie war heute Abend nicht an der Reihe zu kochen – sie und Lochlan hatten beschlossen, sich an den Abenden, an denen sie bei Misty war, abzuwechseln, und obwohl er lange arbeiten musste, machte er rechtzeitig zum Abendessen Feierabend. Das bedeutete also, dass sie ihren

Platz auf Lochlans sehr bequemer Couch nicht verlassen musste, außer sie hätte es gewollt.

Und sie würde nicht an das letzte Mal denken, an dem sie mit ihm auf der Couch gelegen hatte.

Auf keinen Fall.

»Geht es dir gut? Du bist ganz rot.«

Ainsley blinzelte und tätschelte Misty die Wange. »Mir geht es gut. Mir ist nur … äh … heiß.«

»Es ist kalt draußen, aber wir können rausgehen, wenn du willst«, schlug Misty vor und rutschte von der Couch hinunter. Ainsley beugte sich vor und tätschelte Mistys Fußgelenk.

»Mir geht es gut. Nur eine Hitzewallung. Frauen haben so etwas, weißt du.«

Mistys Augen weiteten sich. »Grandma hat sie. Die andere Grandma auch, aber ich glaube, ihr gefällt das nicht so sehr, weil sie dann immer leise vor sich hin schimpft.« Die *andere Grandma* war Marnies Mutter. Marnies Eltern sahen Misty mindestens einmal im Monat und obwohl dies für Lochlan immer unangenehm war und ihn total mürrisch machte, war das Paar gut zu Misty. Es war schrecklich, dass Lochlans Ex nicht nur aus Mistys Leben, sondern auch aus dem von Lochlan und ihren eigenen Eltern verschwunden war, aber irgendwie schafften es alle, damit klarzukommen. Auch wenn es nicht immer einfach war.

»Werde ich auch Hitzewallungen bekommen?«, fragte Misty und wandte sich dann wieder dem Fernseher zu.

Ainsley wollte eigentlich nicht so tief in diese ganze Wechseljahres-Geschichte eintauchen, aber zum Glück lenkte Misty das Gespräch auf einen neuen Zeichentrickfilm über einen Roboter und seine Freunde. Ein Film, bei dem Ainsley an Lochlans Schulter geweint hatte, als sie ihn im Kino gesehen hatten. Kinderfilme sollten einen eigentlich nicht zum Schluchzen bringen, aber anscheinend schien Ainsley zurzeit sogar so etwas zum Weinen zu bringen.

Sie und Misty hatten gerade eine Folge zu Ende angesehen, als das Geräusch der sich öffnenden Haustür ihre Aufmerksamkeit vom Fernseher ablenkte. Ainsley schaltete das Gerät schnell aus, während Misty zu ihrem Vater lief und ihn mit genauso viel, wenn nicht sogar mit noch mehr Begeisterung als zuvor bei Ainsley begrüßte.

»Ich nehme an, du hattest einen schönen Tag?«, fragte Lochlan mit leiser Stimme, sein Lächeln war breit und reichte bis zu seinen Augen. Erst als er zu Ainsley aufblickte, schwand das Lächeln, und seine Augen wurden noch ein wenig trüber als zuvor.

Das anstehende Gespräch würden sie und Lochlan nicht in Gegenwart seiner Tochter führen und seinem Gesichtsausdruck nach zu urteilen wollte er dieses Gespräch auch nicht in absehbarer Zeit führen. Anstatt sich also wie eine Erwachsene zu verhalten und einen Weg zu finden, höflich und unter vier Augen mit ihm zu reden, packte sie ihre Sachen zusammen und küsste Misty zum Abschied auf den Scheitel.

»Ich muss jetzt los. Ich habe dieses Wochenende viel zu tun.« Sie blickte Misty und nicht Lochlan an, weil sie Angst davor hatte, was sie in seinem Gesicht sehen würde.

»Kein Abendessen?«, fragte Misty und verzog schmollend die Unterlippe, bevor sie sie wieder einsaugte. Lochlan hasste es, wenn Misty dieses

Verhalten an den Tag legte, und Ainsley stimmte ihm zu. Offensichtlich war das eine Angewohnheit von Marnie gewesen, und das war ein Thema, an das Ainsley gerade nicht denken wollte.

»Nächstes Mal. Versprochen.« Ainsley versuchte, nicht das Gesicht zu verziehen bei diesem Versprechen. Wenn Lochlan sie aus seinem Leben verdrängte, wenn sie keinen Weg fanden, ihre Freundschaft nach dem, was geschehen war, aufrechtzuerhalten, würde sie das Versprechen vielleicht nicht halten können.

Endlich blickte Ainsley Lochlan in die Augen. Sie reckte das Kinn in die Höhe. »Gute Nacht, Lochlan.«

»Soll ich dich nach Hause fahren? Es wird schon dunkel.«

Sie ignorierte, dass das tiefe Knurren seiner Stimme ihr Schauer über den Rücken jagte und ihr gleichzeitig die Tränen in die Augen trieb.

»Alles in Ordnung. Ich gehe doch nur von deiner Einfahrt zu meinem Wagen.«

»Schick eine SMS, wenn du zu Hause bist.«

»Das mache ich doch immer.«

Weil er sich Sorgen machte. So war Lochlan nun einmal. Einer, der sich Sorgen machte. Und niemand, der etwas aus heiterem Himmel und ohne Plan tat. Und das war ein weiterer Grund, warum sie wusste, dass das, was zwischen ihnen geschehen war, nie wieder passieren durfte.

Nur einer von vielen Gründen.

Als sie in ihren Wagen stieg, wusste sie, dass Lochlan sie von seinem Fenster aus beobachtete. Aber sie glaubte nicht, dass es daran lag, dass er nicht wegsehen konnte. Nein, es lag daran, dass er sich um die Menschen in seinem Umfeld kümmerte. Das hatte er schon immer getan und das würde er auch immer tun.

Sie war nur eine von ihnen.

Eine von vielen.

Und nicht … nicht die Einzige.

Und sie würde sich daran gewöhnen. Schließlich hatte sie mehr als zehn Jahre gut damit gelebt. Oder gab es zumindest vor. Was war schon ein weiteres *Lebensläng-lich* in ihrem Fegefeuer?

KAPITEL VIER

Dennis Chamberlin.

Lochlan hatte den Namen gekannt, bevor er verhört worden war, aber bis zu diesem Zeitpunkt hatte er nicht gewusst, was er tun würde, wenn er ihn in diesem Zusammenhang laut ausgesprochen hören würde. Er kannte Dennis. Er selbst hatte den Mann trainiert. Er hatte dessen Arbeitsstunden festgelegt und hatte mit ihm an dem Tag geredet, an dem er den Tod gefunden hatte. Und doch war Lochlan nicht da gewesen, als der Mann sein letztes Wort gesprochen und seinen letzten Atemzug getan hatte …

Lochlan war nicht da gewesen.

Er war zu spät gekommen.

Wieder einmal. Und jetzt sah es so aus, als sei der Mann vielleicht ermordet worden, und alles deutete auf Lochlan als den Schuldigen.

Er biss sich in die Innenseite der Wangen, um nicht laut aufzuschreien angesichts der Ungerechtigkeit all dessen. Stattdessen stand er in seinem fensterlosen Büro im Fitnessstudio und fragte sich, was zur Hölle als Nächstes geschehen würde.

Dennis war einer von Lochlans besten Trainern im Fitnessstudio gewesen. Er war rechtzeitig zur Arbeit erschienen und falls nötig länger geblieben. Niemals hatte er sich mit einem der Gäste angelegt oder ihnen ein unbehagliches Gefühl gegeben. Er hatte immer sowohl mit Männern als auch mit Frauen trainiert, ohne die jüngeren, heißeren Exemplare beider Geschlechter vorzuziehen, wie es einige seiner Trainer in der Vergangenheit versucht hatten. Dennis hatte sich um die gekümmert, mit denen er gearbeitet hatte, und Lochlan hatte ihn gemocht.

Und jetzt war der Mann tot und es gab nichts, was Lochlan daran hätte ändern können.

»Klopf, klopf«, sagte Dare und steckte den Kopf in Lochlans Büro. »Ich dachte mir schon, dass ich dich hier finde.«

Lochlan blickte seinen Bruder mit hochgezogenen Brauen an. »Ich dachte, die Tür sei verschlossen.«

»Ich würde jetzt gern einen Witz machen über Lochlan und seine Schlösser, aber jetzt ist der falsche Zeitpunkt dafür. Und ja, du hast die Eingangstür des Fitnessstudios verschlossen, aber ich habe doch einen Schlüssel, erinnerst du dich? Wir haben doch alle die Schlüssel der anderen für den Notfall.« Jetzt trat Dare ganz in das Büro und schloss die Tür hinter sich. Obwohl die beiden die einzigen Menschen im Gebäude waren, zog Lochlan es vor, die Privatsphäre zu wahren.

»Und heute ist so ein Notfall?«, wollte Lochlan wissen und verschränkte die Arme vor der Brust.

Dare lehnte sich gegen die Tür und verschränkte

ebenfalls die Arme. »Oh, ich weiß nicht, offensichtlich ist da die Tatsache, dass Dennis tot ist und entweder auf deinem Grundstück hinter dem Haus gestorben ist oder dorthin gebracht wurde. Ich weiß, dass die Polizei dir gestern Abend bereits ein paar Fragen gestellt hat, als du hier vorbeigeschaut hast, da du es mir erzählt hast. Aber ich wette mit dir, dass die Beamten dir noch mehr Fragen stellen werden.«

Das wusste Lochlan selbst auch. »Das denke ich mir auch. Auch wenn ich kein Verdächtiger bin – was noch nicht sicher ist, denn wer weiß, was die örtliche Polizei bezüglich dessen denkt, besonders in Anbetracht der gezielten Fragen, die mir gestern Abend gestellt wurden –, werden die Beamten noch öfter mit mir reden wollen. Zur Hölle, ich will sogar mit ihnen reden. Dennis hatte keine Familie. Er kam vor ungefähr drei Jahren mit einer Gruppe von Freunden nach Whiskey und blieb, nachdem er sich in diese Stadt verliebt hatte. Kurz danach habe ich ihn eingestellt und seitdem war er mein bester Trainer.«

»Das war eine lange Zeit, Lochlan. Es tut mir leid, dass er sterben musste.«

»Mir tut es auch leid. Und ich bin stinkwütend, dass jemand es gewagt hat, sein Leben zu beenden. Falls es wirklich ein Mord war. Er ist jünger als wir.« Lochlan hielt inne. »*War* jünger als wir. Mein Gott. Ich habe Menschen sterben sehen, Dare. Wie du auch. Unsere Vergangenheit erlaubt uns nicht, von der Welt das Beste anzunehmen. Zur Hölle, Fox ergeht es mit seiner Arbeit ebenso, auch wenn er versucht, in seinen Artikeln das Gute zu betonen. Aber das hier? Vor unserer Nase? Ich habe immer gedacht, wir hätten unser altes Leben aufgegeben, weil wir glaubten, Whiskey sei eine sichere Stadt. Das war eine verdammte Wahnvorstellung.«

Dare schüttelte den Kopf. »Nein. Wir haben vielleicht geglaubt, es sei sicherer, aber nicht sicher. Ich habe Kenzie beinahe verloren, weil es nicht sicher war. Verdammt, aus dem gleichen Grund hätte Fox beinahe Melody verloren. Es sind die Menschen, die einen Ort gefährlich machen. Und wie sehr du auch versuchen magst, dich vor ihnen abzuschirmen, so sind sie doch immer noch um dich herum. Du arbeitest doch im Sicherheitsbereich, Lochlan. Du besitzt zwar dieses Fitnessstudio, aber dein Manager kümmert sich die meiste Zeit darum. Wirklich Geld verdienen tust du aber mit deinem anderen Job, bei dem du den Leuten unserer Stadt Alarmanlagen verkaufst und in ihre Häuser einbaust. Und das sagt uns beiden, dass du niemals wirklich daran geglaubt hast, Whiskey sei sicher. Es ist nirgendwo sicher.«

Dare hatte recht, aber Lochlan wurde nicht gerade gern daran erinnert, dass sein Bruder manchmal klüger war als er. Er konnte es nicht ändern, sie alle konkurrierten miteinander.

»Nur weil ich für die Sicherheit meiner Familie und Freunde sorge, heißt das nicht, dass ich eine solche Katastrophe erwartet hätte.«

Dare nickte. »Ich verstehe. Ich war Polizist, erinnerst du dich? Du selbst hast die Alarmanlagen in meinem Haus und im Gasthaus installiert. Verdammt, ich weiß nicht, ob ich mich ohne dein Sicherheitssystem so wohl dabei gefühlt hätte, Kenzie allein zu Hause oder in der Gaststätte zu lassen. Und ja, das macht mich zu einem Alphamann mit zu viel Testosteron, aber was soll's. Nach allem, was ihr widerfahren ist, bevor wir zusammen- kamen und gleich nachdem wir angefangen hatten, uns zu verabreden, bin ich eben übertrieben beschützerisch.«

»Es überrascht mich, dass du sie nicht in Luftpolster- folie gewickelt an deine Hüfte gehängt hast.«

»Glaub nicht, dass ich sie nicht darum gebeten hätte.«

»Zumindest hast du sie gebeten und es ihr nicht befohlen. Das ist ein Fortschritt.«

Dares Augen verdunkelten sich, aber Lochlan wusste, das hatte nichts mit ihm zu tun, sondern mit Kenzies Ex. »Ich werde niemals befehlen. Nicht Kenzie. Nicht nach dem Mist, den ihr Ex sich herausgenommen hat. Aber das hängt alles zusammen, Lochlan. Wir sorgen für die Sicherheit unserer Lieben, und die Tatsa- che, dass jemand daherkommt und einen Freund verletzt, verdammt noch mal, tötet, macht mich stinkwü- tend. Wenn man die Tatsache hinzuaddiert, dass du tatsächlich eine Verbindung zu ihm hattest und alles auf dich als Schuldigen hindeutet, habe ich das Gefühl, dass noch einiges auf uns zukommt, weißt du?«

Lochlan nickte. Sein Magen revoltierte. »Ich weiß.« Er hatte das gleiche Gefühl. Etwas stimmte nicht an der ganzen Sache und es war nicht nur, dass Dennis tot war. Lochlan hatte zu viel in seinem Leben gesehen, war bei zu vielem dabei gewesen, um kein unangenehmes Gefühl bei der Angelegenheit zu haben. Er wusste lediglich nicht, was er hätte tun können. Wusste nicht, was da überhaupt zu tun war. Dare war kein Polizist mehr. Lochlan arbeitete nicht mehr für seine alte Firma. Sie hatten keine Legitimation, keine Macht, irgendetwas zu tun, außer abzuwarten.

Aber er hasste es, keine Möglichkeit zu haben, etwas zu unternehmen.

»Aber du hast ein Alibi.« Das war zwar nicht als Frage formuliert, aber Lochlan hatte das Gefühl, es sei trotzdem eine. Und ja, Lochlan hatte ein Alibi, falls der Todeszeitpunkt auf kurz vor Auffinden der Leiche festgelegt wurde. Das wussten sie bis jetzt noch nicht, denn diese Einzelheiten waren noch nicht bekannt gegeben worden.

Er war mit seiner Familie zusammen gewesen.

Und danach … mit Ainsley.

Aber Lochlan war sich nicht sicher, was zur Hölle er tun würde, sollte jemand danach fragen.

»Ich habe ein Alibi.« Er sagte nichts Näheres. Das war nicht nötig. Dare nickte nur und blickte ihn fragend an, sagte aber nichts. Sie waren Brüder und wussten, wann sie dem anderen etwas mitteilen mussten. Aber vorerst war es ihm gestattet, sein Geheimnis zu wahren. Mit Fox wäre es höchstwahrscheinlich anders, da dieser immer alles wissen wollte, um dann versuchen zu können, das Problem zu lösen.

»Dann ist ja alles in Ordnung.« Dare fluchte. Lochlan starrte ihn nur an. »Nein, es ist nichts in Ordnung. Es tut mir leid. Ich kann nicht glauben, dass Dennis tot ist. Und ich kann ehrlich gesagt nicht glauben, dass sein Name gerade Fox mitgeteilt wurde.«

Lochlan nickte. »Ich weiß. Die Nachricht ist raus und bald wird es noch mehr Chaos geben, wenn sie versuchen herauszufinden, wer dafür verantwortlich ist.«

»Sie glauben nicht an einen Unfall? Sie sind sicher, dass es ein Mord war?«

Lochlan zuckte mit den Schultern. »Sie haben mir

nicht viel verraten, aber nach dem zu urteilen, was ich mitbekommen habe, war sein Genick gebrochen und seine Leiche wurde am Fuß der Treppe hinter dem Gebäude gefunden.«

Dares Augenbrauen schossen in die Höhe. »All das hast du gehört? Sollten solche Einzelheiten nicht geheim gehalten werden?«

»Zwei der jüngeren Beamten haben sich in meiner Hörweite unterhalten. Sie wurden von ihrem Boss zurückgepfiffen, als dieser bemerkte, dass ich mich in der Nähe aufhielt. Aber diese Einzelheiten werden heute wahrscheinlich ohnehin veröffentlicht. Fox hält eine Story in Händen.«

Die beiden blickten sich an und runzelten die Stirn. »Fox hasst es, über so etwas Schreckliches zu schreiben, ohne dem Ganzen etwas Gutes abgewinnen zu können«, meinte Dare sanft. »Das weißt du.« Dare senkte wieder den Blick und stützte die Hände in die Hüften, während er sichtlich seine Gedanken ordnete. Lochlan starrte ihn nur an; seine Gedanken gingen ihre eigenen Wege.

Lochlan nickte. »Deshalb ist er ja auch in Whiskey geblieben, anstatt irgendwo hinzugehen, wo es mehr Schlagzeilen gibt.« Fox war in Whiskey geblieben, um sowohl darüber zu schreiben, was für die Stadt wichtig war, als auch die Leute darüber zu informieren, was in der Welt vor sich ging. Ihr jüngerer Bruder war immer gut darin gewesen, ein Gleichgewicht zu halten, aber Tod und Mord waren ganz andere Sachen. Allerdings konnte Fox damit umgehen, dessen war Lochlan sich sicher. Sein Bruder konnte mit allem umgehen.

»Nun, bald wird er viel Neues zu berichten haben, denke ich.«

»Hoffentlich werden sie das Arschloch finden«, knurrte Lochlan.

»Ich habe hier nicht allzu viele Beziehungen zur Polizei, aber ich werde mich bemühen, mehr herauszufinden. Besonders wenn die Beamten wirklich glauben, du hättest irgendetwas mit der Sache zu tun.«

»Weck nur keine schlafenden Hunde und mach dich zum Ziel für Nachforschungen, nur weil du deine Nase in eine Sache hineinsteckst, wo sie nicht erwünscht ist«, warnte Lochlan ihn.

»Das Gleiche gilt für dich«, brummte Dare. »Und jetzt komm mit in die Kneipe. Wir werden zu Mittag essen und hier herauskommen, da du ohnehin geschlossen hast. Wirst du morgen öffnen?«

»Wenn es keine Probleme gibt, ja. Die Polizei hat gesagt, ich hätte auch heute öffnen können, aber es fühlte sich nicht richtig an, weißt du?«

Dare blickte ihm in die Augen. »Ja, ich weiß. Und jetzt lass uns etwas essen und überlegen, was wir als Nächstes tun werden.« Sein Bruder bewegte sich von der Tür weg und öffnete sie. »Ich weiß, ich habe dich nicht gefragt und ich habe auch nicht vor, dich zu fragen. Komm mit zum Mittagessen, Lochlan. Du hast einen Freund verloren. Auch wenn es nicht wirklich ein Freund war, sondern einfach jemand, den du kanntest und eingestellt hast. Trotzdem ist es ein Verlust und wir beide wissen, dass dies nicht das Ende der Geschichte ist.«

Lochlan seufzte, ging aber trotzdem zur Tür, als Dare diese öffnete. »Du bist viel sensibler geworden, seitdem du mit Kenzie zusammen bist.«

»Das ist wahr. Sie setzt mir aber auch ganz schön zu,

wenn ich mich zurückziehen will, weil meine Gefühle mich überfordern.«

»Sehr stilvoll«, meinte Lochlan und lachte, als sie nach draußen gingen.

Lochlans Lachen war wahrscheinlich das Erste, was der Polizeibeamte sah, als er aus seinem Wagen stieg. Lochlan erstarrte, als er den Mann erblickte.

»Nun, es ist schon so weit.«

»Lochlan Collins?«

Lochlan blieb vor seinem Fitnessstudio stehen, Dare an seiner Seite. Sein Bruder hatte sein Handy herausgezogen und rief entweder ein Familienmitglied oder ihren Anwalt an, oder aber er wollte das folgende Gespräch aufnehmen. So wie er Dare kannte, würde dieser einen Weg finden, all dies gleichzeitig hinzubekommen. Außerdem mochte keiner von beiden Detective Renkle. Er hatte sich gegenüber Dare und Kenzie wie ein Arschloch verhalten und war auch zu Melody nicht der Netteste gewesen. Sein Partner, Detective Shannon, hingegen war nett gewesen. Glücklicherweise stieg dieser auch aus dem Wagen aus.

»Ja, Detective Renkle. Ich bin Lochlan. Wir haben vorgestern Abend miteinander gesprochen.«

»Und auch schon einige Male zuvor«, fügte Dare hinzu, bevor er sich etwas wegdrehte, um in sein Handy zu sprechen.

Ah, scheinbar der Anwalt.

»Wir haben ein paar Fragen an Sie«, fuhr Renkle fort. »Wie wäre es, wenn Sie zu uns aufs Revier kommen und wir uns dort unterhalten.« Das war keine Frage.

»Bin ich verhaftet?«, wollte Lochlan wissen.

Shannon schüttelte den Kopf. »Nein.«

»Zum jetzigen Zeitpunkt nicht«, fügte Renkle hinzu und Lochlan bemühte sich, den Mann nicht böse anzustarren. Lochlan war ein großer Mann und wirkte sogar einschüchternd, wenn er lächelte. Es war nicht gerade hilfreich, wenn er es mit Beamten zu tun hatte, so zu wirken, als könnte er ihnen zu Leibe rücken. Nun, in seinem anderen Job war es hilfreich gewesen, aber da hatte er normalerweise auch auf der Seite der Behörden gestanden.

Shannon warf seinem Partner einen Blick zu, bevor er sich wieder an Lochlan wandte. »Aber wir haben ein paar Fragen und es wäre einfacher, wir würden dies auf dem Revier erledigen.«

Einfacher für wen? Aber die Frage stellte Lochlan natürlich nicht.

»Also dann, einverstanden. Wir wollten eigentlich Mittagessen gehen. Wird es lange dauern?«

»Wenn Sie kooperieren, ist alles in Ordnung«, fügte Shannon hinzu, aber Lochlan war sich da nicht so sicher.

»Wir werden dort sein«, warf Dare ein. »Mit unserem Anwalt.«

»Brauchen Sie einen Anwalt?«, fragte Renkle. »Haben Sie uns etwas zu sagen?«

Lochlan schwieg, stattdessen antwortete Dare für ihn.

»Ich war Polizist, Renkle. Ich kenne unsere Rechte.« Dare klang beinahe gelangweilt, aber Lochlan wusste, es war nur Show.

»Als Ex-Polizist haben Sie sicher gute Beziehungen zu Anwälten.« Renkles Tonfall hätte Lochlan beinahe die Beherrschung verlieren lassen, aber er hielt sich zurück. Sein Bruder glücklicherweise auch.

»Jeder gute Polizist hat das«, erwiderte Dare mit dem Anflug eines Grinsens, bevor er den Beamten wieder durchdringend anstarrte. »Wir sehen uns auf dem Revier.«

»Sie können auch bei uns mitfahren«, schlug Renkle spöttisch vor.

Mein Gott, befanden sie sich etwa in einem schlechten Kriminalfilm? »Lassen Sie uns zusehen, dass wir das schnell hinter uns bringen. Sie müssen herausfinden, was mit Dennis geschehen ist, und hier herumzustehen hilft nicht weiter.« Beinahe hätte er gesagt *eure Schwänze heraushängen zu lassen*, aber er hatte sich beherrscht. So wie er Renkle kannte, hätte der einen Weg gefunden, ihn für solch eine unverschämte Bemerkung hinter Gitter zu bringen.

Shannon drängte Renkle zu ihrem Wagen zurück und Dare, an Lochlans Seite, seufzte. »Ich wusste, dass es nicht vorbei ist.«

»Nein. Noch lange nicht.«

Als Lochlan schließlich nach seinem Besuch auf dem Polizeirevier nach Hause zurückkehrte, war er erschöpft und hungrig, da er nicht zum Mittagessen gekommen war. Die Befragung war ziemlich leicht verlaufen und hätte ehrlich gesagt wahrscheinlich auch direkt auf der Straße vor dem Fitnessstudio stattfinden können, da sie ihn nur über Dennis' Arbeitszeiten ausgefragt hatten. Die Kommissare hatten Lochlan gefragt, wo er in der Mordnacht gewesen sei, und Lochlan hatte geantwortet, dass er sich unter Zeugen in der Kneipe aufgehalten hatte. Ainsley und ihre gemeinsame Zeit danach hatte er nicht erwähnt. Falls sie ihn nach seinem Aufenthaltsort zu einem bestimmten Zeitpunkt gefragt hätten, hätte er es ihnen gesagt. Aber so wie die Dinge standen, wusste er nicht, wann Dennis genau getötet worden war, und er hatte keine schmutzige Wäsche waschen wollen, solange es nicht nötig war. Den Polizisten nicht seine ganze Lebensgeschichte zu erzählen mochte nicht die beste Entscheidung sein, aber zur Hölle, bei seiner Arbeit in der Vergangenheit hatte er zu viele Leute gekannt, die zu viel gesagt hatten und aus diesem Grund Probleme bekamen, obwohl sie unschuldig waren. Er hatte das Gefühl, dass die Polizei keine Ahnung hatte, wer Dennis getötet hatte, und gerade erst mit den Ermittlungen begann. Zuerst mussten die Beamten Dennis' Lebensumstände kennenlernen, bevor sie herausfinden konnten, wer ihn getötet hatte.

Wie dem auch sei, es bereitete Lochlan Kopfschmerzen und er hatte das Gefühl, die härteren Fragen würden noch kommen.

Vielleicht grübelte er aber auch zu viel, da er dazu neigte, das Schlechteste in den Menschen zu sehen. Lochlan glaubte nicht, dass irgendjemand außer Renkle ihn für schuldig hielt.

Misty war heute bei seinen Eltern, da seine Mutter mit ihr einen Prinzessinnennachmittag oder etwas Ähnliches veranstalten wollte. Daher hatte er heute ein paar Stunden mehr für sich selbst, in denen er sich etwas zu essen besorgen und vielleicht ein Nickerchen machen konnte.

Sein Handy summte und als er auf den Bildschirm

blickte, runzelte er die Stirn. Er hatte den ganzen Tag nichts von Ainsley gehört, und das Schweigen zwischen ihnen war mit jeder Minute unangenehmer geworden.

Ainsley: *Ich habe gehört, sie hätten dich aufs Revier bestellt! Bist du in Ordnung?*

Mein Gott, wie schnell in Whiskey alles die Runde machte. Oder besser, wie schnell in seiner Familie alles die Runde machte. Andererseits hätte er sie von sich aus kontaktiert, wenn sie sich nicht wegen des Vorfalls an jenem Abend aus dem Weg gegangen wären.

Lochlan: *Sie hatten ein paar Fragen bezüglich Dennis. Ich bin in Ordnung. Du musst dir keine Sorgen machen.*

Ainsley: *Natürlich mache ich mir sorgen, Lochlan.*

Ainsley: *Es tut mir so leid wegen Dennis.*

Lochlan seufzte und kniff sich in den Nasenrücken. Er wusste nicht, was er empfinden sollte, wenn es um Ainsley ging. Alles war so chaotisch und Lochlan hasste es, dass er sich nicht auf den einzigen Menschen stützen konnte, an den er sich immer hatte anlehnen können, nur weil er alles vermasselt hatte. Das war sein Fehler und er hatte keine Ahnung, wie er das Problem lösen sollte.

Lochlan: *Mir auch.*

Ainsley: *Lass mich wissen, wenn du etwas brauchst.*

Er wollte gerade antworten, dass es ihm an nichts fehlte, als sie eine neue Nachricht schickte.

Ainsley: *Und wir müssen reden. Das weißt du.*

Darauf antwortete er nicht, sondern schob sein Handy zurück in die Tasche. Er hatte Kopfschmerzen. Ja, sie mussten reden, aber er war sich nicht sicher, was sie einander sagen konnten, um das auszubügeln, was geschehen war. Wenn er ehrlich mit sich selbst war, hatte sich das schon seit langer Zeit angebahnt, und doch überraschte es ihn unsäglich. Er hatte keine Ahnung, was er ihr sagen sollte, was ihre Situation verbessern oder einfach alles besser machen würde.

Er hatte zerstört, was sie miteinander gehabt hatten, und er hatte Angst, dass es kein Zurück mehr gab.

Und weil er bereits krank war vor Sorge wegen dieser Situation und den Geschehnissen mit Dennis, wusste er, dass er Zeit brauchte, um nachzudenken und seine Gedanken in Ordnung zu bringen. Denn wenn er jetzt sofort mit Ainsley gesprochen hätte, hätte er alles nur noch verschlimmert.

Lochlan seufzte und ging in die Küche, um die Post durchzusehen, die er beim Hereinkommen auf die Kücheninsel gelegt hatte. Mittendrin war ein großer Umschlag, der fehl am Platz wirkte. Er wollte ihn für einen Augenblick beiseitelegen, runzelte aber die Stirn, als er als Absender den Namen eines Immobilienanwalts bemerkte.

»Oh.« Er legte den Brief wieder auf die Arbeitsplatte, holte sich ein Bier und trank einen Schluck, während er versuchte, sich vorzustellen, was ein Immobilienanwalt ihm schicken könnte. Lochlans erster Gedanke war, es könnte etwas mit Dennis zu tun haben, aber das war verrückt, also musste es sich um etwas anderes handeln.

Aber er hatte einfach keine Ahnung, was es sein könnte.

Zuerst öffnete er einen anderen Brief, der an ihn adressiert war und keinen Absender trug. Er hielt ihn für Werbung, musste ihn aber trotzdem zuerst öffnen, bevor er ihn vernichtete.

Doch er fand nur einen einzigen maschinengeschriebenen Zettel darin. Er ballte die Hände zu Fäusten, als er versuchte herauszufinden, was zur Hölle das bedeuten sollte.

Sie wird mir gehören. Vorsicht! Dein Freund hat bereits sein Leben verloren, weil er dort war, wo er nicht hätte sein sollen. Ich will diese Papiere. Zu schade aber auch, dass er zur falschen Zeit am falschen Ort war. Du weißt, wer ich bin. Du kennst mich. Du weißt, was ich will. Was ich brauche. Verliere nicht zu viel Zeit, oder dein kleiner Freund wird vielleicht nicht der Einzige sein, der verliert, was wichtig ist.

»Verdammt, was ist das?«

Er blickte auf den Brief hinunter und ein unwohles Gefühl beschlich ihn. Er seufzte, stellte das Bier ab und öffnete den großen Umschlag. Als er den beiliegenden Brief überflog, erstarrte er. Eiseskälte drang in seine Adern und sein Magen revoltierte wieder einmal.

Er betrachtete den angeführten Namen, dann las er sich das Dokument durch, während er sich wunderte, wie zur Hölle er in dieser anderen Dimension gelandet war. Dies durfte einfach nicht sein, nicht während er sich mit Dennis, Ainsley, Misty und so vielen anderen Dingen in seinem Leben herumschlagen musste.

Es durfte einfach nicht wahr sein.

Jason Kincaid war tot.

Der verdammte Jason Kincaid.

Sein Mentor, Freund und derjenige, der ihm geholfen hatte, seinen Kopf klar zu bekommen, als er nicht gewusst hatte, was er mit seinem Leben anfangen sollte. Er war der Inhaber der Firma gewesen. Er hatte sie alle trainiert und für ihre Sicherheit gesorgt. Er hatte Lochlan geholfen, sein Leben wieder auf die Reihe zu bringen, als er sich entschlossen hatte, nicht mehr für die

Firma zu arbeiten, weil er zu Hause bleiben musste, um Vater zu sein.

Jason hatte ihm bei so vielem geholfen.

Und nun war der Mann tot.

Aber offensichtlich hatte Lochlan den Mann nicht so gut gekannt, wie er geglaubt hatte, weil Jason die Firma Lochlan hinterlassen hatte. *Du kannst damit nach deinem Belieben verfügen.*

Mit anderen Worten, er musste die Firma auflösen, denn auf keinen Fall würde Lochlan der Boss sein. Nicht mit diesem Team und nicht nach allem, was er durchgemacht hatte, bevor er sich sein Leben mit seiner Tochter in Whiskey eingerichtet hatte.

»Mein Gott.«

Lochlan hätte beinahe das wichtige Dokument in seiner Hand zerknüllt, doch dann legte er es beiseite und setzte sich an die Kücheninsel. Er fragte sich, was zur Hölle er als Nächstes tun sollte. Es schien, als befände er sich in einem Albtraum von Verantwortung und schlechten Entscheidungen, aus dem er nicht aufwachen konnte. Und er hatte das Gefühl, dass das Schicksal noch nicht fertig mit ihm war. Um Mistys willen hatte er die Firma verlassen, aber er wusste, dass er das ohnehin in Kürze getan hätte. Jason war ein guter Mann gewesen, aber einige der Männer, mit denen Lochlan zusammengearbeitet hatte, waren das nicht. Sie hatten ohne Jasons Wissen andere Jobs angenommen und Dinge getan, mit denen Lochlan nicht einverstanden gewesen war. Sie hatten sich so dunklen Machenschaften gewidmet, dass Lochlan jetzt den Mann hasste, der er einst gewesen war.

Jason verfügte über Beziehungen, über Kontakte in

den höchsten Kreisen mit Geld, Macht und Verbindungen, die direkt zu den Spitzen einiger Regierungen rund um die Welt führten. Zu Leuten mit der Art von Macht, die Wellen schlug, und wichtiger noch zu Leuten, die sich mit dunklen Geschäften abgaben und Geld bewegten. Viel Geld. Beträge, die bis in die Millionen gingen – und manchmal sogar in die Milliarden. So hohe Summen, dass Lochlan sie sich kaum vorstellen konnte. Aber Jasons Verbindungen hatten es dem Team ermöglicht, an Orte zu gelangen, die anderen verschlossen waren, und ihnen so gestattet, Leute zu beschützen, die andere für unbesiegbar hielten. Aber es lag nur an Jasons Teams und seinen Informationen, dass diese Leute praktisch unbesiegbar waren. Diejenigen, die die wahre Natur der Aufgabe, für die Sicherheit von Menschen zu sorgen, nicht erkannten, und diejenigen, die kein Gefühl dafür hatten, was richtig war, hätten für diese Summen definitiv Jasons Position gewollt. Vielleicht hatten sie sogar mehr Interesse an dieser Art von Macht als am Geld.

Lochlan war ein Beschützer gewesen. Hatte für die Sicherheit derjenigen gesorgt, die in Gefahr gewesen waren. Aber die Leute, mit denen er zusammengearbeitet hatte, hatten das nicht immer als etwas Lohnendes angesehen.

Also hatte Lochlan die Firma verlassen.

Als sein Handy in seiner Tasche summte, fluchte er und setzte sich aufrecht hin, sodass er es wieder aus der Tasche ziehen konnte. Er war überrascht, dass er das verdammte Ding nicht zerbrochen hatte, weil er darauf gesessen hatte.

Ainsley: *Hör auf, mich zu ignorieren, Lochlan. Bitte.*

Er schloss die Augen und wünschte sich, er fände die richtigen Worte. Wie zur Hölle sollte er der Frau, die ihm alles bedeutete, erzählen, dass er nicht der Richtige für sie war? Wie sollte er ihr sagen, dass er sie begehrte, aber dass er ihre Beziehung nicht noch mehr zerstören wollte? Wie sollte er erklären, dass sie sein Ein und Alles war und er doch nichts für sie sein konnte?

Lochlan: *Wir werden reden. Bald. Ich hatte einen schlechten Tag. Ich möchte nicht über das Thema sprechen, weil Misty bald nach Hause kommt. Wir reden bald miteinander.*

Ainsley: *Ja, das werden wir. Es tut mir leid, dass du einen schlechten Tag hattest.*

Lochlan: *Mir auch.*

Er legte das Telefon wieder beiseite und als sie nicht mehr antwortete, seufzte er vor Erleichterung auf. Er hatte keine Ahnung, was er ihr sagen würde, aber er wusste, er musste etwas sagen, und zwar bald. Er verletzte sie mit seinem Schweigen und mit seiner Zurückhaltung. Also würde er so schnell wie möglich erklären, was er eben konnte. Alles.

Aber zuerst musste er herausfinden, was das war.

KAPITEL FÜNF

Ainsley brauchte einen Drink, aber da es noch früh am Sonntagmorgen war, würden die Leute wahrscheinlich die Stirn runzeln. Ja, es gab so etwas wie einen Brunch und ohne Ende Sekt mit Orangensaft, aber sie brauchte harten Alkohol. Sprudelnder Sekt würde es nicht tun.

Mein Gott, eine Tanzstunde, in der sie sich aufgedunsen, hässlich und fett fühlte, war jetzt genau das Richtige für sie.

Juhu, Mädelszeit.

Oder auch nicht.

»Warum wirkst du so, als würdest du gleich aus dem Fenster springen?«, fragte Kenzie mit leiser Stimme für den Fall, dass jemand hereinkäme. Da sie sich aber mitten in einem Tanzstudio befanden, machte die Akustik das nicht gerade leicht.

»Weil ich weinerlich und sauer bin«, erwiderte Ainsley dümmlich und blinzelte heftig.

Kenzie verdrehte die Augen. »Ja, denn wenn ich an dich denke, fällt mir auch sofort *weinerlich und sauer* ein.«

»Nun, das kann schon sein.« Ainsley verzog das Gesicht, weil sie versuchte, ernst zu bleiben, und Kenzie lachte.

Ainslie hatte weder Kenzie noch Melody erzählt, was mit Lochlan geschehen war. Alle waren so beschäftigt gewesen und ehrlich gesagt war ja auch noch nicht viel Zeit vergangen seit dem Vorfall. Und auch wenn Zeit gewesen wäre, wie zum Beispiel gerade im Augenblick, war Ainsley sich nicht sicher, ob sie ihnen das erzählen konnte.

Was konnte sie sagen?

Entschuldigt, ich benehme mich merkwürdig, aber ich habe mit meinem besten Freund geschlafen, weil wir wütend aufeinander waren, und dann sind wir sogar noch wütender geworden. Und nun benehmen wir uns merkwürdig, wenn wir uns sehen — was nicht sehr oft der Fall ist. Und wir reden über nichts Wichtiges und ich bin so sauer auf ihn, weil er es gewagt hat, diese Grenze zu überschreiten. Und ich habe mich versteckt und bin sogar noch wütender auf mich selbst, weil ich diese Grenze überschritten und mit solcher Begeisterung mit ihm geschlafen habe.

Oh, und ich denke, da ist noch irgendwas anderes mit ihm los, aber er redet darüber nicht mit mir. Obwohl Lochlan nie besonders gesprächig ist, hat er mir immer alles erzählt, auch wenn er es nicht immer unbedingt wollte. Und aus diesem Grund sind wir auch beste Freunde.

Aber jetzt befürchte ich, alles verloren zu haben.

Ainsley schluckte schwer und ließ sich die Gedanken noch einmal durch den Kopf gehen, bevor sie sie wieder tief in sich vergrub, sodass Kenzie sie ihr nicht am

Gesicht ablesen konnte. Ihre Freundinnen waren für ihren Geschmack viel zu gute Beobachterinnen und jetzt war weder der richtige Zeitpunkt noch waren sie am richtigen Ort, um ihr tiefstes Geheimnis zu enthüllen.

Zumindest eins davon.

Eins, bei dem viel Schweiß im Spiel war.

»Nein. Aber im Ernst, was ist los mit dir?«, fragte Kenzie, als sie begannen, sich zu dehnen. Melody würde jeden Moment zurückkehren, um mit dem Unterricht zu beginnen, und da Ainsley und Kenzie normalerweise die am wenigsten erfahrenen Tänzerinnen waren, mussten sie sich länger dehnen als die anderen, um in Gang zu kommen. Obwohl sie heute dank einiger Veranstaltungen in der Stadt, einem bevorstehenden Feiertag und einigen erkälteten Teilnehmern die beiden einzigen Tanzschüler im Studio waren. Melody war in den hinteren Teil gegangen, um die Toilette zu benutzen, da sie jetzt scheinbar alle zehn Minuten pinkeln musste. Da die Gruppe heute klein war, würde der Unterricht nicht lange dauern. Danach würden sie wahrscheinlich noch ein bisschen bleiben, um beim Tanzunterricht der Kinder zuzuschauen. Misty nahm daran teil und Lochlan würde später vorbeikommen, um sie abzuholen und ihr vielleicht sogar ein bisschen zuzusehen. Sein Fitnessstudio war immerhin nebenan und Whiskey war keine allzu große Stadt.

Das bedeutete, Ainsley würde ihm nicht ewig aus dem Weg gehen können.

Außerdem war sie sich nicht sicher, ob sie das überhaupt wollte.

Ainsley versuchte, nicht das Gesicht zu verziehen,

und beugte sich nach unten, um ihre Zehen zu berühren. Sie war zwar gut in Form, da sie sowohl joggte als auch oft in Lochlans Fitnessstudio trainierte, aber sie war nicht so flexibel wie früher. Sie hatte schon immer diejenigen bewundert, die gut tanzen konnten und ein Gefühl für Rhythmus besaßen, und sie war ein wenig neidisch auf sie. Sie war zwar nicht allzu schlecht, aber sie besaß nicht annähernd das Talent wie manch andere. Aber wie Lochlans Mutter schon gesagt hatte, gefiel es ihr, verschiedene Dinge auszuprobieren. Sie wollte so viel lernen, wie sie konnte, und da blieb es nicht aus, dass sie manchmal scheiterte. Darin war sie gut, aber sie war auch gut darin, sich selbst wieder aufzubauen. Das versuchte sie auch ihren Schülern beizubringen, da der Chemieunterricht auf der Highschool nicht leicht war, auch wenn sie ihn liebte.

»Ainsley?«

»Hä?«

»Ich habe dich gefragt, was mit dir los ist, aber du warst in deine eigene Welt abgetaucht. Du versuchst bereits seit mehr als zwei Minuten, deine Zehen zu berühren. Großartige Pose.«

Ainsley errötete und ihre Wangen wurden heiß, als sie sich aufrichtete. »Tut mir leid. Ich glaube, ich bin zu sehr in Gedanken versunken. Aber mein Rücken fühlt sich gut an nach dieser Dehnung.«

Kenzie zog eine Braue in die Höhe. »Das kann ich mir denken, aber so wie ich uns kenne, wirst du davon Muskelkater bekommen.« Dann schnaufte sie und Ainsley verdrehte die Augen. »Ich hätte beinahe gesagt: *Das hat sie gesagt.* Ich habe das Gefühl, die Collins-Brüder haben auf mich abgefärbt.«

Ainsley lachte. »Abgefärbt? Soll ich noch einen Witz machen?«

Kenzie zeigte ihr den Mittelfinger und Ainsley schüttelte nur den Kopf. »Halt den Mund.«

»Ah, meine beiden vorbildlichen Schülerinnen. So viel Höflichkeit und Anmut.« Melody schlang den beiden die Arme um die Schultern und zog sie an sich. »Seid ihr bereit für den Unterricht?«

Ainsley löste sich aus der Umarmung und legte eine Hand auf Melodys stetig wachsenden Babybauch. Man hatte ihr für eine scheinbare Ewigkeit nichts angesehen und dann, über Nacht, hatte sie diesen entzückenden Bauch bekommen, der Tag für Tag wuchs. Eine Schwangerschaft hatte auf den Menschen wunderbare Auswirkungen und obwohl Melody sich über geschwollene Knöchel und die Tatsache beschwerte, dass sie jemanden hatte einstellen müssen, um ihr im Studio zu helfen, das sie buchstäblich gerade erst eröffnet hatte, wusste Ainsley, dass es ihrer Freundin gefiel, schwanger zu sein.

»Das sind wir«, meinte Ainsley grinsend. »Ich bin die Anmutige.«

Kenzie verdrehte die Augen. »Ich nehme an, dann bin ich die Höfliche. Obwohl, ehrlich, im Vergleich zu dir sollte ich die Anmutige sein, glaubst du nicht auch?«

»Und wer ist gestern die Treppe hinaufgestolpert?«, neckte Ainsley sie.

»Das war nur, weil ich flache Schuhe getragen habe«, brummte Kenzie. »Wenn ich meine normalen Schuhe mit hohen Absätzen getragen hätte, hätte ich kein Problem gehabt.« Kenzie trug normalerweise Schuhe mit hohen, spitzen Absätzen oder Keilabsätzen zu ihren Anzügen und eleganten Outfits und Ainsley hatte keine Ahnung, wie sie darin gehen konnte. Manchmal lief sie sogar die Treppe hinauf.

»Warum hast du überhaupt flache Schuhe getragen?«, wollte Ainsley wissen. »Ich hätte schwören können, dass du nur in diesem Unterricht flache Schuhe trägst.«

»Na, Gott sei Dank«, meinte Melody lachend. »Ich weiß nicht einmal, ob ich euch mit hohen Absätzen beibringen könnte, wie man sich dehnt.«

»Transvestiten und Stripper können das«, warf Ainsley ein und zuckte mit den Schultern, als die anderen beiden lachten. »Was? Das stimmt doch.«

Melody hielt die Hände in die Höhe. Sie lächelte, nickte aber. »Aber sie haben viel, viel mehr Talent, in hohen Absätzen zu tanzen, als wir jemals hoffen dürfen zu besitzen. Bei Gesellschaften tanzt man auch mit hohen Absätzen, aber dennoch, lasst es uns nicht mit dem knallharten Zeug versuchen, bis wir nicht zumindest unsere Zehen berühren können, ohne zu klagen.«

»Ich verspreche, nur bei der Arbeit hohe Absätze zu tragen. Und bei Verabredungen. Und im Bett mit Dare.« Kenzie grinste wie eine Katze vor dem Sahnetopf und tauschte einen Blick mit Melody.

Freundinnen, die regelmäßigen Sex mit denen haben konnten, die sie liebten, sollten sie neidisch machen, aber Ainsley freute sich für sie.

Okay, meistens freute sie sich für sie. Und war nur ein wenig neidisch.

Immerhin hatte sie diese Woche Sex gehabt. Den besten Sex ihres Lebens. Den gröbsten, härtesten, verschwitztesten Sex überhaupt.

Scheinbar war sie in der Stimmung, an Schweiß und

Sex zu denken, was Lochlan anbelangte, und sie war sich nicht sicher, was sie diesbezüglich empfand.

Unwillkürlich presste sie die Schenkel zusammen.

Offensichtlich gefiel es ihr wirklich, daran zu denken.

»Ich wusste, dass Dare schräge Züge hat«, sagte Melody mit einem anzüglichen Grinsen. »Ich arbeite an denen von Fox.«

Ainsley wäre beinahe errötet, weil sie gern dasselbe mit Lochlan getan hätte, aber sie hielt sich zurück. Erstens, weil sie ganz sicher nicht dasselbe mit Lochlan tun wollte. Sie würde sich zurückhalten, was ihn anbelangte, verdammt. Und zweitens hatte sie ihnen noch nicht erzählt, dass sie mit Lochlan geschlafen hatte, und war für Fragen noch nicht bereit.

Bis sie mit ihm gesprochen hätte.

Wenn sie zusammen herausgefunden hätten, was sie tun würden, dann und nur dann würde sie ihren Freundinnen erzählen, was geschehen war. Und sie hatte das Gefühl, sie würde alle beide brauchen, um das durchzustehen, was danach geschehen würde.

»Wie auch immer, wenn ihr beide fertig damit seid, über Sex und all eure verruchten Vorlieben zu reden, sollten wir mit dem Unterricht beginnen. Habe ich recht? Oder, da nur wir drei heute hier sind, sollten wir vielleicht einfach zu Dare gehen und Mimosas trinken – für Melody natürlich ohne Alkohol, versteht sich – und ein spätes Frühstück einnehmen?«

»Besteht ein Mimosa ohne Alkohol nicht nur aus Orangensaft?«, fragte Melody mit einem Schmollmund.

»Ja, aber ich werde mein Patenkind keinen Alkohol trinken lassen, bis es einundzwanzig ist, auch wenn ihr mich altmodisch nennt.« Ainsley rieb sich den Rücken.

Sie war wütend auf sich selbst, dass sie sich so lange in der merkwürdigen Position gedehnt hatte. Vielleicht war sie wirklich die Schwerfälligste von ihnen dreien.

Melody verdrehte die Augen und rieb sich den Bauch. »Faulpelz. Und so gern du dich auch vor dem Tanzunterricht drücken möchtest, du hast dafür bezahlt, und jetzt werde ich euch unterrichten. Allerdings ist dies der Kurs für erwachsene Anfänger, Mädels. Ich verspreche, es heute ruhig angehen zu lassen und euch nichts Neues beizubringen, weil ich keine Lust habe, nächste Woche alles zu wiederholen, wenn wieder alle Teilnehmer mit dabei sind.«

»Klingt wie ein guter Plan für mich«, sagte Kenzie und nahm ihre Position ein. »Bevor wir beginnen, hat irgendjemand Neuigkeiten über Dennis gehört?«

Melody schüttelte den Kopf und Ainsleys Magen rumorte.

»Ich nicht«, erwiderte Melody. »Es macht mir Angst, daran zu denken, dass es so nahe an meinem Studio und auf Lochlans Grundstück geschehen ist.«

Ainsley ballte die Hände zu Fäusten und nickte. »Ich weiß.« Sie machte eine Pause. »Es ist beinahe so, als hätte jemand Lochlan absichtlich involvieren wollen.«

»Hat er dir gegenüber diesbezüglich irgendetwas erwähnt?«, erkundigte Kenzie sich.

Ainsley schüttelte den Kopf und wich den Blicken ihrer Freundinnen aus. Er hatte nicht mit ihr geredet. Nicht wirklich. Zumindest nicht seit ihrem gemeinsamen Abend, und da sie das nicht erklären wollte, wusste sie, dass sie das Gespräch vom Thema Lochlan ablenken musste.

»Wir sind in letzter Zeit so beschäftigt, dass wir nicht

viel Zeit zum Reden hatten. Aber ich bin sicher, dass ich bald mehr hören werde.«

Kenzie warf ihr einen merkwürdigen Blick zu, aber Ainsley wandte sich wieder ihren Dehnübungen zu. »Wenn du mit ihm redest, frag ihn, ob er unsere Hilfe benötigt und ob er weiß, ob es eine Trauerfeier für Dennis geben wird. Ich weiß, Dennis hat keine Familie hier, aber viel mehr weiß ich nicht über ihn.«

Ainsley nickte wieder. »Das werde ich. Falls Dennis wirklich allein hier gelebt hat, nehme ich an, Lochlan wird etwas für ihn tun wollen. So ist er eben.«

»Und du wirst ihm helfen, weil du eben so bist«, fügte Melody hinzu. »Ich mag zwar neu in Whiskey sein, wie Kenzie auch, aber wir kennen euch beide.«

So war es und darum hatte Ainsley auch Probleme, ein Geheimnis vor ihnen zu hüten. Darin war sie überhaupt nicht gut. Zur Hölle, sie war sich sogar ziemlich sicher, dass die beiden bereits wussten, dass sie in Lochlan verliebt war, wenn auch nur auf ihre Art.

»Ja, so ist es. Und ich werde euch Bescheid geben, wenn ich mehr weiß. Und jetzt, bereit zum Tanzen?«

»Ist das nicht meine Rolle?« Melody zwinkerte. »Okay, Mädels. Lasst uns anfangen!«

Ainsleys Muskeln schmerzten jetzt schon.

»KLEINE KINDER BEIM TANZEN ZU BEOBACHTEN erinnert mich daran, dass mein Körper nicht mehr so dehnbar ist«, flüsterte Kenzie Ainsley zu. Sie hatten ihren Unterricht vor einer Stunde beendet und saßen nun auf dem Boden, um den nächsten Kurs zu beobachten, die kleinen Anfänger. Kenzies zukünftiger Stiefsohn Nate war auch im Kurs, ebenso wie Misty. Nates Mutter hatte eine Erkältung und konnte nicht kommen, aber Kenzie hatte ihr versprochen, Nate nach dem Kurs bei ihr abzusetzen.

Die Tatsache, dass die beiden Familien nach sich lange hinziehenden Sorgerechtsstreitereien nach Nates Geburt inzwischen gut miteinander klarkamen, bedeutete Ainsley viel. Sie liebte Nate, als gehörte er zu ihrer eigenen Familie, und bemühte sich, die beste ehrenamtliche Tante überhaupt zu sein, ebenso wie sie es für Misty zu sein versuchte.

Sicher, ihre Beziehung zu Misty unterschied sich sehr von der zu Nate, da sie schon viel länger im Leben des kleinen Mädchens war, aber das spielte keine Rolle. Ainsley liebte diese Kinder und sie dabei zu beobachten, wie sie im Raum herumtanzten und Tanzschritte lernten, brachte sie zum Lächeln.

»Wir sind alt, Kenzie. Sogar schon älter.«

Nate stolperte über seine Füße, dann richtete er sich wieder auf, während Melody mit ihm an seinen Schritten arbeitete. Das Kind war talentiert und hatte an dem Kurs teilnehmen wollen, weil er Melody mochte und mit Misty zusammen sein wollte. Und Ainsley nahm an, wenn er lernte, sein Gleichgewicht zu finden, würde ihm das später beim Fußball und anderen Sportarten helfen, wenn er groß genug wäre, auch jene zu praktizieren. Sogar in seinem jungen Alter liebte Nate jeglichen Sport, ebenso wie sein Vater und seine Onkel.

»Wir sind erst in unseren Zwanzigern, Idiotin«, flüsterte Kenzie. »Ich bin nicht alt, nur nicht mehr so dehnbar wie früher.«

»Da habe ich aber gestern Abend von Dare etwas anderes gehört«, scherzte sie.

Kenzie schnaufte und Melody warf ihnen beiden einen Blick zu. Ihre Lippen zuckten, dann wandte sie sich einer anderen Schülerin zu, um dieser bei der Position ihrer Arme zu helfen.

»Dare weiß meine Dehnbarkeit sehr zu schätzen«, meinte ihre Freundin trocken. »Vielleicht werde ich mehr Heim-Yoga praktizieren oder etwas Ähnliches. Denn ich will mich nicht so steif fühlen.«

»Wir sind einfach aus der Übung. Das bringt das Erwachsensein mit sich.«

»Nur zu wahr.« Sie machte eine Pause. »Und wirst du mir jetzt sagen, warum du dich ständig so merkwürdig benimmst, wenn ich Lochlans Namen erwähne?« Ainsley öffnete den Mund, um zu sprechen, aber Kenzie hielt beide Hände in die Höhe. »Und erzähl mir nicht, da sei nichts. Melody und ich, wir wissen beide, dass da etwas ist.«

Ainsley seufzte. »Wir hatten einen Streit. Wir werden darüber hinwegkommen.« *Hoffe ich.* »Aber wir müssen zuerst darüber reden.« *Bald.*

»Möchtest du mit mir darüber reden?« Kenzie sprach leise, sodass die anderen Eltern sie nicht hören konnten, aber Ainsley wollte trotzdem nicht darüber reden.

»Alles in Ordnung.« Kenzie warf ihr einen Blick zu, aber Ainsley zuckte nur mit den Schultern. »Wirklich, es wird alles gut. Wir müssen nur miteinander sprechen, und ihn zum Reden zu bringen, wenn er brummig ist, ist nicht leicht.« *Eine Untertreibung.* »Und mit Misty, meinem Job, seinem Job und Dennis war alles ein bisschen hektisch.«

Ganz zu schweigen davon, dass sie einander aus dem Weg gingen, aber das sagte sie nicht.

»Nun, wenn du deine Meinung änderst, bin ich für dich da. Melody auch. Und jetzt scheint der Unterricht beendet zu sein und der Gegenstand unserer Unterhaltung kommt gerade herein. Ich hoffe, ihr werdet alle Probleme lösen.«

Kenzie hätte ihr nicht sagen müssen, dass Lochlan in der Nähe war. Das hatte ihr Körper ihr schon gesagt und sie hasste ihr kleines Alarmsystem.

Sie stand mit Kenzie auf und beide schnappten sich ihre Jacken. Ainsley ging sofort zu Lochlan, während Kenzie zu der Mutter des einzigen anderen Jungen im Kurs ging. Ainsley hoffte, dass beide Jungen dabeibleiben würden. Tanzen war gut für die Seele. Zumindest hatte Melody ihnen das beigebracht und Ainsley hielt es für wahr, wenn sie bedachte, wie heilsam es über die Jahre für Melody gewesen war.

Ainsley fand sich neben Lochlan stehend wieder und war sich bewusst, dass ein paar Mütter miteinander tuschelten, wie gewöhnlich, wenn die beiden zusammen gesehen wurden. Sie vermuteten eine Affäre hinter verschlossenen Türen. Sie wussten nichts davon, dass sie ihn erst vor ein paar Tagen zum ersten Mal so berührt hatte, wie sie es sich immer erträumt hatte.

»Hi«, sagte Ainsley und versuchte, ihre Stimme positiv und fröhlich zu halten. Sie war es so verdammt leid, sich merkwürdig zu fühlen, so verdammt wütend, dass er sie geküsst hatte, und doch so traurig, dass es nicht schon vor jenem Abend geschehen war. Zu behaupten, sie sei verwirrt, wäre eine Untertreibung epischen Ausmaßes.

»Hi. Ist der Kurs zu Ende? Tut mir leid, dass ich das meiste davon verpasst habe. Ich konnte mich nicht so früh aus dem Fitnessstudio loseisen, wie ich es gern getan hätte. Zu viele Telefonanrufe und ähnlicher Mist.«

Sie musterte ihn stirnrunzelnd und bemerkte die Linien in seinen Augenwinkeln und um den Mund herum. Etwas stimmte nicht und sie glaubte nicht, dass es mit ihr zu tun hatte – zumindest nicht nur. Und so gern sie ihn auch danach gefragt hätte, war dies nicht der Ort, um über irgendetwas Wichtiges zu sprechen.

»Kann ich irgendetwas tun, um dir zu helfen?«

Er wich ihrem Blick aus und schüttelte nur den Kopf. »Du tust bereits zu viel.«

Sein Tonfall gefiel ihr nicht. Er klang beinahe, als verteidigte er sich. Sie runzelte die Stirn. »Was meinst du damit?«

Lochlan hatte keine Zeit, ihr zu antworten, denn in diesem Augenblick lief Misty auf sie zu. Sie hatte ihre Jacke bereits angezogen und hüpfte auf und ab.

»Dad! Da bist du ja. Ich freue mich schon so auf unsere Auff- … Auffü-«

»Aufführung«, sagten Ainsley und Lochlan gleichzeitig. Sie zwang sich, ihn nicht anzublicken und zu lächeln.

Sie hasste es, dass alles so merkwürdig war.

»Ja, genau das. Ich kann es kaum erwarten. Es wird euch gefallen. Ainsley! All die anderen Moms werden sich über die Kostüme unterhalten. Ich freue mich schon so!«

Sie hüpfte auf und ab und wirbelte um sie beide herum, bevor sie Lochlans Hand ergriff und ihn zur Tür zog.

»Eiscreme! Die Tanzstunde ist zu Ende, und das

bedeutet Eiscreme!« Mistys Stimme schien heute nur eine Tonhöhe zu haben und Ainsley konnte nur jedes zweite Wort verstehen.

Die *anderen* Moms.

Misty hatte gesagt: die *anderen* Moms.

Als sei Ainsley eine von ihnen.

Ihr Magen zog sich zusammen und ihre Hände begannen zu zittern. Ihr brach der Schweiß aus. Sie blickte auf in Lochlans Augen und hoffte verzweifelt, etwas darin zu sehen, das Sinn machte und ihr helfen würde herauszufinden, was sie sagen sollte. Aber sie sah nichts.

Nur Kälte.

Dunkelheit.

Leere.

»Ainsley! Dad! Dad! Wir müssen gehen!«

Misty zerrte an ihnen beiden und irgendwie fand Ainsley sich draußen mit Lochlan wieder, allein auf der Straße, da alle anderen scheinbar irgendwo anders sein mussten oder auf der Hauptstraße einkauften oder etwas aßen.

»Eiscreme klingt gut«, sagte sie mit ein wenig hölzerner Stimme. »Was sagst du dazu?«

Lochlan sagte nichts. Stattdessen drehte er sich herum und ging mit Misty an der Hand auf die Straßenecke zu. Ainsley folgte ihnen und fragte sich, was zur Hölle sie tun würde. Es war nur ein Versprecher gewesen, dass Misty sie *Mom* genannt hatte – wenn auch nur indirekt. Es war ein Versehen. Misty musste noch lernen, wie die Welt funktionierte.

Und vielleicht war Ainsley auch die Einzige, die überhaupt auf die Welt reagierte. Vielleicht war es nur sie, die ausflippte. Vielleicht kümmerte Lochlan das alles nicht. Vielleicht war sein Blick überhaupt nicht leer, dunkel oder kalt und sie bildete sich das alles nur ein.

Vielleicht lag alles überhaupt nur an ihrer Wahrnehmung.

Sie hoffte verzweifelt, das sei wahr, aber als Misty ununterbrochen plapperte, während sie ihre Eiscreme vertilgte, die sie vor einer Minute gekauft hatten, und Lochlan schweigend einherging, während Ainsley ihm folgte, war sie sich nicht mehr sicher. Sie gingen ins Haus und zogen sich ihre Mäntel aus, während Misty immer noch über den Tanzkurs plapperte. Das Kind konnte stundenlang reden, und Ainsley hatte das immer entzückend gefunden. Und in diesem Augenblick empfand sie es als Rettungsanker.

»Misty«, sagte Lochlan hastig und brachte seine Tochter so schnell zum Schweigen. »Geh für eine Weile in dein Zimmer und iss dein Eis dort, okay? Ich muss mit Ainsley reden.«

Misty runzelte die Stirn und Ainsley schluckte schwer. Sie versuchte, zu lächeln und nicht auszusehen, als machte sie sich Sorgen. »Aber ich darf doch in meinem Zimmer nicht essen.«

»Heute ist eine Ausnahme. Okay, Baby?«

Sie nickte und Ainsley reichte ihr instinktiv ein paar Papiertücher. Lochlan blickte ihr in die Augen und fuhr mit der Hand über den Kopf seines kleinen Mädchens, bevor er sich Ainsley zuwandte.

»Lochlan.«

»Es funktioniert nicht, Ainsley.«

Sie erstarrte. Das Herz klopfte ihr bis zum Hals. Sie hätte schwören können, dass das Klopfen in ihren Ohren so intensiv geworden war, dass sie nicht mehr richtig hören konnte. Sie musste sich verhört haben.

»Was?«, ächzte sie.

»Dies hier. All dies. Du, ich, Misty. Es verwirrt sie. Du hast sie gehört, dort im Tanzstudio. Sie weiß nicht, wie sie dich nennen soll, und verdammt, Ainsley, ich habe mich viel zu sehr auf dich verlassen. Schon seitdem sie geboren wurde, und das ist gegenüber keinem von uns fair. Es ist wirklich nicht fair dir gegenüber. Es wäre besser, wenn du nicht hier wärst. Wenn du nicht … an allem teilhaben würdest und sie verwirrst.«

»Wir sind befreundet. Das tun Freunde füreinander.« Warum zerbrach sie innerlich? Warum tat es so weh?

Er schüttelte den Kopf. »Du hast für dieses Mädchen alles getan, was eine Mutter tut, und hast niemals etwas dafür verlangt. Du gibst dein ganzes Leben für sie … und für mich auf, und das kann ich nicht mehr von dir verlangen.«

Obwohl Ainsley innerlich zerbrach, stieg Wut in ihr auf und brachte ihre Hände zum Zittern. »Du hast niemals etwas von mir verlangt. Ich habe es freiwillig gegeben.«

»Und ich habe niemals etwas zurückgegeben.«

»Ich habe dich niemals darum gebeten. Du hast mir immer geholfen, Lochlan. Wir sind Freunde. Das tun Freunde füreinander.«

»Und dann haben wir miteinander geschlafen und alles vermasselt. Jetzt ist alles so verwirrend und Misty wird älter und noch verwirrter.« Er schüttelte den Kopf. »Ich werde einen Babysitter oder eine Tagesmutter oder etwas Ähnliches suchen. Jemanden, bei dem es klare Grenzen gibt und den ich nicht verletzen kann, nicht so wie jetzt, da die Grenzen verschwimmen. Das hätte ich schon früher tun müssen, aber ich habe mich zu sehr auf dich verlassen. Du musst ausgehen und ein Leben haben, Ainsley. Du musst mit jemandem zusammen sein, der dir etwas geben kann. Das bin nicht ich, okay? Bei mir ist man nicht sicher. Wenn du so wie jetzt so sehr in das Leben meiner Tochter involviert bist, wird es am Ende nur euch beiden wehtun. Ich darf das nicht tun. Ich darf Misty nicht wehtun, Ainsley.« Er machte eine Pause und Ainsley blinzelte die Tränen weg. »Und dir darf ich auch nicht wehtun.« Sie leckte sich die Lippen und versuchte zu verstehen, was vor sich ging. Was genau konnte sie sagen? Für sie gab es nichts zu tun oder zu sagen. Er hatte so viel in seine Aussage hineinge-packt, dass Ainsley Stunden gebraucht hätte, um alles zu entwirren, und sie wusste nicht, ob sie Stunden zu geben hatte, nicht solange sie sich fühlte, als stürbe sie innerlich.

»Das hast du bereits getan«, flüsterte sie mit hohler Stimme. »Du hast mir bereits wehgetan. Ich werde gehen. Wieder einmal. Weil ich nachdenken muss. Aber wage es nicht, dem kleinen Mädchen irgendetwas zu sagen. Wenn ich dir jemals wichtig war, würdest du nichts ändern. Noch nicht. Aber … ich werde gehen. Weil es mir im Augenblick zu wehtut, dich anzublicken. Es tut weh, in deiner Nähe zu sein.«

Es tut weh, dich zu lieben.

Er sagte nichts, als sie aus dem Haus ging. Sie sagte den beiden Menschen, die sie am meisten auf der Welt liebte, nicht einmal Auf Wiedersehen. Als sie die Tür hinter sich schloss, ließ sie sich von dem kalten Wind das Gesicht kühlen und ihren Tränen endlich freien Lauf.

Sie hatte keine Ahnung, was sie als Nächstes tun würde. Was sie sagen würde.

Sie wusste nur, dass ihre Welt aus den Angeln geraten war und sie in einen Abgrund stürzte.

Und irgendwie ... irgendwie musste sie den Weg heraus finden.

Zumindest hoffte sie, dass ihr das gelang.

Kapitel Sechs

Lochlan war ein Arschloch. Das wusste er, aber er konnte es nicht ändern. Aber während er versuchte, den Tag zu überstehen, und an seinem Nachmittagskaffee nippte, wusste er, dass er nie in der Lage sein würde herauszufinden, wie dieses Gespräch hätte besser verlaufen können.

Er hatte gewusst, dass er Ainsley wegstoßen musste, um sie zu schützen – vor ihm und vor dem, was vielleicht am Horizont auftauchte –, aber er hatte nicht gewusst, dass es so wehtun würde. Er hatte es wegen der Firma getan und wegen dem, was auf ihn zukommen könnte, was das Übernehmen von Verantwortung und die Vergangenheit betraf. Mit ihm zusammen zu sein war nicht sicher. Das hatte er immer gewusst, aber jetzt, da er Ainsley weggestoßen hatte, fürchtete er, dass er etwas zerbrochen hatte. Unwiderruflich.

Den Ausdruck auf ihrem Gesicht würde er nie wieder aus dem Kopf bekommen. Ihren Gesichtsausdruck, nachdem er die Worte gesagt hatte, die er nicht hatte sagen wollen. Aber er hatte gewusst, dass er sie aussprechen musste. Dann war sie gegangen und hatte ihm gesagt, dass sie zum Reden wiederkommen würde. Er wusste, dass sie das wirklich tun würde, denn so war Ainsley. Sie drückte sich nie vor etwas. Sie ging Probleme immer von einem logischen, wenn auch etwas emotionalen Standpunkt aus an. Es klang wie ein Widerspruch, aber so war Ainsley nun einmal.

Er hatte ihr wehgetan, das wusste er, aber er hatte nicht gewusst, was er sonst hätte tun können. Sie hatten sich irgendwie so sehr in das Leben des anderen eingewoben und so sehr darin verstrickt, dass er nicht wusste, wie er es anstellen sollte, sie nicht noch mehr zu verletzen, als er es bereits getan hatte. Außer, sie wegzustoßen. Ein sauberer Bruch, ein Schnitt, der besser heilen konnte als eine immer wieder aufgerissene Narbe, die das nie tun würde. Wenn er sie nur als Freundin in seinem Leben behielte, wäre das eine Qual für sie beide.

Oder zumindest für ihn.

Er wollte sie. Er brauchte sie. Und wenn er tatsächlich über seine Gefühle nachdenken würde, anstatt sie zu verdrängen, wie er es hatte tun müssen, als er erfahren hatte, dass er in einer Welt, in der er keine Antworten hatte, Vater werden würde, dann würde er erkennen, dass er in einem Meer von *was wäre, wenn* ertrank, in dem er sich nicht verlieren durfte.

Es war nicht sicher, mit ihm zusammen zu sein. Das war es nie gewesen. Marnie hatte das gesehen. Sie hatte ihn nicht geliebt, hatte ihn nicht gewollt, außer für das bisschen Geld, das er ihr bieten konnte, und für viel Sex. Als sie herausgefunden hatte, dass sie schwanger war, war sie ausgeflippt und hätte Misty beinahe abgetrieben, bevor Lochlan überhaupt gewusst hatte, dass sie ein Baby bekommen würden.

Sie hatte es sich im letzten Moment anders überlegt, und Lochlan war noch nie so dankbar gewesen. Ja, Marnie hatte ihm das volle Sorgerecht überschrieben und Whiskey ohne einen Blick zurück verlassen, aber immerhin hatte er Misty auf diese Art für sich gewonnen.

Und gleichzeitig hatte er Ainsley dazugewonnen. Sie war schon länger in seinem Leben, als ihre Freundschaft dauerte. Er hatte immer gewusst, wer sie war, weil sie seine jüngere Schwester Tabby gekannt hatte. Er hatte sie in seiner Rolle als übertrieben fürsorglicher Bruder, der nicht wollte, dass seine kleine Schwester verletzt wurde, als einen ziemlich anständigen Menschen einge-schätzt und sie an Tabbys Leben teilhaben lassen. Und dann war Ainsley erwachsen geworden und in Whiskey geblieben. Und sie waren Freunde geworden.

Beste Freunde.

Er wusste nicht mehr, wie es eigentlich gekommen war, aber eines Tages hatten sie zusammen Kaffee getrunken, über ihre Schule und seine Arbeit geredet und dann hatte sie bei ihm auf der Couch übernachtet, weil sie zu viel getrunken hatten. Sicher, sie war minder-jährig gewesen und er hätte das Bier wahrscheinlich nicht kaufen dürfen, aber er war ein Idiot gewesen. Am nächsten Morgen hatten sie einander nicht angesehen, als seien sie verrückt, sondern sich unterhalten, als sei das Übernachten bei einem Freund nichts Besonderes.

Es hatte geklickt. Sie passten zusammen. So etwas tat man dann eben.

Sie wusste fast alles über ihn, teilte beinahe jede Erinnerung.

Er hatte ihr sogar etwas von seiner Vergangenheit in der Firma erzählt, zumindest das, was er sagen durfte. Denn obwohl er nicht mehr für die Firma arbeitete, hatte er stets um seiner selbst und seiner Kunden willen die Geheimnisse gewahrt.

Und jetzt gehörte die Firma ihm.

Lochlan lehnte sich gegen die Küchenarbeitsplatte, die Kaffeetasse in der Hand, während er versuchte, einen klaren Kopf zu bekommen.

Wie zur Hölle war das geschehen?

Warum hatte Jason ihm die Firma vererbt, verdammt noch mal? Der Mann hatte doch gewusst, dass Lochlan nichts mehr mit der Firma zu tun haben wollte, nachdem er gegangen war. Dass Marnie schwanger geworden war, war letztendlich der Auslöser gewesen, aber er war schon lange vorher auf dem Weg gewesen, aus der Firma auszusteigen. Er hatte am Aufbau seines Fitnessstudios gearbeitet und weil er dafür Geld gebraucht hatte, hatte er nebenbei sein Geschäft mit Alarmanlagen aufgebaut. Währenddessen hatte er gelegentlich immer noch einen Job von Jason angenommen, als Leibwächter für irgendeinen Prominenten, der ihn nicht wirklich brauchte, oder als zusätzlicher Sicherheitsmann für Kunden, deren Namen er aus Sicherheitsgründen nicht kannte.

Er war nie ein Söldner gewesen, im Gegensatz zu dem, was seine Brüder und seine Schwester vielleicht einmal gedacht hatten, zumindest hatten sie beiläufig Bemerkungen darüber fallen lassen.

Riker und einige der anderen Jungs in der Firma mochten jedoch sehr wohl Söldner gewesen sein. Und das hatte Lochlan immer beunruhigt.

Riker beunruhigte Lochlan.

Der Mann war sein Stellvertreter gewesen und ein arrogantes Arschloch. Riker hasste es, Befehle zu befolgen, die nicht seine eigenen waren oder die nicht direkt von Jason kamen. Er schien zu glauben, er sei der Nächste in der Reihe für das, was auch immer in der Firma als Nächstes anstehen mochte.

Lochlan hatte nichts mehr von dem Mann gehört, seitdem er aus der Firma ausgestiegen war und beschlossen hatte, in Whiskey zu bleiben, anstatt es lediglich wie zuvor zu seinem Heimatstützpunkt zu machen. Und das beunruhigte ihn.

Warum hatte der Mann sich nicht bei ihm gemeldet, als Jason gestorben war?

Lochlan hatte schnell recherchiert und einen kurzen Nachruf gefunden, in dem stand, dass Jason eines natürlichen Todes gestorben war. Da er keine Familie besaß, war er von Freunden zu Grabe getragen worden.

Jason war ein strenger Vorgesetzter und Boss, aber auch Lochlans Mentor gewesen, doch er hätte ihn nicht als Freund bezeichnet. Nicht wirklich. Sie waren freundlich miteinander umgegangen, aber nicht miteinander befreundet gewesen, nicht im Sinne des Wortes, wie es Lochlan im Laufe der Jahre von Ainsley und seinen Brüdern und Schwestern gelernt hatte. Ja, Jason hatte Lochlan geholfen, einen klaren Kopf zu bekommen, und ihm später ein offenes Ohr geschenkt, als Lochlan sich hatte aussprechen müssen, aber er hatte immer das Gefühl gehabt, dass Jason, der ein bisschen älter war, eher eine Vaterfigur für ihn war.

Wer hatte ihn also begraben? Die Angestellten der

Firma? Wenn das der Fall war, warum hatte sich dann niemand von ihnen mit Lochlan in Verbindung gesetzt?

Und warum erfuhr Lochlan von einem verdammten Anwalt, der sich nicht einmal die Mühe gemacht hatte anzurufen, dass ihm die verfluchte Firma jetzt gehörte – zumindest nach den vorläufigen Papieren zu urteilen.

Das ergab keinen Sinn.

Riker war Jasons Stellvertreter gewesen, nachdem Lochlan gegangen war, und das bedeutete, dass Riker die Firma hätte erben müssen. Entweder das oder sie hätte liquidiert werden müssen. Und genau das hatte Lochlan jetzt vor, wenn es ihm möglich wäre. Denn er wollte nichts mit der Firma zu tun haben und er glaubte nicht, dass er einem der Leute, die er zurückgelassen hatte, so weit vertrauen konnte, dafür zu sorgen, dass sie nicht auf die dunkle Seite geriet. Die Firma besaß die Art von Verbindungen und die entsprechende Reputation, dass sie in jedes Büro einer Regierung oder eines hochrangigen Beamten eindringen und es von innen heraus bearbeiten konnte. Wenn man einen moralischen Kodex besaß, dann war der Schlüssel Schutz. Und wenn man keinen besaß? Dann musste man teuer dafür bezahlen – Verlust von Geld und Leben.

Und das war nur ein weiterer Grund, warum Lochlan Dennis nicht aus dem Kopf bekam.

Es schienen Lochlan einfach viel zu viele Zufälle auf einmal zu sein, dass ein Mann, der ihm nahestand – zumindest physisch und beruflich –, auf seinem Grundstück ermordet wurde, und zwar genau zu dem Zeitpunkt, an dem Lochlan herausfand, dass er nun der neue Eigentümer der Firma war. Und Riker hatte sich bei all dem verdächtig schweigsam verhalten.

Riker war nicht schweigsam, es sei denn, der Mann griff jemanden von hinten an.

Ein schweigsamer Riker war ein tödlich gefährlicher Riker.

Und dann war da noch dieser geheimnisvolle Brief.

Vielleicht verlor Lochlan auch den Verstand und stellte Verbindungen her, die eigentlich gar nicht bestanden, aber erst nachdem er mit den Polizisten gesprochen und die Dokumente gesehen hatte, hatte er begonnen nachzudenken. Schließlich konnte er nicht zur örtlichen Polizei gehen und erklären, dass er seit einiger Zeit nichts mehr von einem Mann gehört hatte, den er früher gekannt hatte, und dass dieser daher vielleicht etwas mit Dennis' Tod zu tun hatte. Es ergab keinen Sinn und wahrscheinlich war es nicht einmal wahr, aber da Lochlan den Gedanken einfach nicht abschütteln konnte, grübelte er weiter darüber nach.

Und er würde alles so lange immer wieder durchdenken, bis er sich einen Reim auf das alles würde machen können. Lochlans Gehirn funktionierte manchmal wie ein Zauberwürfel und er würde einen Weg finden, das richtige Muster zu entdecken.

Aber bis dahin musste Lochlan die Menschen, die ihm wichtig waren, in Sicherheit wahren.

Das bedeutete, dass Ainsley sich von ihm fernhalten musste. Nicht nur wegen seiner eingebildeten Befürchtungen bezüglich Riker, sondern weil er Angst hatte, dass er sich in sie verlieben könnte, wenn er sie in seiner Nähe behielt. Und das wäre für sie beide nicht gut. Er würde sowohl ihr als auch seiner Tochter das Herz brechen und alles zerstören. Je mehr Abstand sie also voneinander hielten, desto besser.

Allein der Gedanke gab ihm das Gefühl, das Falsche zu tun und zu viel zu zweifeln. Also verdrängte er diese Gedanken aus seinem Kopf und sagte sich, dass er die richtige Entscheidung getroffen hatte.

Die andere Person, die er in Sicherheit bringen musste, betrat gerade mit einem finsteren Blick auf ihrem süßen Gesicht die Küche.

»Ich will nicht zu der anderen Grandma und Grandpa gehen«, schmollte Misty. »Ich will zu Hause bleiben und mit Ainsley einen Film ansehen.«

Lochlan kniff sich in den Nasenrücken, nachdem er seine Kaffeetasse abgestellt hatte. »Das haben wir doch schon besprochen, Misty. Diese Woche bleibst du bei deiner Grandma und deinem Grandpa, während Ainsley in ihrem Haus arbeitet.« Er hielt inne, blickte auf und quer durch die Küche, um Mistys Gesicht sehen zu können. »Und hör auf, sie die andere Grandma und Grandpa zu nennen. Du weißt, dass ihnen das wehtut.«

Misty seufzte, etwas dramatischer als gewöhnlich, und er wusste, dass sie im weiteren Verlauf des Gesprächs nur noch dramatischer werden würde. Und verdammt, je älter sie wurde. Manchmal war sie seiner Schwester Tabby so ähnlich, dass es beängstigend war.

Nun, eine Mischung aus Tabby und Ainsley, aber Lochlan bemühte sich, nicht daran zu denken. Er war versucht, die Tatsache zu ignorieren, dass er manchmal auch ein bisschen von Marnie in ihr sah und manchmal auch überhaupt nichts.

»Ich will ihnen nicht wehtun«, murmelte Misty, »aber ich will nicht bei ihnen bleiben. Warum muss ich das?«

Lochlan ging zu ihr hinüber und ging vor ihr in die Hocke. Sein kleines Mädchen war so groß geworden, dass es ihn erstaunte, dass sie ihm bereits in die Augen sehen konnte, wenn er in die Hocke ging. Früher hatte er sie auf einem Arm halten können, ihr kleines Köpfchen in seiner großen Hand, während er sich bemühte, dem größten Wunder seines Lebens nicht wehzutun.

»Weil du sie liebst und sie dich lieben. Und du verbringst alle zwei Monate ein oder zwei Nächte in ihrem Haus, weil sie eine große Pyjamaparty für dich veranstalten.«

Lochlan war nicht immer ein Fan dieser Regelung gewesen und sie war auch nicht Teil der Sorgerechtsvereinbarung. Tatsächlich hatten Marnies Eltern nicht das geringste Recht, die Tochter ihrer Tochter zu sehen. Gleich nachdem Marnie gegangen war und er sich allein gefühlt hatte, hatte Lochlans Mutter sich jedoch mit ihm zusammengesetzt.

»Lochlan, mein Sohn, du musst dafür sorgen, dass das kleine Mädchen so viel Familie wie möglich hat«, hatte sie gesagt. »Ich weiß, dass Marnie weg ist. Und obwohl ich ihr nie verzeihen werde, dass sie das diesem perfekten kleinen Mädchen angetan hat, bin ich froh, dass sie gegangen ist.« Sie hatte eine Hand in die Höhe gehalten, als er sie angesehen hatte, als sei sie verrückt. »Du musst nicht um das Sorgerecht kämpfen. Und dieses kleine Mädchen muss nicht mit einer Frau aufwachsen, die sie eines Tages ohnehin verlassen hätte. Stattdessen wird sie Marnie nie kennenlernen. Diese Frau gab dem kleinen Mädchen ihre DNA und ihren Namen, aber das ist auch alles. Aber Marnies Eltern? Sie versuchen es, Lochlan. Sie mussten zusehen, wie ihre Tochter versagte und sie aus ihrem Leben verdrängte. Sie haben nichts anderes. Aber ich kenne die Menschen und ich weiß, dass sie gut zu dem kleinen Mädchen sein werden. Ich sage nicht, dass du ihnen jederzeit die Tür zu deinem Haus öffnen musst, aber erlaube ihnen, dir zu helfen. Erlaube ihnen, ihre Enkelin kennenzulernen. Ich liebe dieses kleine Mädchen bereits von ganzem Herzen, obwohl ich sie erst seit ein paar Stunden kenne. Erlaube ihnen, das auch zu erfahren. So sehr es mich auch schmerzt, sie mit irgendjemandem zu teilen, weil ich in dieser Hinsicht äußerst egoistisch bin.« Sie hatte gezwinkert und er hatte sich wieder einmal von Neuem in seine Mutter verliebt. Sie war so verdammt stark, so verdammt fürsorglich. Und sie gab niemals klein bei.

Also war er nach Mistys Geburt zu Marnies Eltern gegangen und hatte versucht, eine Lösung für das Problem zu finden. Zuerst hatten sie Misty bei ihm zu Hause besucht, aber er hatte noch nie gern Besuch bei sich gehabt – dass Ainsley ihn immer besuchte, als gehörte sie zum Inventar, war eine Überraschung für sich gewesen. Ihm hatte auch der Gedanke nicht gefallen, dass er bei dieser Regelung die Besuche von Marnies Eltern bei Misty im Grunde genommen beaufsichtigte. Während der letzten vier Jahre hatte er das ältere Paar gut kennengelernt und wusste, dass sie alles für Mistys Glück und ihre Sicherheit tun würden.

Also hatte er in ihrem Haus die beste Alarmanlage eingebaut, die er anzubieten hatte. Ihr Haus ließ sich sogar besser überwachen als sein eigenes, da es dank der Architektur weniger tote Winkel hatte. Sie hatten ihn wegen seiner Überempfindlichkeit in Sachen Sicherheit nicht seltsam angeschaut, sondern seine Vorsicht sogar begrüßt. Zuerst hatten Marnies Eltern Misty zu gemeinsamen Abendessen abgeholt, ohne Lochlan. Und anfangs war er ein wenig mürrisch gewesen, weil er sein Kind vermisst hatte. Dann hatte er sich überwunden, weil Misty es zu mögen begonnen hatte.

Dass Misty eine ganze Woche bei den Großeltern verbrachte, war neu und war bisher nur einmal vorgekommen, als Lochlan zu einem Aufenthalt außerhalb der Stadt gezwungen gewesen war. Aber gestern Abend hatte er sie angerufen und gefragt, ob Misty noch einmal eine Woche bei ihnen verbringen dürfe. Das Paar hatte keine Fragen gestellt, denn die beiden waren froh über die Zeit mit ihrer Enkelin.

Und Lochlan wollte sein Kind in Sicherheit wissen.

In der Schule und im Haus ihrer Großeltern würde Misty fern von ihm also sicher sein, falls er sich die Sache mit Riker nicht nur einbildete. Er nahm an, eine Woche würde reichen, um das herauszufinden. Und falls sich herausstellte, dass er einfach nur paranoid war, dann hatte Misty eine ganze Woche mit Menschen verbringen können, die sie liebten, und er würde seinen Seelenfrieden haben.

Er war nicht der normalste Vater der Welt, aber wie seine Brüder im Scherz behaupteten, besaß er besondere Fähigkeiten und wusste sie zu nutzen.

Mein Gott, ich brauche mehr Schlaf, wenn es so weit gekommen ist, dass ich Liam Neeson zitiere.

»Ich will bei Ainsley bleiben«, jammerte Misty, und Lochlan wurde bewusst, dass der Versuch, irgendeine Form von Distanz zwischen Ainsley und Misty aufrechtzuerhalten, viel schwieriger werden würde als erwartet.

Er wollte nicht, dass Misty verwirrt war. Er wollte nicht, dass sie Ainsley für ihre Mutter hielt, wie sie es im Tanzstudio getan hatte. Verdammt, er wollte nicht, dass sie glaubte, Ainsley würde immer da sein. Was würde geschehen, wenn Ainsley den Mann ihrer Träume fände und selbst Kinder hätte?

Damit so etwas geschehen konnte, musste der imaginäre Mann natürlich leben, aber Lochlan hätte jeden Hurensohn wahrscheinlich einfach umgebracht, der es gewagt hätte, das anzurühren, was ihm gehörte.

Und jetzt war es genug, denn, verdammt noch mal, sie gehörte ihm nicht. Hatte er das nicht gerade bewiesen, als er sie weggestoßen hatte, weil er ein Arschloch war?

Ein Arschloch, das viel zu viel Angst hatte, was sie anbelangte, wenn es ums Ganze ging, und deshalb wollte er lieber alles in der Schwebe halten.

»Ich weiß, du willst, dass Ainsley kommt, aber sie muss arbeiten und du musst zu deinen Großeltern gehen. Du liebst sie und sie lieben dich«, wiederholte er. Er musste es sich selbst noch einmal sagen, weil er seine Tochter buchstäblich abschob, um zu wissen, dass sie in Sicherheit war.

Und er erzählte niemandem davon, weil er nicht wusste, ob es wirklich einen Zusammenhang zwischen Dennis, Riker und der Firma gab.

Er musste nur herausfinden, wo Riker sich aufhielt, die Behörden herausfinden lassen, wer Dennis getötet hatte, und hoffen, dass Riker nichts mit Dennis' Tod zu tun hatte.

»Sie kann hier arbeiten. Oder bei Grandma und Grandpa.«

»Ich sagte Nein. Ainsley hat ihr eigenes Leben. Sie ist nicht die ganze Zeit nur für uns da, Misty. Wir müssen sie in Ruhe lassen.« Er ließ seine Stimme weder hart noch drohend klingen, aber er musste sicherstellen, dass Misty ihn verstand. Er hatte einfach keine Ahnung, wie er das alles einer Vierjährigen erklären sollte.

Er verstand es ja selbst nicht ganz.

»Ich hasse dich.« Sie blickte ihn mit schmalen Augen an. In ihm zerbrach etwas. Er hatte geahnt, dass Worte wie diese kommen würden. Kinder lernten sie von anderen und glaubten, dass man damit um sich schlagen durfte. Misty hatte es nicht so gemeint, denn sie verstand die Worte nicht wirklich.

Das machte es für Lochlan aber auch nicht leichter, sie zu hören.

Sie war sein Blut, seine Zukunft, und er wusste, dass es nur schlimmer und gleichzeitig schöner werden würde, je älter sie wurde. Das war Kindererziehung.

Und es war bitter.

»Du hasst mich nicht. Du bist vier. Dafür darfst du heute Abend nicht fernsehen, nachdem ich dich bei deinen Großeltern abgesetzt habe.«

Sie öffnete den Mund, um noch etwas zu sagen, aber er beugte sich vor und küsste sie auf die Nase.

»Ich liebe dich, Misty Collins. Du bist mein kleines Mädchen. Aber du darfst Worte wie *hassen* nicht benutzen, bevor du nicht weißt, was sie wirklich bedeuten. Und was sie wirklich bedeuten, lernst du erst, wenn du älter bist.«

Besser konnte er es nicht ausdrücken. Wenn sie tatsächlich älter wäre, würde er Wege finden müssen, damit sie es verstand, verdammt, er musste es selbst erst einmal verstehen. Aber im Moment hoffte er einfach, dass er wusste, was er tat.

So wie jeder Vater.

Tränen stiegen in Mistys Augen auf und er umarmte sie fest. »Ich liebe dich«, wiederholte er und küsste sie auf den Scheitel.

»Ich hab dich auch lieb, Daddy. Ich hasse dich nicht. Ich habe nur Ainsley auch lieb.«

Er schloss die Augen und hielt sein kleines Mädchen einfach weiter fest umschlungen.

Das ist das Problem, dachte er. Es drehte sich alles darum, Ainsley zu lieben.

ALS ER MISTY DANN SCHLIEßLICH BEI IHREN Großeltern absetzte, mit all ihren Sachen und der Zusicherung, dass er jeden Abend und Nachmittag mit ihr per Videochat reden und außerdem ihre Großeltern anrufen würde, um sie auf dem Laufenden zu halten, war er müde. Aber er wusste, dass sein Abend erst begonnen hatte.

Marnies Eltern hatten ihn mit fragenden Blicken bedacht, aber er hatte ihnen nur erklärt, dass ihm vielleicht aus seinem alten Job etwas in die Quere käme. Sie wussten, dass er im Sicherheitsdienst gearbeitet hatte, und da er ihnen versichert hatte, noch nie jemanden umgebracht und immer auf der richtigen Seite des Gesetzes gestanden zu haben, glaubten sie ihm. Es war ihnen auch bewusst, dass man sich manchmal, obwohl man auf der Seite des Gesetzes steht, diejenigen zu Feinden macht, die auf der falschen Seite stehen.

Also hatten sie versprochen, sich im Haus aufzuhalten und die Alarmanlage eingeschaltet zu lassen. Mehr konnte Lochlan nicht tun und er hoffte wirklich, dass er nur überreagierte. Wie er sich kannte, war das wahrscheinlich der Fall, aber er konnte nie vorsichtig genug sein, wenn es um das Leben seiner Tochter ging. Wenn das, was er für möglich hielt, tatsächlich geschah, würden sie ihn in seinem Haus aufsuchen. Sie würden zu ihm kommen. Und sowohl Misty als auch Ainsley würden aus dem Weg sein.

Oder ... er verlor den Verstand, verdammt noch mal.

Wenn er überreagierte, dann hatte seine Tochter zumindest eine Woche bei den Großeltern, wie sie es sich gewünscht hatte, bevor sie aufgrund ihrer schlechten Laune ihre Meinung geändert hatte. Sie würde Zeit mit Menschen verbringen, von denen er wusste, dass sie sie besser kennenlernen musste, weil sie sie liebten – auch wenn ihre Mutter es nicht getan hatte. Misty hatte es schlimm getroffen, was ihre Mutter betraf, aber Marnies Eltern waren gute Menschen. Und Lochlan musste sich daran erinnern, auch wenn er es hasste, dass seine Tochter wusste, dass sie von dem einen Menschen, der sie auf jeden Fall hätte lieben sollen, nicht gewollt worden war. Keine noch so große Liebe von anderen konnte daran etwas ändern, egal wie sehr er sich auch bemühte.

Obwohl er eigentlich gern ein Glas Whiskey getrunken hätte, öffnete Lochlan eine Flasche Mineralwasser, die Ainsley bei ihm zu Hause gelassen hatte, da er Kohlensäure, aber kein Koffein wollte. Dann begann er, seine Papiere durchzusehen, um zu entscheiden, was er mit der Firma tun sollte, mit der er nichts zu tun haben wollte.

Das Klopfen an der Tür überraschte ihn, sodass er beinahe sein Getränk über die Papiere verschüttet hätte.

Er schüttelte den Kopf, wischte den kleinen Fleck auf, der es auf den Tisch geschafft hatte, und öffnete die Haustür, nachdem er durch den Spion geschaut hatte.

»Ainsley.« Er unterdrückte ein Seufzen und ignorierte das Ziehen in seinem Unterleib, als er sie sah. Sie war so verdammt schön, was er die ganze Zeit, die er sie kannte, zu ignorieren versucht hatte. Zumindest bis zu jenem Abend. Wie sollte er sie fernhalten, wenn sie immer wieder zurückkkam?

»Lochlan.« Sie hob ihr Kinn. »Wir müssen reden.«

Und das Schlimmste war, er wusste, dass sie das wirklich tun mussten.

Auch wenn es wehtat.

KAPITEL SIEBEN

Ainsley hatte den größten Teil ihres Mutes aufgebraucht, als sie zur Tür gegangen und Lochlan direkt in die Augen gesehen hatte. Sie hoffte, dass es ihr gelingen würde, wieder mehr Mut zu schöpfen.

Und zwar jetzt sofort.

Lochlan trat zur Seite. Sie hob das Kinn und trat in sein Haus, als sei sie willkommen und nicht, als sei sie bei ihrem letzten Besuch hier praktisch hinausgeworfen worden. Als er die Tür hinter ihnen beiden geschlossen hatte, drehte sie sich herum und versuchte, ihn nicht allzu genau zu betrachten.

Das war das Problem, wenn es um Lochlan Collins ging. Sie sah immer hin, wollte immer unter die Oberfläche sehen.

Und die Oberfläche war verdammt hübsch.

Sie mochte seine kräftige Kieferpartie, die Tatsache, dass die Konturen sich anspannten und kleine Vertiefungen darüber auftraten, wenn er wütend oder nachdenklich war. Er hatte keine Grübchen, aber er lächelte auch selten, es sei denn, es ging um Misty. Vor Kurzem hatte er sein Haar ein wenig wachsen lassen, gerade lang genug, dass Ainsley ihre Finger hindurchgleiten lassen konnte, wenn sie wollte. Lang genug, dass sie tatsächlich mit der Hand hindurchgefahren war, als er in sie eingedrungen war.

Sie schluckte schwer und verdrängte diese Gedanken, obwohl diese Erinnerungen einer der Gründe waren, warum sie hier vor ihm stand.

Er trug ein durchgeknöpftes Hemd und eine Jeans, und sie konnte nicht umhin, auf die Haut zu starren, die aus dem Kragen hervorlugte, da er den obersten Knopf offen gelassen hatte. Dann ließ sie den Blick seinen Körper hinabwandern, über seine breiten Schultern, die Taille, von der sie wusste, dass sie aus puren Muskeln bestand, bis zu den harten Bauchmuskeln, die ihn befähigten, sie hochzuheben, wenn er in ihr war, damit sie eine neue Position finden konnten. Seine Oberschenkel waren dick und dehnten den Stoff seiner Jeans. Sie wusste, dass er ganz Muskeln und Kraft war und genau wusste, wie er jeden Zentimeter davon nutzen konnte.

Und sie meinte wirklich jeden Zentimeter.

Er war barfuß, wie so oft, wenn er sich im Haus aufhielt. Bevor Misty in sein Leben getreten war, als er noch in seinem alten Job gearbeitet hatte, hatte er stets Schuhe getragen, als hätte ihm die Gefahr im Nacken gesessen und er wäre jederzeit mit einem Fuß bereits aus der Tür hinaus gewesen. Nach Mistys Geburt und nachdem er sich anschließend ganz in Whiskey eingelebt hatte, war ihr aufgefallen, dass er es sich angewöhnt hatte, im Haus barfuß zu gehen, und auch Besucher bat, ihre Schuhe an der Tür auszuziehen.

Diese Geste machte das Haus zu einem Zuhause, sein Leben zu einem Familienleben und nicht zu einer Reise durch was für eine Hölle auch immer, in der er zuvor gewesen war.

Ainsley wusste nicht, warum sie ihn so genau studierte, warum sie mehr über ihn wissen wollte. Er hatte sie weggestoßen und sie wusste, dass es aus Angst sein musste. Wovor, das wusste sie nicht, aber sie würde es herausfinden.

Sie sorgte sich viel zu sehr um das kleine Mädchen und den Mann vor ihr, um einen Rückzieher zu machen, auch wenn ihre Gefühle verletzt wurden.

»Ich kann einfach nicht glauben, was du bei unserer letzten Begegnung zu mir gesagt hast.« Sie bemühte sich, den Schmerz, den sie empfand, nicht in ihre Worte einfließen zu lassen, aber da dies Lochlan war und er jeden Teil von ihr kannte – außer denen, die sie tief in sich verbarg und vor der Welt geheim hielt –, war sie sich nicht sicher, ob es ihr gelang.

»Ainsley.«

Sie hob eine Hand und war dankbar, dass er daraufhin verstummte. »Nein, letztes Mal warst du an der Reihe zu reden. Jetzt bin ich dran.«

Er schluckte schwer und sie sah, wie seine Kehle arbeitete.

Er sollte verflucht sein.

Aber sie würde trotzdem keinen Rückzieher machen.

Nicht jetzt.

Und vielleicht niemals.

Sie verdiente mehr.

Sie verdiente Antworten.

»Was du gesagt hast, hat mich verletzt. Es war falsch und kam aus heiterem Himmel. Ich weiß nicht, warum du glaubst, mich einfach aus dem Weg stoßen zu können nach … wie vielen Jahren, die wir einander zur Seite gestanden haben. Und Lochlan, so funktioniert das nicht. Eine Freundschaft, wie wir sie haben, endet nicht einfach, weil man einen schlechten Tag hat. Und ja, *ein schlechter Tag* ist vielleicht nicht der richtige Ausdruck, aber da du mir rein gar nichts erzählst, ist das alles, an das ich mich halten kann.«

Ihre Brust schmerzte. Sie atmete tief durch und versuchte, ihre Gedanken zu sammeln. Beinahe hätte sie sich einen Plan zurechtgelegt und niedergeschrieben, eine richtige Rede, aber sie hatte beschlossen, dass das viel zu analytisch wäre, während ihre Gefühle für Lochlan alles andere als das waren. Es gab keine Möglichkeit, das, was sie zusammen hatten, das, was sie glaubte, haben zu können, wenn sie dem nur eine Chance gäben, und das, was sie verlieren könnten, in eine saubere und ordentliche Liste zu packen.

Eine Liste hätte das, was sie gerade durchmachte, allerdings leichter gemacht.

»Es gibt Dinge, die ich dir nicht sagen kann, Ainsley. Das weißt du doch. Das hast du immer gewusst.«

Sie wollte ihn ohrfeigen.

Sie wollte ihn küssen.

Sie wollte ihn fest umarmen und ihn anflehen, ihr zu sagen, was los war und warum er sich so irrational verhielt, so … Lochlan-untypisch.

»Ich weiß, du hattest diesen geheimnisvollen Job, bei dem du die Welt gerettet hast. Ich weiß, dass du kein

Teen Titan oder Batman warst.« Sie machte eine Pause. »Nun, ich nehme an, du bist weder Batman noch Captain America, aber was weiß ich schon.«

»Du vermischst Filme von DC und Marvel, Ainsley.«

Sie schloss die Augen und zählte bis fünf. »Darum geht es nicht. Ich will damit sagen, gleichgültig welchen Umhang oder welche Maske du zu tragen glaubst oder früher getragen hast, du bist nicht dieser Mensch. Willst du mir erzählen, dass du dich wegen deines alten Jobs so verhältst? Wegen deiner geheimnisvollen Vergangenheit, die dich für andere vielleicht dunkel und sexy erscheinen lässt, die mich aber immer beunruhigt hat, weil du nie darüber sprichst?«

Den letzten Teil wollte sie eigentlich nicht erwähnen, aber verdammt, sie öffnete sich und entblößte ihre Seele in mehr als einer Hinsicht. Sie hatte schon alles andere auf seiner Couch entblößt, warum nicht auch das?

Er kniff sich in den Nasenrücken. »Ainsley.«

Immer wenn er ihren Namen auf diese Art aussprach, ging sie ihm auf die Nerven – was in letzter Zeit offenbar häufiger geschah als früher. Tja, Pech gehabt, denn er hatte sie sauer gemacht.

»Betone *Ainsley* nicht auf diese Art.« Sie hatte absichtlich seinen Tonfall nachgeäfft und er hob eine Augenbraue. Wie er eine Braue unabhängig von der anderen hochziehen konnte, hatte sie immer schon fasziniert. Aber das Thema stand jetzt nicht zur Debatte. Schon wieder. »Warum stößt du mich weg, Lochlan?« Sie schluckte schwer und ignorierte den Schmerz, den diese Aussage auslöste. »Es lief doch alles gut.«

»Wir haben gefickt und alles vermasselt.«

Ihre Augen wurden schmal angesichts der Emotionslosigkeit in seiner Stimme. »Lass es. Versuche nicht, das, was wir getan haben, nur als *Ficken* zu bezeichnen. Ja, wir waren wütend aufeinander und es ist etwas geschehen. Aber es war nicht nur Ficken. Wenn es das gewesen wäre, dann könnten wir wie Erwachsene darüber reden, anstatt uns voreinander zu verstecken. Was wir sonst nie tun. Du bist mein bester Freund, Lochlan. Ich verstehe nicht, warum du dich so verhältst.«

Sie blickte ihm in die Augen und zwang sich fortzufahren, bevor er ein Wort sagen und ihr unwiderruflich das Herz brechen konnte.

»Warum stößt du mich weg?«, wiederholte sie. »Warum tust du dem kleinen Mädchen weh?« Als etwas in seinen Augen aufflackerte, fuhr Ainsley fort: »Du tust ihr weh, und das weißt du auch. Sie hat mich beiläufig und nicht einmal direkt Mom genannt, und wir beide wissen, dass es wahrscheinlich schon einmal passiert ist und wir es nur nicht bemerkt haben. Wir wussten, dass das geschehen könnte. Sie könnte ja auch Kenzie oder Melody aus Versehen *Mom* nennen. Sie ist vier Jahre alt. Sie sieht andere Kinder mit ihren Müttern und manchmal bleibt das Wort hängen. Ich weiß, dass ich nicht Mistys Mom bin.« Wieder einmal ignorierte sie den Schmerz in ihrer Brust bei diesem Gedanken. Sie war zwar nicht Mistys Mutter, aber sie war verdammt nahe dran – auch wenn Lochlan sie nie so hatte sehen wollen. »Ich liebe dieses kleine Mädchen mit allem, was ich habe. Ich habe sie gehalten, als sie so winzig war, dass wir beide dachten, wir könnten sie zerbrechen. Ich war da, als sie ihre ersten Schritte machte und direkt zu dir ging, weil sie dein Lächeln liebt.« Ein Lächeln, das Ainsley in letzter Zeit nicht oft genug gesehen hatte. »Ich war da, als sie zu ihrem ersten Tag in der Vorschule ging. Ich war da, als wir zum ersten Mal versucht haben, Kekse zu backen, und dabei fast deine Küche abgefackelt hätten.« Sie stieß den Atem aus. »Ich war immer da.«

»Und das hat sie verwirrt.«

»Schweig.« Ainsley hob wieder eine Hand. »Nein, halt einfach den Mund. Es war vielleicht ein bisschen verwirrend, aber du hast mich kein einziges Mal so behandelt, als sei ich deine Frau, deine feste Freundin oder etwas anderes als eine Freundin. Ich war eine Konstante in Mistys Leben und, verdammt, auch eine Konstante in deinem. Wenn sich das alles geändert hat, weil du mit mir geschlafen hast, dann müssen wir darüber reden.«

»Es war ein Fehler, Ainsley.« Lochlan hatte geflüstert, aber er hätte ebenso gut schreien können.

Sie hob ihr Kinn und sagte sich, dass sie sich für immer hassen würde, wenn sie jetzt weinte. »Dass wir miteinander geschlafen haben? Okay. Aber lass es nicht an Misty aus. Halte sie nicht von mir fern.« Sie machte eine Pause. »Und halte du dich auch nicht von mir fern.«

Sie hatte den letzten Teil geflüstert und er machte einen Schritt auf sie zu. Aus irgendeinem Grund wich sie nicht zurück, wie sie es hätte tun sollen.

Als er ihr Gesicht umfasste, schloss sie nicht die Augen, gab sich seiner Berührung nicht hin. Er war so warm, so groß, und doch … und doch war da in ihnen beiden etwas, das nicht warm war, etwas, das sie beide zerbrechen konnte. Und deshalb hatte sie solche Angst, dass sie kaum noch Luft bekam.

»Ich lasse nichts an Misty aus. Ich denke an sie. Sie

ist der erste Mensch, an den ich denke. Der einzige Mensch, an den ich denken muss.«

Das hätte ihr nicht wehtun sollen, denn, verdammt noch mal, Lochlan war ein großartiger Vater und stellte Misty immer an die erste Stelle, aber die Tatsache, dass er *der einzige Mensch* gesagt hatte, schmerzte mehr, als es sollte.

»Sie sollte immer an erster Stelle stehen. Aber warum kann ich nicht auf dieser Liste stehen?« Verdammt noch mal. Sie bettelte. Sie hörte sich selbst und mochte die Worte nicht, die aus ihrem Mund kamen. Es gefiel ihr nicht, wie sie sich anhörte. Aber sie konnte nicht aufhören, zu graben und zu versuchen zu verstehen, was mit ihm los war.

Er verbarg etwas. Ainsley kannte ihn gut genug, um zu merken, dass er etwas verbarg. Lochlan stieß sie weg, hielt auch Misty von sich fern ... aber Ainsley konnte einfach nicht herausfinden warum.

Er hatte seine Vergangenheit erwähnt, seinen alten Job und die Geheimnisse, die er bewahren musste. Wie war das alles miteinander verbunden? Ainsley hasste es, nicht eingeweiht zu sein, hasste Geheimnisse, aber sie musste wissen, warum er sie wegstieß.

»Wir hätten nicht miteinander schlafen sollen. Es war ein momentaner Mangel an Urteilskraft. Es hat etwas zwischen uns verschoben und alles verändert. Und ich darf das nicht zulassen. Verstehst du das nicht, Ainsley? Ich kann nicht zulassen, dass ein Fehler, den ich gemacht habe, meine Tochter verletzt.« Er hielt inne. »Ich kann nicht zulassen, dass ein Fehler dich verletzt.«

Ihre Augen wurden schmal angesichts dieser Lüge. »Nenne es nicht einen Fehler. Denn, fick dich, Lochlan

Collins, du warst derjenige, der mich ausgezogen hat. Du warst derjenige, der mit seinem Schwanz immer und immer wieder in mich eingedrungen ist. Ja, ich benutze die schmutzigen Worte, damit du deine selbstgerechte Miene loswirst. Ich verstehe dich im Augenblick nicht. Du bewegst dich sogar noch mehr im Kreis als ich.«

Sie stieß den Atem aus. Sie ärgerte sich darüber, dass er so unlogisch daherredete und sie sich anhörte, als sei sie verrückt.

»Du willst es direkt? Ich habe dir schon einmal gesagt, dass wir uns gegenseitig Freiraum geben müssen.«

»Und ich sage dir, dass du mich anlügst. Du bist vieles, Lochlan, aber du bist kein Lügner. Du warst derjenige, der mich geküsst hat, erinnerst du dich? Du warst derjenige, der sagte, dass du mich wahrnimmst. Dass du nicht aufhören konntest, mich wahrzunehmen. Also, was ist los mit dir? Du warst derjenige, der mich zuerst geküsst hat, derjenige, der mich küssen wollte. Warum also änderst du jetzt deine Meinung?«

Plötzlich durchfuhr sie ein schrecklicher Gedanke und sie hoffte inständig, dass sie sich irrte. Denn wenn nicht, war sie wahrscheinlich geisteskrank.

»War ich … war es nicht das, was du wolltest? Ist das der Grund, warum du mich wegstößt? Warum lügst du? Denn ich merke es, wenn du mich anlügst, Lochlan. Und in diesem Gespräch sagst du mir definitiv nicht die ganze Wahrheit.«

Lochlan fluchte leise vor sich hin. Dann zog er sie heftig an sich, was in ihr den Drang auslöste, in seinen Armen zu weinen. Sie hasste dieses Gefühl, denn sie hasste es zu weinen. Als Kind hatte sie genug zu weinen gehabt und sie hatte geglaubt, sie sei dem entwachsen.

Wenn es um Lochlan ging, war das aber offensichtlich nicht der Fall.

»Mein Gott, Ainsley.« Er zog sich zurück und kniff sich in den Nasenrücken. »Ich versuche, dich zu beschützen, und du redest einen solchen Mist.«

»Mich beschützen? Wovor, Lochlan? Du redest Unsinn, der keinen Sinn ergibt. Und, nun ja, ich habe nicht viel Erfahrung, wenn es um Gefühle und Reaktionen des anderen Geschlechts nach … nun ja … nach dem Sex geht. Ich brauche klare Worte. Ich bin nicht gut darin, subtile Reaktionen zu erkennen, wie du weißt.«

»Was ist zwischen uns geschehen? Der absolut beste Sex meines Lebens. Ist es das, was du hören willst? Willst du hören, dass ich den Gedanken an dich, den verdammten Geschmack von dir, nicht aus dem Kopf bekomme? Ich bemühe mich nach Kräften, nicht an dich zu denken, damit ich mich auf meinen verdammten Job und mein Kind konzentrieren kann. Es ist alles in Ordnung mit dir, Ainsley. Aber wir beide haben uns aus einem guten Grund bemüht, unsere Beziehung auf einer freundschaftlichen Ebene zu halten. Und dieser Grund ist Misty. Und wahrscheinlich die Tatsache, dass wir es nicht vermasseln wollen.«

Ainsley stieß den Atem aus. »Das weiß ich. Ich habe …« Sie brach ab, da sie Lochlan nicht sagen wollte, dass sie schon seit mehr Jahren von ihm träumte und ihn begehrte, als sie zugeben wollte. Dass sie sich in ihn verliebt, aber jahrelang nichts unternommen hatte, war ihr Problem, nicht seins. Aber da sie beide auf ihre Gefühle reagiert hatten – auch wenn seine Gefühle für sie immer noch im Dunkeln lagen –, hatte sie nicht vor, in absehbarer Zeit aufzugeben. Er hatte sie schon früher als stur bezeichnet, aber er hatte ihre Sturheit noch nicht wirklich kennengelernt. Das würde jetzt geschehen.

»Du hast was?«

»Nicht so wichtig.« Jedenfalls nicht in diesem Augenblick. »Du willst das, was wir haben, nicht zerstören«, wiederholte sie seine Worte. »Gut. Aber wir haben zusammen auf der Couch geschlafen, die in diesem Zimmer steht, und wir vermeiden beide, einen Blick darauf zu werfen. Wir müssen darüber reden, wie es weitergeht, und auch wenn du sagst, dass du mich ganz aus deinem Leben haben willst, ist das keine Antwort. Das akzeptiere ich nicht. Wenn du mich wieder als beste Freundin haben und nach heute Abend nicht mehr darüber reden willst, was wir getan haben … gut.« Nicht gut, aber sie würde damit klarkommen. Das war sie gewohnt. »Aber benutze Misty nicht als Ausrede, okay? Du bist besser als das.«

Er knurrte leise, dann drehte er sich von ihr weg, die Hände an den Seiten zu Fäusten geballt. »Es gibt Dinge, die du nicht weißt.«

»Dann erzähl sie mir, verdammt noch mal. Erzähl sie mir, wenn du sie als Argument gegen mich benutzt. Das zumindest habe ich verdient.«

Er drehte sich immer noch nicht herum.

»Du verdienst mehr als mich, Ainsley. Immer schon.«

Aus irgendeinem Grund rührten seine Worte sie nicht. Sie gaben ihr weder das Gefühl wertgeschätzt noch gemocht zu werden. Stattdessen machten sie sie nur noch wütender.

»Im Ernst? Mit einem solchen Spruch kommst du

mir? Ich kenne dich, Lochlan. Ich weiß auch, wer ich bin und was ich verdiene oder nicht verdiene. Und noch einmal, du kannst mir das nicht wegnehmen. Du wirst nicht für mich Entscheidungen treffen.«

»Aber du darfst sie für mich treffen?«, fragte er und drehte sich endlich herum, um sie anzusehen.

Sie versuchte, ihm nicht in die Augen zu blicken, weil sie wusste, dass sie dann zerbrechen würde. Und dafür hatte sie keine Zeit. »Das ist nicht das, was ich sage. Ich treffe nicht deine Entscheidungen. Das habe ich nie getan und du weißt genau, dass ich das nicht kann. Aber ich verstehe nicht, was los ist. Warum ist Misty nicht hier? Warum stößt du mich weg? Was ist los mit dir? Warum bist du so schweigsam, was Dennis angeht? Und … in Bezug auf alles andere? Und warum willst du nicht darüber reden, was zwischen uns geschehen ist?«

Ein Klopfen an der Tür bewahrte Lochlan davor, irgendeine ihrer Fragen beantworten zu müssen. Ainsley war darüber gleichzeitig wütend und erleichtert.

Denn wenn Lochlan ihr noch einmal gesagt hätte, sie solle gehen, hätte sie es getan. Sie war keine Frau, die bettelte. Jedenfalls nicht mehr, als sie es bereits getan hatte. Aber sie konnte ihre Freundschaft nicht sterben lassen. Sie musste um sie kämpfen. Nur, dass sie sich nicht sicher war, wie. Nicht mehr.

Nicht, wenn sie innerlich zerbrach.

Kapitel Acht

Lochlans Haut juckte und er musste seine ganze Kraft aufwenden, um Ainsley nicht in seine Arme zu ziehen. Er wollte sie halten, mit ihr zusammen sein, sie die Seine nennen. Aber andererseits wollte er sie und Misty von dieser schrecklichen Sache fernhalten. Er hatte sich so bemüht, an Ainsley immer nur als an seine beste Freundin zu denken, aber jetzt konnte er nicht anders, als an jeden Blick und jede Berührung zu denken, die sie jemals geteilt hatten.

Und er konnte nichts dagegen tun.

Nicht mit Riker im Nacken, einem Mörder in Whiskey und einer möglichen Verbindung zwischen beidem, die für jeden in seiner Umgebung katastrophale Folgen haben könnte.

Lochlan ging an Ainsley vorbei, um zur Haustür zu gelangen, und sein Kiefer verspannte sich, als er seine beiden Brüder durch den Spion sah.

»Was wollen sie?«, murmelte er.

»Wer?«, fragte Ainsley hinter ihm. »Und warum bist du bewaffnet?«

Mist. Lochlan hatte vergessen, dass er seine Waffe trug. Er besaß eine Genehmigung, eine Waffe verdeckt am Körper zu tragen, und da Misty nicht im Haus war, hatte er sie angelegt. Aber auch Ainsley hätte sie nicht sehen müssen.

»Ich muss sie in den Safe legen. Ich komme gerade vom Schießstand zurück.« Eine Lüge, aber er blickte sie nicht an, um zu sehen, ob sie ihm glaubte. Stattdessen öffnete er die Tür und knurrte, als Dare und Fox sich mit alarmiertem Gesichtsausdruck an ihm vorbeidrängten.

Offenbar war heute der Tag, an dem Lochlan mit allem Möglichen konfrontiert wurde. Schade, dass niemand ihm etwas davon gesagt hatte.

»Lochlan«, begrüßte Fox ihn mit hochgezogener Augenbraue, als er sich an ihm vorbeischob. »Ainsley.«

»Fox. Dare.«

»Ainsley.«

Lochlan schloss die Tür hinter ihnen, drehte den Schlüssel herum und legte den Riegel vor. Er gab schnell seinen Sicherheitscode ein, bevor der Alarm losging, dann drehte er sich herum, um die Leute in seinem Haus anzustarren. Diejenigen, die eigentlich so weit wie möglich von ihm entfernt sein sollten, während er sich um diese beschissene Sache kümmerte. Lochlans Hände waren wegen seines Gesprächs mit Ainsley immer noch kurz davor zu zittern. Er hatte gewusst, dass sie bald vor seiner Tür stehen würde, er hatte nur nicht damit gerechnet, dass sie bereits heute kam. Er hätte mehr Zeit gebraucht, um zu überlegen, was er ihr sagen sollte, was er ihr sagen durfte. Und weil er nicht vorbereitet gewesen war, als sie auftauchte – was sehr untypisch für ihn war –, hatte er sich im Kreis bewegt, genau wie sie gesagt hatte. Er hatte gelogen, er hatte mehr als einmal das Falsche gesagt und sie waren immer noch nicht weitergekommen mit dem, was sie besprechen mussten.

Und jetzt wusste er, dass der Abend zu Ende gehen und er und Ainsley immer noch am Rande des Abgrunds stehen würden, ihr Gespräch unerledigt und ihre Beziehung noch immer in Trümmern. Die Trümmer, die er selbst erschaffen hatte.

Und das alles nur, weil seine Brüder hier waren.

Die ihn jetzt anstarrten.

»Seid ihr aus einem bestimmten Grund hier?« Lochlans Stimme klang wie ein raues Knurren, aber das war ihm im Grunde gleichgültig. Was auch immer ihn nervös machte, es fühlte sich an, als käme es näher, und offen gesagt musste er mit Ainsley reden und nicht mit den beiden anderen Männern im Raum.

»Man hat bei dir immer das Gefühl, willkommen zu sein«, murmelte Dare und blickte zwischen ihm und Ainsley hin und her. »Stören wir gerade?«

»Nein«, sagten Lochlan und Ainsley gleichzeitig in bissigem Tonfall.

Dare zog die Brauen hoch und Fox verzog das Gesicht. »Ich betrachte das als ein Ja.«

»Sag, was du sagen willst. Du bist nicht mit einer Kiste Bier hier aufgetaucht, was bedeutet, du bist nicht zum Entspannen hier. Und ich bin mir ziemlich sicher, dass du gesagt hast, du würdest heute Abend in der Kneipe arbeiten, Dare, was bedeutet, dass jemand für dich eingesprungen ist. Und da Fox auch hier ist, kann ich mir nicht vorstellen, wer das sein könnte.«

»Dad übernimmt die Kneipe für ein paar Stunden. Ich wollte heute Abend sowieso nur eine Stunde arbeiten. Dad wollte ein paar Stunden übernehmen, damit er nicht den Anschluss verliert.« Dare verdrehte die Augen. »Du kennst ihn doch.«

Lochlan kannte seinen Vater in der Tat und er hätte wetten können, dass ihre Eltern in dies hier verwickelt waren, was auch immer *dies* sein mochte. Und falls Dare und Fox bei dem, was sie vorhatten, scheiterten, dann würden entweder Lochlans Eltern oder die Frauen der Jungs ihm bald ins Gesicht schauen. Er war nicht wirklich ein Arschloch, sondern weit davon entfernt, auch wenn sein Verhalten in letzter Zeit auf das Gegenteil hindeutete, was ihn an sich zweifeln ließ. Aber in diesem Moment wäre er am liebsten das Arschloch gewesen und hätte alle rausgeschmissen, um es hinter sich zu haben.

Aber so einfach würde das nicht werden. Das war es nie.

»Okay, für die Kneipe ist also gesorgt. Also, warum seid ihr hier?«

»Wir wollen wissen, was du zu verbergen hast«, antwortete Dare. »Du hast in den letzten Jahren immer etwas vor uns versteckt. Deinen Job. Marnie. All das. Ich verstehe das, wirklich. Aber jetzt ist irgendetwas anders und ich mache mir Sorgen.«

»Ich würde es auch gern wissen«, warf Ainsley ein, woraufhin Lochlan sie anblickte. »Was denn? Ich habe dich vorhin dasselbe gefragt und du hast nicht geantwortet. Vielleicht sagst du es ihnen, wenn du es mir nicht sagen willst. Aber wir machen uns Sorgen um dich.« Sie blickte zu seinen Brüdern hinüber und zuckte mit den Schultern. »Ich schließe mich dem an, da ich nun einmal hier bin. Tut mir leid.«

Fox hob beide Hände. »Wenn jemand ihn zum Reden bringen kann, dann bist du es.«

»Da bin ich mir nicht so sicher«, murmelte Ainsley.

Bevor Lochlan etwas dazu sagen konnte, klingelte es an der Tür, und sein Körper spannte sich an. »Was ist jetzt schon wieder?«, knurrte er.

Dare runzelte die Stirn. »Es ist keiner von uns, keiner von der Familie. Wir haben alle zusammen beschlossen, dass zuerst Fox und ich mit dir reden.«

Genau wie Lochlan vermutet hatte.

»Lasst mich nachsehen, wer das ist«, sagte Lochlan seufzend und drehte sich herum, um durch den Spion zu blicken. Als er die Detectives Renkle und Shannon auf der anderen Seite der Tür erblickte, verspannte sich sein ganzer Körper. Verdammt, das konnte nichts Gutes bedeuten und er hatte das Gefühl, zu wissen, warum sie da waren.

»Macht euch auf etwas gefasst«, flüsterte er den alten Spruch aus *Jurassic Park*, von dem er wusste, dass seine Brüder und Ainsley ihn kannten und er sie veranlassen würde, vorsichtig zu sein und zusammenzuhalten. Lochlan öffnete die Tür und straffte die Schultern, ohne sich zu seiner vollen Größe aufzurichten. Er wollte nicht wie ein großer Mann wirken, nicht einmal in seinem eigenen Haus, wenn er es mit den Behörden zu tun hatte, die sich in diesem Fall zu sehr für ihn zu interessieren schienen.

»Lochlan? Haben Sie etwas dagegen, wenn wir

hereinkommen?«, fragte Kommissar Shannon mit ruhiger Stimme. Renkle starrte ihn nur an.

»Worum geht es?« Lochlan würde sich ihrem Wunsch nicht widersetzen, aber er wollte niemanden in seinem Haus haben, ohne den Grund für den Besuch zu kennen. Denn wer wusste schon, was geschah, wenn er sie erst einmal hereingelassen hätte. Er war sich vollkommen bewusst, dass Riker wahrscheinlich da draußen war und ihn höchstwahrscheinlich beobachtete – oder sich zumindest in der Nähe aufhielt, wenn man dem Brief Glauben schenken durfte. Der Mann musste in seiner Nähe sein, wenn er untergetaucht war, wie Lochlan vermutete. Denn auch, wenn Riker nichts mit den laufenden Ermittlungen im Fall Dennis zu tun hatte, wollte er ganz sicher das haben, was Lochlan jetzt besaß. Das war etwas, dessen Lochlan sich wirklich sicher sein konnte.

»Wir können Sie auch aufs Revier mitnehmen«, fügte Renkle hinzu.

Da seine Brüder zusahen und Ainsley viel zu nahe war, sagte Lochlan: »Ist mir recht.«

Shannon schüttelte den Kopf. »Wir haben nur ein paar Fragen. Dazu müssen wir nicht auf dem Revier sein. Allerdings ist es kalt hier draußen, wenn wir also wenigstens hereinkommen könnten, wäre das nett. Wir haben keinen Durchsuchungsbefehl, falls Sie sich deswegen Sorgen machen. Es handelt sich nicht um diese Art von Besuch.«

Lochlan wusste genug über die Vorgehensweisen, um sie ins Haus zu lassen. Falls es schlimmer werden sollte, würde er Fox noch einmal bitten, den Anwalt der Familie anzurufen, nur zur Sicherheit. Lochlan trat einen

Schritt zurück und ließ sie eintreten, dann blickte er Fox in die Augen. »Kannst du Ainsley nach Hause bringen?«

Fox hob eine Augenbraue, aber Ainsley sprach zuerst. »Ich gehe nirgendwo hin. Was ist hier los, Lochlan?«

»Wir müssen mit Lochlan reden«, sagte Shannon ruhig. Lochlan nahm an, dass die beiden Beamten vorher darüber gesprochen hatten, wie sie mit der Situation umgehen würden, da Renkle nicht so unverschämt wie sonst war. Entweder das oder Shannon hatte mit dem anderen Mann geredet und dafür gesorgt, dass er Lochlan nicht so früh zu Leibe rückte, wie er es sonst zu tun pflegte.

»Worüber?«, fragte Dare.

Shannon seufzte und sah Lochlan an. »Wir müssen wissen, wo Sie sich an dem Abend aufgehalten haben, an dem Dennis starb.« Der Beamte ratterte das genaue Datum und den Zeitrahmen herunter. Lochlan erstarrte.

Und Ainsley? Sie erstarrte nicht. Sie trat an seine Seite und legte ihre Hand in seine, während seine Brüder sich rechts und links neben ihn stellten. Es hätte ihn nicht überraschen sollen, dass allein das Gefühl von Ainsley an seiner Seite ihn beruhigte, und außerdem der Gedanke, dass seine Brüder ihm zur Seite standen, um ihn zu unterstützen. Aber er war schockiert, wenn auch nur ein bisschen.

»Er war an besagtem Abend mit mir zusammen. Mit mir«, platzte Ainsley heraus und Lochlan unterdrückte einen Fluch. Wenn Riker die Ermittlungen verfolgte, war Lochlan jetzt keinesfalls mehr in der Lage, sie weit genug von sich fernzuhalten. Gleichgültig, was er tat, Riker würde wissen, dass Ainsley ihm wichtig war. Allerdings konnte er mit der Lüge, Ainsley sei ihm nicht wichtig, ohnehin nicht wirklich davonkommen. Sie nahm an jedem Aspekt seines Lebens teil, worüber sie sich gerade eben gestritten hatten. Sie wegzustoßen war idiotisch gewesen, und nur weil er schreckliche Angst um Ainsley hatte, hieß das nicht, dass er weiterhin falsche Entscheidungen treffen musste, wenn es um sie ging.

Fox fluchte leise vor sich hin und riss Lochlan aus seinen Gedanken. »Ainsley. Du brauchst nicht zu lügen. Er hat es nicht getan.«

Lochlan war in diesem Moment wirklich kurz davor, seinen Bruder zu verprügeln. Ainsleys Wangen wurden knallrot. Er drückte ihre Hand und warf ihr einen Blick zu, der versprach, dass er Fox für diese Worte später in den Hintern treten würde. Sie standen vor Polizisten, verdammt noch mal, und Lochlan hätte nicht gedacht, dass sein brillanter Bruder ständig ins Fettnäpfchen treten würde. Offensichtlich hatte er sich geirrt.

Ainsley wandte sich an Fox. »Ich lüge nicht. Ich bin doch keine Idiotin.«

»Sie lügt nicht«, warf Lochlan ein, wohl wissend, dass Shannon und Renkle alles hörten, was er sagte. »Wir waren den ersten Teil des Abends zusammen mit dem Rest der Familie in der Kneipe, dann waren wir zusammen hier bei mir, allein, bis kurz bevor ich zu meinem Fitnessstudio ging und mit den Behörden sprach, nachdem ich gesehen hatte, was geschehen war. Sie müssen die genauen Details nicht wissen, oder? Denn das ist eine Sache zwischen Ainsley und mir. Ich kann Ihnen sowohl die Namen der Leute geben, die mich an dem Abend in der Kneipe gesehen haben, als auch die Daten meiner Alarmanlage, die aufzeichnet, wann ich sie ein- und ausgeschaltet habe, als wir mein Haus betraten.«

»Eine Alarmanlage, die Sie von einer Firma installieren ließen, die Ihnen gehört«, fügte Renkle hinzu.

Shannon warf seinem Partner einen Blick zu, bevor er wieder zu Lochlan und Ainsley sah. »Wir brauchen keine Details darüber, was an jenem Abend geschah, nachdem die Alarmanlage eingeschaltet worden war. Aber die anderen Details, die Sie uns angeboten haben, wären hilfreich.«

»Kein Problem.« Das war es nicht, doch das hieß nicht, dass irgendetwas von dem hier einfach sein würde. Riker wollte Lochlan eine Falle stellen, das wusste er. Aber er wusste nicht, was er rechtlich dagegen tun konnte, außer mit der Polizei zu kooperieren. Aber es würde nichts bringen, ihnen seine Theorie zu erklären. Er würde lediglich wie ein Verrückter wirken, der den Verdacht von sich ablenken wollte.

»Der Verlauf Ihres Abends ist allerdings vorteilhaft«, sagte Renkle leise und ließ den Blick zwischen Ainsley und Lochlan hin und her wandern.

»Daran ist nichts vorteilhaft. Und wenn Sie fertig sind, warum gehen Sie dann nicht und finden heraus, wer Dennis getötet hat, denn hier werden Sie diese Person nicht finden. Oh, und Sie hätten mich das schon vorher fragen können, als Sie mit mir gesprochen haben, aber das haben Sie nicht. Sie haben mich nicht nach einem Alibi gefragt oder auch nur angesprochen, wo ich vorher gewesen war, also weiß ich nicht, was jetzt los ist und warum Sie mir all diese Fragen stellen, aber wenn Sie noch etwas von mir brauchen, können Sie mit meinem Anwalt sprechen.«

Shannon nickte nur, während Renkle ihn böse anstarrte.

»Gut zu wissen. Wir bleiben in Kontakt«, sagte Shannon. »Ainsley.« Der Mann nickte erst ihr zu und dann Lochlans Brüdern, bevor er sich anschickte zu gehen.

»Bleiben Sie in Whiskey, Lochlan. Sie wissen doch, wie so etwas läuft.« Renkle ging als Erster aus der Tür und schob sich an Shannon vorbei, der einen Seufzer ausstieß, den Lochlan sicher nicht hatte hören sollen.

Lochlan schloss schnell die Tür hinter den beiden und kümmerte sich um die Alarmanlage, während Dare aus dem Fenster schaute und beobachtete, wie die Polizisten abfuhren.

»Renkle sorgt dafür, dass Polizeibeamte einen schlechten Ruf bekommen«, bemerkte sein Bruder, der ehemalige Polizist, mit einem Stirnrunzeln. »Ich war nie so.«

»Du bist kein Arschloch.« Lochlan drehte sich zu seinen Brüdern und Ainsley herum und fragte sich, was zur Hölle geschehen und warum alles so schnell gegangen war. Er war nur froh, dass Misty nicht dabei gewesen war, um das alles mitzuerleben. Wäre sie da gewesen, hätten er oder seine Brüder einen Weg gefunden, sie außer Hörweite zu halten. Denn Lochlan würde auf keinen Fall zulassen, dass seine Tochter irgendwie mit dieser Sache in Kontakt käme. Er schickte eine kurze SMS an Marnies Eltern, um sich nach ihr zu erkundigen, und sie antworteten ihm, alles sei in Ordnung, außer dass Misty vielleicht an einer Überdosis Kuchen litte.

Seine Lippen verzogen sich für einen Moment zu einem Lächeln, bevor die Realität den fröhlichen Ausdruck wieder von seinem Gesicht verscheuchte.

»Misty?«, fragte Ainsley mit zittriger Stimme.

»Ja. Offenbar hat sie zu viel Kuchen gegessen.«

»Das ist doch nicht schlimm«, warf Fox ein.

»Das wirst du nicht mehr sagen, wenn dein Kind älter ist«, sagte Dare schnell. »Was zum Teufel ist hier los, Lochlan? Warum verhören die Detectives dich?«

»Weil sie glauben, dass ich etwas mit dem Tod von Dennis zu tun habe.«

»Haben die denn gar keine anderen Verdächtigen?«, fragte Fox. »Und bevor du etwas sagst, das wird nicht in die Zeitung kommen. Es ist mir egal, dass ich eigentlich auf Schlagzeilen aus sein sollte, denn ich werde als dein Bruder keine Lügen in die Zeitung setzen, nur um die Auflage zu erhöhen.«

Lochlan kniff sich in den Nasenrücken. »Das ist mir ehrlich gesagt auch nicht in den Sinn gekommen.«

»Ich wollte nur sichergehen. Denn Whiskey ist eine kleine Stadt und mir gefällt nicht, dass sie dich so intensiv verhören. Das macht keinen Sinn.«

Doch, falls Riker irgendwie dahintersteckte. Oder …

»Sie haben keine anderen Hinweise und keine Spur, also sind sie hinter dem Typen her, dem das Grundstück gehört, auf dem die Leiche gefunden wurde, und der den Mann kannte. Ich hatte allerdings nichts damit zu tun. Ich war mit Ainsley zusammen, als es geschah. Sie haben nichts gegen mich in der Hand und wenn sie anfangen, in eine andere Richtung zu blicken, werden sie das merken.«

»Sie werden bald von dir ablassen. Du hast alles richtig gemacht. Aber bleib mit dem Anwalt in Kontakt, nur für den Fall. Hier spricht der Ex-Polizist«, sagte Dare.

»Es wird alles gut.« Lochlan begegnete Ainsleys Blick und merkte, dass sie ihn mit großen Augen anstarrte, aber da war keine Angst darin zu sehen. Nur Wut.

Das war seine Ainsley.

»Es wird alles gut«, wiederholte er und sie nickte ihm kurz zu. Diese Geste entspannte sie beide, zumindest glaubte er, das an ihren Schultern zu sehen, die nach unten fielen.

»Also …« Fox' Stimme versagte und Lochlan hatte das Gefühl, dass ihm die Worte seines Bruders nicht gefallen würden. »Werden wir nicht über diese Sex-Geschichte reden? Denn ich denke, das sollten wir tun.«

Dare räusperte sich und hob eine Hand. »Ich weiß, wir haben andere ernste Dinge … viel, viel ernstere Dinge zu besprechen, aber ich würde auch gern etwas über diese Sex-Geschichte erfahren. Und ich vermute, dass unsere Frauen das auch wollen.«

Ainsley errötete noch stärker und Lochlan knurrte.

»Raus hier. Wir reden morgen weiter.« Er hielt inne und blickte seine beste Freundin an. »Du nicht, Ainsley. Du bleibst.« Er musste mit ihr reden, aber er hatte keine Ahnung, was er eigentlich sagen sollte.

Seine Brüder tauschten einen Blick aus, gingen dann aber und umarmten ihn auf dem Weg nach draußen kräftig. Zweifellos gingen sie so bereitwillig, weil sie ihren Frauen erzählen wollten, was sie erfahren hatten – und nicht nur das, was Ainsley betraf. Lochlans Leben war bereits kompliziert, aber er hatte das Gefühl, dass es noch schlimmer werden würde.

Als seine Brüder weg waren, stand nur noch seine

beste Freundin vor ihm, das Gesicht blass, die Hände zitternd. »Ainsley …«

»Ich … ich denke, ich brauche … eigentlich weiß ich nicht, was ich brauche. Weil … ich habe keine Ahnung, was gerade geschehen ist.«

Er breitete seine Arme aus, weil er ihre Nähe brauchte und nicht wusste, was er sonst tun sollte. »Komm her.« Sie eilte zu ihm und schlang ihm die Arme um die Taille. Ihr warmes Gewicht war ein Trost, von dem er nicht gewusst hatte, dass er ihn brauchte. Er erinnerte sich daran, dass sie sein Ein und Alles war, auch wenn er es nicht wollte, zumindest nicht in diesem Moment, nicht während alles zerbrechen konnte. »Bleib.« Er blickte zu ihr hinab. »Im Gästezimmer«, stellte er klar. »Wo du normalerweise schläfst. Den Rest werden wir später klären. Aber bleib.«

Er musste sie in Sicherheit wissen, in seiner Obhut, bis er sich den nächsten Schritt überlegt haben würde. Und als sie nickte, schlug sein Herz schneller und seine Schultern entspannten sich. Heute Nacht würde sie in Sicherheit sein. Heute Nacht konnte er nachdenken.

Er würde sich etwas einfallen lassen, sobald es Morgen war.

Das hoffte er zumindest.

Kapitel Neun

insley hatte sich in Lochlans Gästezimmer eingerichtet. Sie war zwar erschöpft, hätte jedoch trotzdem gern mehr erfahren. Sie wusste allerdings, dass ihr Wunsch jetzt nicht in Erfüllung gehen würde. Die Tatsache, dass sie in seinem Haus geschlafen hatte, weil sie Angst um ihn hatte, und dass er so ausgesehen hatte, als hätte er Angst um sie, bedeutete etwas, aber sie wusste nicht genau was. Sie hatten lediglich darüber geredet, ob sie bereit zum Schlafen war und ob sie wusste, wo ihre Zahnbürste war. Sie hatte schon unzählige Male bei ihm übernachtet, während sie auf Misty aufgepasst hatte, und auch schon davor, wenn sie nach einer langen Filmnacht auf seiner Couch geschlafen hatte.

Damals hatte es nichts bedeutet, denn sie waren Freunde, und das taten Freunde eben manchmal. Die Tatsache, dass sie etwas Ersatzkleidung, ihre eigene Schublade und ihre eigene Zahnbürste im Gästezimmer hatte, bedeutete, dass Lochlan vielleicht recht hatte. Vielleicht hatte sie sich zu sehr in Lochlans und Mistys Leben eingemischt.

Aber es war ja nicht so, dass sie das jetzt wirklich ändern wollte.

Sie hatte sich während des größten Teils der Nacht hin und her gewälzt, unfähig zu schlafen, während er ihr so nahe war und so viele unbeantwortete Fragen zwischen ihnen standen. Sie konnte immer noch nicht glauben, was am Abend zuvor geschehen war. Und sie versuchte immer noch, alles zu verarbeiten: den Streit, das Geschrei, die Polizisten, die Tatsache, dass seine Brüder jetzt über sie beide Bescheid wussten ...

Es war alles ein bisschen zu viel, aber schließlich konnte sie sich nicht davor verstecken.

Wenn sie erst einmal wieder mit Lochlan allein wäre, würde sie einen Weg finden, in aller Ruhe darüber zu sprechen, was zwischen ihnen beiden vorging, und auch über die wichtigen Dinge, die in Whiskey geschahen. Er verheimlichte etwas, das wusste sie. Und er hielt sich zurück, weil er versuchte, sie zu beschützen. So viel war klar. Lochlan versuchte immer, sie zu beschützen, egal wie oft sie ihm sagte, dass sie auf sich selbst aufpassen konnte. Sie hatte an seinen Selbstverteidigungskursen teilgenommen, die er begonnen hatte, im Fitnessstudio anzubieten, weil es ihm nicht gefiel, dass sie nachts allein in ihrer scheinbar sicheren Stadt herumlief. Sie nahm immer noch daran teil, wenn er sie anbot, um ihre Fähigkeiten aufzufrischen, und er übte auch außerhalb der Kurse mit ihr, damit sie stets vorbereitet war.

Sie wusste nicht, wovor genau er sich fürchtete, was ihre Sicherheit anbelangte, aber sie waren nicht nur befreundet, sondern sie verbrachte auch gern Zeit mit ihm, aus Gründen, die sie seit einer Ewigkeit für sich behalten hatte. Sie hätte gern gewusst, was geschehen wäre, wenn weder seine Brüder noch kurz danach die Detectives aufgetaucht wären.

Sie musste wissen, was Lochlan verheimlichte und was er vielleicht gesagt hätte, wenn sie mehr Zeit gehabt hätten.

Und sie musste wissen, dass er in Sicherheit sein würde. Denn angesichts dessen, wie sie sich gefühlt hatte, als die Polizisten ihm Fragen gestellt hatten, die so klangen, als glaubten sie, er hätte Dennis getötet, wusste sie nicht, ob es ihm wirklich gut ging. Es musste alles zusammenhängen: seine Geheimnisse, Dennis, dass Lochlan sie von sich wegstieß. Wie, das wusste sie nicht, aber sie würde einen Weg finden, ihn dazu zu bringen, es ihr zu sagen. Sie hatte keine andere Wahl.

Ainsley seufzte und parkte ihren Wagen vor Melodys Haus, dessen beeindruckendes Mauerwerk sie wie immer zum Staunen brachte. Melody war vor Kurzem nach Whiskey gezogen, um bei ihrer Großmutter Miss Pearl zu wohnen, die zufällig ein fester Bestandteil der Stadt und Teil ihrer jüngeren Geschichte war. Fox lebte jetzt auch dort, und bald würde es auch ein Baby im Haus geben. Ainsley konnte es kaum erwarten. Sie liebte Babys und noch mehr gefiel es ihr, dass Fox und Melody bis über beide Ohren ineinander verliebt waren.

Heute Abend würde Ainsley hier übernachten, weil die Mädchen etwas Zeit mit ihr verbringen wollten. Zweifellos hatten ihre Freundinnen sie eingeladen, weil ihre Männer ihnen erzählt hatten, was am Abend zuvor bei Lochlan geschehen war. Melody störte das nicht, denn sie brauchte Freundinnen, mit denen sie über die ganze Situation reden konnte. In der Vergangenheit hatten andere Frauen ihre Beziehung zu Lochlan nicht verstanden und immer versucht, sich entweder einzumischen oder ihn für sich selbst zu gewinnen. Sie war nie eifersüchtig gewesen, nicht wirklich, zumal sie nie stark genug gewesen war, ihm ihre Gefühle zu gestehen. Allerdings hatte es ihr nicht gefallen, wenn die anderen Frauen sie fallen gelassen hatten, sobald Lochlan ihnen keine Aufmerksamkeit geschenkt hatte – oder zumindest nicht die Aufmerksamkeit, die sie sich gewünscht hatten.

Kenzie und Melody waren anders, und nicht, weil sie ihre Zukunft mit Lochlans Brüdern gefunden hatten. Ainsley hatte das Gefühl, dass die beiden sich nicht in ihre Freundschaft mit Lochlan eingemischt und Ainsley nicht weggestoßen hätten, nur um versuchen zu können, dem Mann näherzukommen, auch wenn sie Single geblieben wären.

Ainsley wusste, dass die beiden Frauen ihre Gefühle für Lochlan bemerkt hatten, aber sie bedrängten sie nie.

Heute Abend jedoch würden sie sie löchern. Das wusste sie. Und heute Abend könnte Ainsley zum ersten Mal bereit sein, sich zu öffnen.

Hoffte sie.

Melody hatte heute Morgen eine SMS geschickt, in der sie Ainsley zuckersüß darum bat, zum Frauenabend zu kommen und über Nacht bei ihr zu bleiben, und Ainsley hatte es Lochlan gegenüber erwähnt, als sie zur Tür hinausgingen. Er hatte ihr kurz zugenickt. Er schien froh zu sein, dass sie nicht allein zu Hause sein würde, und da er ihr nicht sagen wollte warum, hatte sie nur die Augen verdreht und war gegangen. Es ärgerte sie, dass er so verdammt beschützerisch war und es nicht erklären wollte.

Also würde sie über Nacht bei Melody, Kenzie und Miss Pearl bleiben, sicher hinter Schloss und Riegel, während sie sich überlegen würde, was sie als Nächstes tun sollte. Aber um das zu tun, musste sie aus dem Wagen aussteigen und tatsächlich mit allen reden.

Melody öffnete die Tür mit einem breiten Grinsen und ihr kleiner Babybauch war so bezaubernd, dass Ainsley sich beherrschen musste, ihre Hände nicht darauf zu legen, um ihre *Nichte ehrenhalber* zu spüren. Ainsley schluckte den Kloß hinunter, der sich bei diesem Gedanken in ihrer Kehle gebildet hatte.

Alle fanden sich zu Paaren zusammen, schauten in die Zukunft und wurden im wahrsten Sinne des Wortes erwachsen, während Ainsley ein wenig hinter den anderen zurückblieb. Nicht dass sie vorhatte, sich deswegen zu lange selbst zu bemitleiden. Sie hatte einen Beruf, den sie liebte, und auch wenn sie nicht, wie manch anderer, Geschwister von ihrem Blut hatte, zumindest nicht mehr, so hatte sie doch Lochlan und seine Familie.

Solange sie ihn nicht wegen ihrer einen gemeinsamen Nacht und dem, was sonst noch in seinem Kopf vorging, verlor.

»Du kannst meinen Bauch anfassen, wenn du willst«, sagte Melody, nachdem sie die Tür geschlossen hatte. »Ist schon okay. Ich meine, wenn Fremde auf mich zukommen und meinen Bauch anfassen, könnte ich ausflippen, aber du gehörst zur Familie.« Sie zwinkerte und der Kloß in Ainsleys Kehle wurde noch dicker, doch dann wurde ihr am ganzen Körper warm.

»Wow. Du wirst so dick. Nicht dass du dick wärst,

aber … du weißt schon, was ich meine«, fügte sie schnell hinzu.

Melody schnaufte. »Ja, ich weiß. Aber Fox hat heute Morgen etwas Ähnliches gesagt und ich musste ihm dafür einen Klaps geben.«

Ainsley verzog das Gesicht. »Ja, wahrscheinlich nicht das Netteste, was man zu einer Frau sagen kann, die sich im zweiten Drittel der Schwangerschaft befindet.« Schnell stellte sie ihre Tasche auf dem Boden ab und legte leise seufzend ihre Hände auf Melodys Bauch. Sie spürte weder einen Tritt noch sonst irgendeine Bewegung. Sie war sich nicht einmal sicher, ob das in diesem Stadium überhaupt geschehen konnte, denn alles, was sie über Schwangerschaft wusste, stammte aus dem Fernsehen und aus Büchern – schließlich unterrichtete sie aus gutem Grund Chemie und nicht Biologie –, aber sie spürte dennoch eine gewisse Verbindung. »In dir wächst ein Mensch heran. Das ist so … verrückt.«

»*Verrückt* ist der richtige Ausdruck«, meinte Melody lachend. »Ich komme gerade in die Heißhungerphase. Aber das kann anscheinend jederzeit während der Schwangerschaft geschehen. Ich fange auch an, alle zehn Minuten pinkeln zu müssen, aber das kann auch reine Einbildungskraft sein, wie ich mich kenne.«

Ainsley zog ihre Hand weg und lachte zum ersten Mal seit der Nacht mit Lochlan wieder richtig. Sie wollte nicht darüber nachdenken, dass sie keine Antworten hatte, aber andererseits konnte sie sich heute Abend nicht davor drücken, da sie und Lochlan wahrscheinlich das Hauptgesprächsthema bei ihren Freundinnen und ihr sein würden. Das und die Ermittlungen, die ihr Magenschmerzen bereiteten.

»Vielleicht bereitet dein Verstand deinen Körper nur auf den Zeitpunkt vor, wenn du nur noch herumwatschelst und das Baby tatsächlich auf deine Blase drückt.«

Melody verzog das Gesicht. »Nun, auf diesen Teil freue ich mich gar nicht. Außerdem macht mir die ganze Sache mit der Geburt eine Heidenangst, aber ich werde es durchstehen, weil ich es kaum erwarten kann, eine Mom zu werden.« Ihre Augen strahlten und Ainsley konnte sich ein Lächeln nicht verkneifen. »Ich weiß, dass ich Fehler machen werde, und wahrscheinlich werde ich am Anfang nicht gut darin sein, aber Grandma Pearl bringt mir schon so viel bei. Außerdem ist Fox' Mom großartig. Und ich weiß, dass Kenzie auch lernt, denn sie hat nicht nur Nate zu Hause, sondern ich weiß auch, dass sie und Dare bereit sind, es bald auch zu versuchen.«

»Bevor wir es merken, wird es ein paar neue Collins-Babys geben. Und Tabby ist auch bald fällig.«

Melody grinste. »Ich bin froh, dass sie zuerst an der Reihe ist. Das nimmt irgendwie den Druck von mir, denke ich. Obwohl ich mich wegen dieser Aussage wie eine Idiotin fühle.«

»Vielleicht geht es dir ja auch nur wie jeder anderen Frau, die zum ersten Mal Mutter wird. Du bist nervös und gleichzeitig aufgeregt. Ich kann es kaum erwarten, das Baby in meinen Armen zu halten. Nur um es einmal gesagt zu haben.«

»Nun, du wirst seine Tante Ainsley ehrenhalber sein, also stell dich schon mal darauf ein, oft ein Baby auf dem Arm zu halten.« Melody grinste sie anzüglich an. »Nach allem, was ich gehört habe, wirst du vielleicht nicht nur die Ehrentante, sondern eine richtige.«

Ainsley schloss die Augen und stöhnte. »Natürlich, Fox hat es dir erzählt.«

»Dare hat es mir auch erzählt«, sagte Kenzie hinter ihr.

»Und da man vor mir kein Geheimnis verbergen kann, weiß ich es auch«, sagte Miss Pearl lachend, die nun an Melodys Seite trat. Die ältere Frau legte ihr den Arm um die Taille und Melody lehnte sich an sie, ohne ihr Gewicht auf die schlanke Frau zu legen.

»Ein Leckerbissen für euch.« Ainsley stöhnte auf, als die anderen lachten, und ließ sich dann von ihnen ins Wohnzimmer führen, wo verschiedene Käsesorten, Dips, Chips, Brote, Kekse und andere Appetithäppchen bereitstanden. Die Mädchen hatten sich richtig ins Zeug gelegt und Melodys Magen knurrte schon beim Anblick all dessen.

»Sei doch nicht so«, sagte Kenzie und drückte sie an sich. »Wir werden nicht darüber reden, wenn du nicht willst, aber es scheint eine große Sache zu sein.«

»Es ist eine große Sache«, fügte Miss Pearl hinzu, während sie sich in ihren Sessel mit der hohen Rückenlehne sinken ließ, von dem Ainsley wusste, dass er äußerst bequem war. Das war typisch Miss Pearl, Klasse und Bequemlichkeit perfekt vereint. »Aber weil es um dich geht. Weil es um Lochlan geht. Nicht weil es schlecht wäre. Und ich würde gern alle Details hören, denn ich bin nicht mehr so jung wie früher, und skandalöse Leckerbissen zu erfahren ist so ziemlich das Einzige, was ich noch vom Leben habe.«

»Grandma«, drohte Melody, aber in ihren Augen tanzte ein Lachen.

»Was denn? Lochlan ist gut gebaut.« Miss Pearls

Augen weiteten sich in gespieltem Entsetzen. »Ich meine … oh, ihr wisst schon, was ich meine.«

»Das war kein Versprecher, Grandma.«

»Das wäre aber besser einer gewesen.«

Kenzie und Ainsley ließen sich auf die Couch fallen und hielten sich die Bäuche, während sie wie Schulmädchen kicherten. Melody stimmte mit ein, während Miss Pearl eingehend ihre Fingernägel betrachtete.

»Ich würde sagen, meine Arbeit hier ist getan, aber ich möchte nicht gehen, ohne alle schmutzigen Details gehört zu haben.« Miss Pearl beugte sich vor, in ihre Augen schlich sich Kälte ein. »Ich möchte auch wissen, was gestern Abend geschehen ist. Fox hat nicht viel gesagt, denn ich weiß nicht, was er dachte, uns erzählen zu können, aber ich habe im Laufe der Jahre meine Erfahrungen mit der Polizei gemacht, junge Dame. Wenn du mich brauchst, bin ich da. Das Gleiche gilt für deinen Jungen.«

»Er gehört mir nicht, Miss Pearl.« Ainsley hatte das nicht als Erstes und Einziges sagen wollen. Aber offensichtlich würden sie an genau dem Punkt beginnen.

»Er gehört dir, auch wenn keiner von euch beiden bereit ist, es zuzugeben.«

»Grandma«, drohte Melody erneut.

Miss Pearl hob beide Hände in die Höhe. »Ich höre jetzt auf, aber warum fängst du nicht am Anfang an, Ainsley. Zumindest mit dem, was für dich wichtig ist. Du bist im Moment so kribbelig, dass du beinahe aus der Haut fährst, weil du alles herauslassen musst. Wir sind hier unter uns Frauen, wir sind eine Familie. Egal was nach dem heutigen Abend geschehen mag, egal was geschehen mag, wenn diese Kriminalgeschichte vorbei ist, du bleibst eine von uns.«

Ainsley traten die Tränen in die Augen und Kenzie ergriff ihre Hand. Sie erwiderte den Händedruck und lehnte sich dann an Melodys Schulter. Ainsley setzte sich auf die Couch zwischen ihre beiden neuen Freundinnen und gegenüber von Miss Pearl, der Frau, die ihr bereits eine bessere Mutter war, als sie je eine gehabt hatte, und erzählte ihnen von ihrem Streit mit Lochlan.

Von dem ersten Streit und dem Mangel an romantischen Verabredungen, die zu ihrer gemeinsamen Nacht auf seiner Couch geführt hatten.

Von dem zweiten Streit, der dazu geführt hatte, dass er versucht hatte, sie aus seinem Leben zu stoßen.

Von dem dritten Streit, der geendet hatte, bevor irgendetwas hatte geklärt werden können.

Die Tatsache, dass es in letzter Zeit so viele Streitereien zwischen ihnen gegeben hatte, schmerzte Ainsley, aber sie wusste, dass es bald eine Lösung geben musste. Sie betete nur, dass es eine sein würde, mit der sie leben konnte.

Und weil sie nicht über den letzten Streit sprechen konnte, ohne Fox, Dare und die Polizei zu erwähnen, erzählte Ainsley ihnen alles, was sie über die Ermittlungen wusste, und die Tatsache, dass sie tatsächlich Lochlans Alibi war.

»Ich verstehe nicht, warum die Beamten glauben, dass Lochlan etwas mit Dennis’ Tod zu tun hat«, meinte Kenzie stirnrunzelnd. »Jeder, der in Whiskey wohnt, kannte Dennis. Er war eine feste Größe im Fitnessstudio und an einigen anderen Orten in der Stadt. Ich bin noch ziemlich neu hier und sogar ich kannte ihn.«

»Das Gleiche gilt für mich«, fügte Melody hinzu. »Es ist, als wüssten die Detectives nicht, wem sie die Tat anhängen sollen, also fixieren sie sich auf Lochlan, nur weil er sich vor seinem Studio aufgehalten hat. Es sei denn, es steckt mehr dahinter.«

Ainsley schüttelte den Kopf. »So will ich nicht denken. Ich möchte glauben, dass sie alle möglichen Verbindungen untersuchen und bald die richtige Person finden werden. Lochlan kann es auf keinen Fall gewesen sein und ich habe bereits gesagt, dass ich alles unterschreiben würde, was nötig ist, sogar vor Gericht aussagen, und alles tun, was verlangt wird, um das Alibi zu unterstützen. Ich bin mit der Sache überfordert. Aber, wisst ihr, es ist, als wüsste Lochlan etwas, was wir nicht wissen. Er hat Misty zu ihren Großeltern geschickt und mich stößt er weg, um *mich zu schützen*. Ich weiß nur nicht, wovor er mich schützen will.«

»Dann wirst du es herausfinden müssen«, sagte Melody schnell. »Ich kann aus diesem Mann nicht schlau werden und ich kenne ihn noch nicht lange, aber ich habe das Gefühl, dass ich damit nicht allein bin. Aber wenn er dich vor irgendetwas schützen will, dann dreht es sich um das, was auch immer gerade in Whiskey geschehen mag. Es muss wichtig sein. Wenn irgendjemand ihn zum Reden bringen kann, dann bist du das, Ainsley.«

»Leichter gesagt als getan.«

»Natürlich wird es nicht leicht sein«, fügte Miss Pearl hinzu. »Nichts, wofür es sich zu kämpfen lohnt, ist einfach. Ich kenne die Vergangenheit des Jungen nicht, aber nach allem, was er sagt, ist da offensichtlich etwas dran. Und obwohl er dich im Dunkeln lassen will, um dich zu schützen, funktioniert das offensichtlich für keinen von euch beiden. Erkläre ihm das. Denn der beste Weg, sich selbst zu schützen, besteht darin, zu wissen, was um einen herum vorgeht.«

»Sie hat recht«, sagte Kenzie. »Du darfst ihn nicht mit seiner großen, bösen Beschützerrolle davonkommen lassen, in der er so gut ist. Ich habe ewig gebraucht, um herauszufinden, was Dare verletzt hat, und du kennst meine Vergangenheit, du weißt, wovor ich weggelaufen bin. Letztendlich hat es Dare und mir geholfen, dass wir wussten, was der andere durchgemacht hat, als wir herausfinden mussten, wie wir das, was danach kam, durchstehen konnten.«

Ainsley ergriff erneut die Hand ihrer Freundin und drückte sie. Kenzie war durch die Hölle und zurück gegangen. Dare übrigens auch. Aber jetzt heiratete das Paar und dachte daran, die Familie zu vergrößern.

»Ich glaube, er wird mir sagen müssen, was los ist«, sagte Ainsley. »Ich werde ihm keine andere Wahl lassen.«

»Und die andere Sache?«, fragte Kenzie leise. »Du und Lochlan?«

Ainsley schüttelte den Kopf. »Ich weiß es nicht.«

»Ich wusste von dem Moment an, in dem ich dich mit ihm gesehen habe, dass du Gefühle für ihn hast.« Melody verzog das Gesicht. »Ich meine, ich bin sicher, die anderen haben es nicht bemerkt, aber ich war irgendwie wachsam, als ich hierhergezogen und in deiner Familie gelandet bin.«

Ihre Familie. Sie benutzten ständig diesen Ausdruck und Ainsley hatte Angst, was geschehen würde, wenn Lochlan und sie sich nicht versöhnen würden. Wäre es dann immer noch ihre Familie? Und was, wenn sie und Lochlan ... *etwas* versuchten und es schiefging?

Was würde sie dann haben?

Sie mochte ihren besten Freund jahrelang geliebt haben, aber das bedeutete nicht, dass sie wusste, was sie mit diesen Gefühlen anfangen sollte.

»Ich weiß nicht, was ich wegen Lochlan unternehmen werde, aber ich weiß, dass ich Hunger habe, und das alles hier sieht fantastisch aus. Können wir essen und ein wenig dummes Zeug reden? Wir können später auf das Drama, das mein Leben ist, zurückkommen, aber im Moment wäre mir ein anderes Frauenthema lieber.«

Ihre Freundinnen sahen erst sie an und dann einander, bevor sie sich über die Gerichte und ihre Getränke hermachten. Lochlan ging Ainsley aber trotzdem immer noch durch den Kopf, auch während sie und die anderen Frauen über Fernsehsendungen und den neuesten Whiskey-Klatsch sprachen, der nichts mit Geheimnissen und Tod zu tun hatte.

Als sie dann schließlich das Gästezimmer im Erdgeschoss betrat, das sie für die Nacht mit Kenzie teilen würde, war sie satt, erschöpft und emotional ausgelaugt. Ihre Freundin war für eine Weile in die Bibliothek gegangen, um mit Dare zu telefonieren, und Ainsley nahm an, sie selbst würde sehr schnell einschlafen.

Sie hatte nicht damit gerechnet, aber plötzlich erschien Lochlans Name auf dem Bildschirm ihres Telefons, sobald sie sich auf ihr Bett gesetzt hatte.

Sie wollte nicht rangehen.

Aber sie musste das Gespräch annehmen.

»Lochlan.«

»Ich wollte nur hören, ob alles in Ordnung ist.« Seine

raue Stimme jagte ihr Schauer über den Rücken und sie bemühte sich, nicht aufzustöhnen. Denn als sie jetzt seine tiefe Stimme hörte, erinnerte sie sich daran, wie er sich angehört hatte, als er schreiend in ihr kam.

Sie würde heute Nacht wohl doch nicht gut schlafen können.

»Wie geht es Misty?« Das war das Erste, was ihr einfiel, das sie fragen konnte, ohne wieder wütend auf ihn oder sich selbst zu werden.

»Ich habe vorhin mit ihr gesprochen. Sie hat diese Woche Spaß mit ihren Großeltern.«

»Wirst du mir sagen, warum sie dort ist?«

»Du weißt, dass wir geplant hatten, dass Misty eine Woche bei ihnen bleibt.« Damit hatte er ihre Frage nicht beantwortet, und das wussten sie beide.

»Ja, aber ich wusste nicht, dass es diese Woche war.« Ainsley wusste, dass es mit dem zu tun hatte, was auch immer mit ihm los sein mochte, aber solange Misty in Sicherheit war und geliebt wurde, würde Ainsley versuchen, es zu verstehen.

»Nun, es ist diese Woche.« Er räusperte sich. »Pass heute Nacht auf dich auf. Es tut mir leid, dass ich dich angeschrien habe. Aber es gibt Dinge, die du nicht weißt.«

Sie biss sich auf die Zunge, um nicht zu schreien. »Ich kann sie nicht wissen, wenn du sie mir nicht sagst.« Pause. »Ich dachte, wir seien Freunde. Dass es keine Geheimnisse zwischen uns gäbe.« Letzteres war eine Lüge, denn sie hatte ihre Gefühle immer vor ihm geheim gehalten, aber es war ja nicht so, als stünde sie wie eine Heilige auf einem Podest oder so.

»Das sind wir.«

»Dann bist du nicht sehr gut darin. Du musst es mir sagen. Ich kann nicht so für meine Sicherheit sorgen, wie du es dir vorstellst, wenn ich nicht alle Fakten kenne.«

»Ich kann es dir nicht sagen.« Er klang nicht mehr so sicher wie zuvor. Aber es tat trotzdem weh, das zu hören.

»Dann muss alles so bleiben, wie es ist, unsicher und für keinen von uns beiden gut.« Sie stieß zittrig den Atem aus. »Gute Nacht, Lochlan.«

Sie beendete das Gespräch, bevor er noch etwas sagen konnte, weil sie Angst hatte, ihren Tränen freien Lauf zu lassen. Wenn sie nicht aufpasste, würde sie alles verlieren. Das Problem war aber ihre Befürchtung, am Ende festzustellen, dass sie überhaupt nichts hatte, wenn sie nichts riskierte.

Als sich vor dem Fenster etwas bewegte, erstarrte sie. Sie sagte sich, es sei nur eine optische Täuschung des Mondlichts, weil sie mit den Nerven am Ende war. Trotzdem ging sie zum Fenster, wobei sie sich außer Sichtweite hielt, und schloss schnell die Jalousien, bevor Kenzie zurückkkam.

Lochlan raubte ihr aus mehr als einem Grund die Nerven, aber in Whiskey war tatsächlich jemand getötet worden und der Mörder war noch nicht gefasst. In Zukunft würde sie vielleicht mit dieser Unruhe leben müssen.

Kapitel Zehn

Lochlans Muskeln spannten sich an, als er seinen letzten Klimmzug beendete. Seinem Körper sah man es nicht an, da er diese Übungen im Schlaf machen konnte, aber sein Geist war bereits erschöpft von einer weiteren schlaflosen Nacht – keine gute Voraussetzung, um für das, was kommen mochte, gerüstet zu sein.

Er ließ die Stange los, fiel auf die Füße und begann, sich zu dehnen. Er bemühte sich, sich normal zu verhalten und sich von den Geschehnissen um ihn herum nicht sichtbar beeinflussen zu lassen. Lochlan war sich jetzt ganz sicher, dass Riker ihm den besagten Brief geschickt hatte, und das bedeutete, dass er nicht vorsichtig genug sein konnte, wenn es um irgendetwas ging, das mit Dennis zu tun hatte – und jetzt auch mit der Firma. Seiner Firma.

Verdammt.

Er hatte nichts weiter unternommen, als seinem Anwalt Bescheid zu geben. Er wusste nicht, was er tun würde, aber die Firma aufzulösen und damit das Thema abzuschließen schien die beste Option zu sein. Doch er wusste nicht, wie er das anstellen sollte, vor allem wegen all der sensiblen Daten, mit denen die Firma umging. Dies war also ein weiterer Punkt auf seiner Liste der zu lösenden Probleme.

Aber zuerst musste er Riker ausfindig machen.

Lochlan hatte seine Kontaktpersonen angewiesen, die Augen offen zu halten, aber kein großes Aufsehen zu erregen. Er hoffte, bald etwas zu hören, denn die Lage wurde ein wenig heikel und Lochlan wollte sicherstellen, dass seine Familie in Sicherheit war.

Seine Familie, einschließlich Ainsley.

Er schloss die Augen und verdrängte diese Gedanken, während er sich für Boxsprünge bereit machte. Sein Fitnessstudio folgte einem offenen Raumkonzept mit ein paar Räumen an der Seite für den Unterricht, sodass er, während er an einem Gerät trainierte, den Rest des Studios und die Trainierenden im Auge behalten konnte.

Er wusste, dass Ainsley drüben auf dem Ellipsentrainer saß, um ihr Training für den Abend zu absolvieren. Er war sich ihrer Anwesenheit bewusst, seitdem sie das Studio betreten hatte. Er wollte nicht, dass sie allein nach draußen ging, zumindest nicht abends, aber auch tagsüber hatte er kein gutes Gefühl dabei. Daher würde er einen Weg finden, dafür zu sorgen, dass jemand sie begleitete, wenn sie nach Hause ging.

Aber da er vollkommen durcheinander war, war er sich nicht sicher, ob er selbst das sein würde.

Lochlan drehte den Kopf hin und her und straffte die Schultern, um sich auf die Sprünge vorzubereiten. Anfangs würde er es langsam angehen lassen, um seinen

Rhythmus und sein Gleichgewicht zu finden, und dann die Intensität mit der Zeit steigern. Einer seiner Trainer stand bereit, um bei Bedarf zu helfen. Lochlan mochte zwar der Besitzer des Studios sein und wissen, was er tat, aber er war nicht dumm – auch wenn er sich seit Kurzem so fühlte.

Den ersten Sprung vollführte er mit Leichtigkeit und begann dann mit dem Zählen. Er war verschwitzt und sein Körper schmerzte. Und beinahe hätte er abgebrochen, als der erste Pfiff ertönte. Er kam nicht aus dem Rhythmus, aber er starrte die Frau an, die den Pfiff abgegeben hatte. Die Frau in den Sechzigern auf dem Laufband zwinkerte und winkte ihm zu. Er verdrehte nur die Augen, bevor er zum nächsten Sprung ansetzte.

Er machte es noch zwei weitere Male, wobei er ignorierte, dass alle Anwesenden ihn anstarrten. Und als er seinen letzten Sprung landete, einen seiner höchsten, aber nicht den höchsten, den er je zustande gebracht hatte, brach das Studio in jubelnden Applaus aus.

Sein Team lachte und er wischte sich den Schweiß aus den Augen, während einige der Frauen im Raum ihm anzügliche Bemerkungen zuriefen. Im Allgemeinen begrüßte er es nicht, dass auch nur irgendjemand, der bei ihm trainierte, Aufmerksamkeit dieser Art erhielt. Sein Fitnessstudio sollte für alle Trainierenden ein geschützter Ort sein, aber da in den letzten Tagen nach dem Vorfall mit Dennis die Atmosphäre angespannt gewesen war, ließ Lochlan es durchgehen.

Dieses eine Mal.

Wenn es jedoch noch einmal geschähe, würden ihn alle hier noch kennenlernen.

Dann blickte Lochlan auf und in Ainsleys Gesicht.

Ihre Augen lachten und ihre Mundwinkel zuckten. Er schluckte schwer. Es lief nicht gut zwischen ihnen. Zur Hölle, es stand sogar verdammt schlimm zwischen ihnen, wegen der Worte, die gefallen, und der Entscheidungen, die getroffen worden waren. Aber wenn sie noch lachen konnte, und das sogar mit ihren Augen, und ihm ein kleines Lächeln schenkte, dann war es vielleicht gar nicht so schlimm.

»Ich bin fertig«, informierte er den Trainer, der ihm zur Seite gestanden hatte, während er aufräumte, aber er war sich nicht sicher, ob er nicht auch mit sich selbst sprach. Denn das Schlimme war, wenn er Ainsley ansah, mit ihren dunkler werdenden Augen und dem Schweiß, der ihr beim Training über die Brust rann, war er sich nicht sicher, warum er sich von ihr fernhielt.

Er wusste nicht einmal mehr, warum er das jemals gewollt hatte.

Und genau das war das Problem, richtig? Er war sich über nichts mehr sicher, und das führte dazu, dass seine Gedanken sich verwirrten und seine Worte härter ausfielen, als er wollte. Er machte immer wieder Fehler, und das konnte ihn teuer zu stehen kommen bei allem, was gerade vor sich ging.

Riker war ein Teil davon, das wusste Lochlan. Er war sich fast sicher, dass der Brief mit ihm zu tun hatte, er wusste, dass die Firma aufgelöst werden musste, und er wusste, dass das, was mit Dennis geschehen war, nur der Anfang war. Und weil alles auf einmal geschah, hatte Lochlan nicht einmal Zeit, um Dennis zu trauern, den Mann, mit dem er zusammengearbeitet und den er lange genug gekannt hatte, um ihm wirklich etwas zu bedeuten. Oder vielleicht hatte er auch die Zeit, konnte es sich aber nicht erlauben, weil er sonst noch mehr Fehler gemacht hätte.

So ging es ihm normalerweise.

Und wenn er jetzt Fehler machte, würden am Ende die verletzt werden, die er liebte.

Einschließlich Ainsley.

Ja, Lochlan liebte sie, hatte sie immer geliebt, aber den Gedanken, dass es eine andere Art von Liebe sein könnte, hatte er sich jahrelang verboten.

Und jetzt konnte er nur noch daran denken.

Er machte sich auf den Weg in sein Büro und schloss die Tür hinter sich, denn er brauchte Zeit zum Nachdenken und zum Arbeiten. Mit so vielen Leuten um sie herum war Ainsley sicher, und seine Mitarbeiter wussten, dass sie ihn informieren mussten, sobald sie gehen wollte. Sie mochten zwar nicht verstehen, was zwischen ihm und Ainsley vor sich ging – was übrigens niemand verstand, nicht einmal er selbst –, aber sie wussten, dass Lochlan auf sie achtgab. Und da sie alle um Dennis trauerten und selbst nervös waren, waren sie vorsichtig. Verdammt, alle schafften es so gut, sich normal zu verhalten, sich so zu verhalten, als hätten sie keine Angst vor dem, was um sie herum vor sich ging, dass es für sie vielleicht eine Erlösung war, darüber nachzudenken, was zwischen Lochlan und Ainsley vor sich ging.

Da öffnete sich nach einem angedeuteten Klopfen die Tür und Lochlan hätte sich beinahe erschrocken, bis er aufblickte und Ainsley hereinkommen sah, Schweiß auf der Stirn und mit einem schuldbewussten Gesichtsausdruck. Sie schloss die Tür hinter sich und er vermutete, dass sie nicht wollte, dass jemand anderes hörte, was sie zu sagen hatte.

Er bemühte sich zu ignorieren, wie perfekt die Leggings sich um ihren Hintern schmiegten und wie aufreizend ihr Sport-BH ihre Brüste zusammenpresste. Dann versuchte er, nicht daran zu denken, wie sie aussehen würde, wenn er seinen Schwanz zwischen ihre Brüste gleiten ließe, woraufhin er ihn hastig unter den Shorts zurechtrücken musste.

Dann … dann dachte er daran, dass er sie bereits nackt gesehen hatte, sie nackt unter sich gespürt hatte, und fragte sich, ob es vielleicht in Ordnung war, dass er an all dies dachte. Denn so wie ihre Augen sich verdunkelten, glaubte er nicht, dass ihre Gedanken reiner waren als seine.

»Hi«, begrüßte er sie mit rauer Stimme. Sie war immer rau, aber in ihrer Gegenwart neigte sie dazu, tiefer zu klingen. Er hatte versucht zu glauben, dass es daran lag, dass er in ihrer Nähe er selbst sein konnte, und das war wirklich einer der Gründe. Aber es war mehr. So viel mehr. Verdammt noch mal.

»Hi.« Sie stieß den Atem aus. »Also … ich bin hier, um mich zu entschuldigen.«

Er erhob sich. Seine Augen weiteten sich. »Wofür zur Hölle musst du dich entschuldigen? Ich bin doch das Arschloch.«

Ainsley schüttelte den Kopf und sah ihm in die Augen, bevor sie mit den Schultern zuckte. »Das könnte tatsächlich sein. Und das ist auch normal so, weil wir Freunde sind und uns frei genug fühlen, uns manchmal gegenüber dem anderen wie ein Arschloch zu verhalten. Ich meine, wenn wir uns nicht darauf verlassen können, dass wir einander auch mal schlecht behandeln dürfen, wozu ist dann eine Freundschaft gut?«

Sie hatte recht, aber bevor er etwas erwidern konnte, fuhr sie fort: »Ich bin hier, um mich dafür zu entschuldigen, dass ich gestern Abend unser Telefonat so abrupt beendet habe. Das war eine blöde Aktion. Ja, dass du mich aus dem Haus geworfen hast, war auch eine blöde Aktion, aber ich nehme an, der Grund war die Sache, die du verheimlichst. Und wenn ich endlich weiß, worum es geht, werde ich den Sinn dahinter sehen können.«

Er schüttelte den Kopf, verwirrt wie immer, wenn es um Ainsley ging. »Du scheinst ziemlich sicher zu sein, dass ich vernünftige Gründe hatte.«

Als sie näher an ihn herantrat, musste er wieder seinen Schwanz zurechtrücken. Er konnte es nicht ändern. Er reagierte immer auf ihre Nähe, vor allem wenn sie nur spärlich bekleidet und schweißbedeckt war. So war es eben.

So reagierte er nun einmal auf sie.

»Ich bin mir immer ziemlich sicher. Aber nicht, wenn es um dich geht. Nicht in letzter Zeit. Aber das ist etwas, an dem ich selbst arbeiten muss. Ich meine, wenn es dir nicht gefällt, mit mir Sex zu haben, und du es nie wieder tun willst, dann ist das okay. Aber vielleicht können wir uns dazu äußern. Oder … nicht. Aber ich bin gekommen, um dir zu sagen, dass es mir leidtut, dass ich das Gespräch abgebrochen habe. Ich war müde und habe herumgejammert und ich mag es nicht, wenn ich mich so verhalte.«

Er hatte keine Ahnung, wo er anfangen sollte, aber er sprach trotzdem. »Du hast nicht gejammert. Und ich habe dir Grund genug gegeben zu reagieren, wie immer du es wolltest.«

Sie standen nun direkt voreinander, nahe beieinander, aber ohne sich zu berühren.

»Wir nennen uns immer noch ständig beste Freunde. Und so viele Jahre lang haben wir uns auch so verhalten. Wir waren definitiv beste Freunde. Aber in den letzten paar Tagen verhalten wir uns nicht mehr so. Und ich weiß genau, dass eine Freundschaft bedeutet, zueinander zu stehen, auch in schweren Zeiten. Und Lochlan? Diese zählen als schwere Zeiten. Oder nicht? Wir sollten zusammenhalten, wenn es schwierig wird.«

Lochlan fluchte leise vor sich hin, dann umfasste er ihr Gesicht. Er hatte nicht vorgehabt, sie zu berühren, aber andererseits hatte er in letzter Zeit auch so vieles andere nicht vorgehabt. »Ainsley.«

Dann tat er das, was er nicht tun sollte.

Er küsste sie.

Ihre Zunge streifte seine. Da knurrte er und vertiefte den Kuss, während er seine Hände auf ihrem Gesicht liegen ließ, weil er sie dort lassen musste, falls er zu schnell vorginge, falls er sie oder sich selbst ängstigte, weil er tat, was er nicht tun sollte.

Indem er aufhörte, Tatsachen zu leugnen.

Als er sich dann schließlich von ihr löste, waren ihre Augen geweitet und sie keuchten beide.

»Zwischen uns ist schon seit einiger Zeit nichts mehr perfekt, Ainsley, aber das liegt nicht an dir. Es liegt an mir, weil ich versuche, meine Finger von dir zu lassen, weil du einer der wichtigsten Menschen in meinem Leben bist. Und ich und Sex … das passt nicht zusammen. Meine Partnerinnen verlassen mich immer, Ainsley. Und ich könnte es nicht ertragen, wenn du gehen würdest.«

Er hatte das nicht sagen wollen und wusste, dass er sie damit wahrscheinlich nur noch mehr verwirrte, aber es war die Wahrheit. Er hatte keine Beziehungen mit Frauen. Er war kein Idiot, aber er band sich auch nicht durch ein Versprechen an eine Frau. Der einzige Mensch, mit dem er das versucht hatte, hatte ihn verlassen. Ihn und ihre gemeinsame Tochter.

Und Lochlan war sich nicht sicher, ob er damit umgehen könnte, wenn Ainsley ihn verließe. War sich nicht sicher, ob er damit umgehen könnte, wenn sie Misty verließe, obwohl *er* ihr gesagt hatte, sie solle sich fernhalten.

Denn sie würde gehen.

Das taten sie alle.

»Das ergibt keinen Sinn, Lochlan.« Sie leckte sich die Lippen. »Ich verlasse dich nicht.«

Dann küsste sie ihn und presste sich an ihn. Sie schmiegte sich perfekt an seinen Körper, was ihn an andere Dinge denken ließ.

An viel schmutzigere Dinge.

Dann erinnerte er sich daran, dass sie die Tür verschlossen hatte.

»Ich habe das nicht geplant«, flüsterte sie an seinen Lippen. »Ich wollte nur reden.«

Er fasste ihr an den Hintern und drehte sie beide herum, sodass sie am Ende mit gespreizten Beinen und ihn zwischen ihren Schenkeln auf dem Schreibtisch saß.

»Dies hier wird unsere Probleme nicht lösen, weißt du«, flüsterte sie. Sie bog den Hals nach hinten und er saugte an ihrer köstlichen Haut, weil er sie schmecken musste.

»Es wird dir zeigen, dass ich gern Sex mit dir hatte.

147

Ich hatte den besten Sex meines Lebens mit dir. Warum ich mich zurückgezogen habe? Das liegt an mir. Es liegt nur an mir. Es hat mit allem zu tun, was um uns herum passiert. Und mit der Tatsache, dass ich dich nicht verlieren will.«

Sie biss ihm auf die Lippe und er stöhnte. »Du wirst mich nicht verlieren. Das kann ich dir versprechen. Denn ich will dich auch nicht verlieren.« Er leckte ihr über die Lippen und sie öffnete sie für ihn. »Was tun wir hier, Lochlan?«

»Ich weiß es nicht, aber ich will es weiterhin tun.«

Sie grinste. »Es ist der Sport-BH, stimmt's?«

Er biss ihr ins Kinn. »Es waren die Boxsprünge, stimmt's?«

»Vielleicht.« Ein Kuss. »Wir sind dumm.«

»Sogar sehr dumm.«

Er küsste sie erneut. Sie schlang ihre Beine fest um seinen Körper und zog seinen Schwanz nahe an ihre Hitze.

»Aber wir tun es trotzdem«, flüsterte sie. »Danach werden wir reden.«

Er umfasste ihr Gesicht und sah ihr in die Augen, weil er wusste, dass er nichts vor ihr verbergen konnte. Das war ihm schon immer misslungen und er wusste, wenn er es weiter versuchte, würde er noch zusehen müssen, wie sie ihn verließ.

»Danach.«

Ihre Augen weiteten sich. »Versprochen?«

Er hätte sich in den Hintern treten können für den Schmerz, den er in ihren Augen sah. »Ja. Ich verspreche es.« Dann nahm er ihren Mund, denn er brauchte sie. Sie befanden sich an seinem verdammten Arbeitsplatz und jeden Augenblick konnte jemand anklopfen – und einige würden genau wissen, was sie hier taten. Aber das war ihm egal.

Er musste sie haben, musste ihr zeigen, dass er sie wollte, dass sie ihm etwas bedeutete, dass er nicht so ein Arschloch war, wie er es in letzter Zeit hatte raushängen lassen.

Also gab er seinem Verlangen nach.

Und sie auch.

Er zerrte an ihrem Sport-BH und ließ sich von ihr helfen, ihn auszuziehen, weil diese verdammten Dinger ihn immer nervös machten und er ihr nicht wehtun wollte. Dann sah er ihre Brüste und die rosafarbenen Nippel, die um seinen Mund bettelten. Also senkte er den Kopf und saugte an einem, während er mit den Fingern an dem anderen zupfte.

Ainsley hielt sich an der Schreibtischkante fest, die Beine um seine Taille geschlungen, während sie den Kopf in den Nacken fallen ließ. Sie sah aus wie eine Göttin, aber das hätte sie ihm nie geglaubt, wenn er ihr das gesagt hätte. Sie nahm seine Komplimente nicht so leicht an und da er nur sprach, wenn es wichtig war, neigte er dazu, sich zurückzuhalten und nicht genug zu sagen.

Das musste sich ändern.

Mit ihr in seinen Armen wusste er, dass sich das ändern musste.

»Du bist so verdammt schön.« Ein Kuss. »Ich könnte den ganzen Tag lang an dir herumlecken.« Ein Biss. »Den ganzen verdammten Tag.« Ein Saugen.

»Lochlan. Ich brauche … ich brauche …«

»Ich weiß, was du brauchst.«

Er richtete sich auf und umfasste ihren Nacken, während er seine Hände über ihrer Yogahose zwischen ihre Beine schob. Sogar durch den Stoff hindurch konnte er ihre Hitze spüren. Er rieb seinen Handballen an ihr. Sie stöhnte auf und wölbte sich ihm entgegen. Also tat er es wieder. Und noch einmal.

Und als sie sich dann hin und her wand, zog er die Hand schnell zurück, zerrte am Bund ihrer Hose und grinste, als sie sich vom Tisch erhob und ihm half, sie mitsamt ihrem Unterhöschen in einem Zug auszuziehen.

Dann war er mit seinem Mund auf ihr, leckte und saugte an ihrer Muschi und blies abwechselnd heiße und kühle Luft über sie, als sie ihre Beine auf seine Schultern legte. Er schmauste wie ein Mann bei einem Festmahl und leckte ihre Säfte auf, die bereits an seinem Kinn heruntertropften. Ihre Muschi war so feucht und bereit für ihn, dass er nur noch aufstehen und sich ausziehen musste, um direkt in ihren engen, heißen, feuchten Schlitz zu gleiten.

Aber obwohl sein Schwanz so hart war, dass er befürchtete, er könnte platzen, behielt er seinen Mund auf ihr und blickte an ihrem sündhaft sexy Körper hinauf, während sie an seinem Gesicht kam. Ihr Körper bäumte sich so stark auf, als er seine Zunge immer wieder über ihre Klitoris schnellen ließ, dass er sie an den Hüften festhalten musste, damit sie nicht von seinem Schreibtisch fiel.

Dann stand er auf, riss sich das Hemd vom Leib und schälte sich aus den Shorts, bevor ihm einfiel, dass er etwas sehr Wichtiges nicht dabeihatte, das sie zum Weitermachen brauchen würden.

Er fluchte und ergriff den Ansatz seines Schwanzes,

während er auf sie herabblickte, wie sie gerade aus dem siebenten Himmel zurückkehrte. Er drückte seinen Schwanz zusammen und versuchte, sich selbst davon abzuhalten, bei diesem Anblick gleich hier und jetzt auf ihren Bauch zu kommen. Er war kein Teenager, er konnte es länger aushalten, aber ohne Kondom würden sie noch kreativer werden müssen, als sie es ohnehin schon waren.

Sie sah ihn mit geweiteten Pupillen an und schluckte schwer. »Ich bin gesund und nehme die Pille. Ich vertraue dir, Lochlan. Wenn du sagst, du bist gesund, dann bist du gesund. Du bist nicht so dumm, deinem Körper zu schaden. Du achtest auf dich. So wie ich auf mich achtgebe.«

Er beugte sich zu ihr hinunter und bedachte ihre Lippen mit einem brennenden Kuss. »Ich habe dich nicht verdient«, flüsterte er.

»Ich dich auch nicht. Damit sind wir wohl quitt. Und jetzt, bitte, komm in mich rein. Du siehst nämlich aus, als hättest du Schmerzen, so wie du da stehst mit deinem dicken Schwanz, der auf mich wartet.« Dann spreizte sie die Beine, während sie immer noch auf seinem Schreibtisch saß, und er war sich ziemlich sicher, dass er in seinem Leben noch nie etwas so Heißes gesehen hatte.

Er trat näher an sie heran und positionierte die Spitze seines Schwanzes an ihrem Eingang. Und als sie seinem Blick begegnete, schob er ihn langsam in sie hinein, Zentimeter für Zentimeter, wobei er sich immer wieder zurückzog, um beim nächsten Mal ein wenig tiefer in sie einzudringen. Sie atmete schnell und er stöhnte auf, als sie ihre inneren Wände um ihn herum zusammenzog. Sobald er sie vollständig ausfüllte, legte er sich ihre Beine über die Arme und trat in Aktion.

Er stieß in sie hinein und zog sich wieder aus ihr heraus, hart und schnell, denn er war nicht mehr fähig, sich zurückzuhalten. Und dieses Mal begegnete er ihrem Blick, ohne abzuschweifen und ohne sich zurückzuziehen und sie herumzudrehen wie beim letzten Mal, als es ihm zu viel geworden war, ihr in die Augen zu schauen.

Diese Grenze hatten sie bereits überschritten. Es gab kein Zurück mehr.

Sie kam zuerst. Ihr Körper zuckte, ihre Augäpfel kippten nach hinten weg, ihre Brüste überzogen sich mit leichter Röte und ihre Nippel wurden hart und spitz. Und als sie sich noch mehr um seinen Schwanz zusammenzog, was er nicht für möglich gehalten hatte, kam auch er und folgte ihr in den Abgrund.

Lochlan leckte wieder über Ainsleys Hals. Ihr Atem vermischte sich, während sie versuchten, von den Höhen des Orgasmus herunterzukommen. Er wusste, dass sie einiges klarstellen mussten, dass sie reden mussten, dass sie vieles tun mussten, aber als sein Handy auf dem Schreibtisch vibrierte, wusste er, dass ihre kleine Blase, in der sie allein waren, geplatzt war. Zumindest vorerst.

In Ainsleys Augen tanzte ein Lachen, als sie ihm in die Augen sah. »Geh ran, solange du noch in mir bist. Ich fordere dich heraus.«

Sein weicher werdender Schwanz zuckte und er begegnete ihrem Blick, wobei sich ein Lächeln auf seinen Lippen bildete. »Du bist verdorben.«

Sie spannte ihre inneren Muskeln an, bis er die Augen verdrehte.

»Gut.« Er nahm das Telefon zur Hand, ohne sich die Mühe zu machen, auf den Bildschirm zu blicken. »Was?«

Ainsley schlug sich die Hand vor den Mund, um ein Kichern zu unterdrücken, und Lochlan verspürte den Drang, ein wenig in sie hineinzustoßen, aber die Stimme am anderen Ende ließ ihn erstarren und das Blut in seinem Körper gefrieren.

»Gut zu wissen, dass du dich nicht verändert hast, Kumpel.«

»Riker«, knurrte er. Ainsley warf ihm einen seltsamen Blick zu und Lochlan wusste, dass er ihr bald von diesem Mann erzählen musste, aber nicht, während er in ihr war, und nicht, während er mit diesem verdammten Arschloch redete.

»Ah, du erinnerst dich an mich. Hast du meinen Brief bekommen?«

Er hatte es gewusst.

»Was zum Teufel willst du?« Lochlan glitt aus Ainsley heraus, weil er nicht wollte, dass sie noch mehr in diese Sache hineingezogen wurde, als sie es ohnehin schon war. Er blickte ihr in die Augen, als er sich bückte, um sein Hemd aufzuheben, damit sie es überziehen konnte. Sie tat es und er beugte sich hinunter und küsste sie leicht auf die Stirn.

»Ich beobachte dich, Lochlan. Und ich glaube, du weißt, was ich will.«

Dann legte Riker auf und Lochlan hätte beinahe sein Telefon gegen die Wand geworfen. Stattdessen warf er einen Blick auf Ainsley und wusste, dass die Zeit für Geheimnisse abgelaufen war. Wie für so vieles andere.

Kapitel Elf

»W er war das?«, fragte Ainsley und zog Lochlans Hemd am Saum nach unten. »Und warum siehst du so aus, als hättest du gerade mit einem Geist gesprochen oder als wolltest du auf etwas einschlagen? Vielleicht auch beides.«

Lochlan beugte sich hinunter und küsste sie schnell, was sie beide überraschte, wenn man dem Ausdruck in seinen Augen Glauben schenken durfte. Sie war sich nicht sicher, ob sie sich jemals an den Gedanken gewöhnen würde, dass dies Lochlan war und dass sie dies taten, aber vielleicht konnte sie es.

Wenn sie erst einmal geredet hätten. Denn Ainsley war dieses Gespräch wirklich ungemein wichtig. Sie würden auf jeden Fall miteinander reden müssen. Jetzt sofort.

»Komm, wir ziehen uns an.« Er räusperte sich. »Dann fahren wir zu mir, damit wir uns unterhalten können.«

»Und der Anruf?«, drängte sie. »Wird der auch zur Sprache kommen?«

»Er ist Teil der Geschichte.« Er schloss die Augen und kniff sich in den Nasenrücken. Die Tatsache, dass er immer noch nackt in seinem Büro stand, war ihr nicht entgangen, und es war wirklich schwer, den Ernst der Lage zu würdigen, während sein Schwanz noch halbsteif war und sie sein Sperma in sich hatte.

Und da sie gerade daran dachte …

»Kann ich, äh … ein Papiertaschentuch haben oder so?«

Er fluchte, ging dann zu einem Schrank und holte ein sauberes Papiertuch heraus. Dann glitt er zwischen ihre Beine, blickte ihr in die Augen und säuberte sie zärtlich. Als er fertig war, benutzte er dasselbe Tuch, um sich selbst abzuwischen, bevor er es in den Mülleimer neben seinem Schreibtisch warf. Ohne ein weiteres Wort kleideten die beiden sich an. Sie zog sein Hemd aus, damit er es wieder anziehen konnte. Es fühlte sich unangenehm an nach allem, was gerade geschehen war, wieder verschwitzte Kleidung anzuziehen, aber sie hatte das Gefühl, dass an diesem Abend etwas viel Wichtigeres auf sie zukommen würde.

»Zu dir nach Hause?«, fragte sie.

»Wenn das in Ordnung ist. Müssen wir bei dir vorbeifahren?«

Sie schüttelte den Kopf. »Ich habe in meiner Tasche in der Umkleidekabine Kleidung zum Wechseln, und auch bei dir zu Hause. Aber ich habe die Tür abgeschlossen, damit wir reden konnten, nicht damit wir … du weißt schon.« Sie wusste, dass sie errötete, aber er lächelte nicht. Irgendetwas stimmte nicht und sie würde endlich erfahren, was es war. »Ich hoffe, die Leute im Fitnessstudio wissen nicht, was wir hier drin gemacht haben.«

»Mein Büro ist schalldicht.« Auf ihren Blick hin zuckte er mit den Schultern. »Wir haben die Technik für mein Geschäft mit Sicherheitstechnik ausprobiert. Wenn jemand etwas sagt, ist es mir auch egal. Lass uns einfach zum Haus fahren, okay?«

Er war nervös, aber nicht wegen dem, was sie gerade getan hatten. Es musste sowohl an dem liegen, worüber sie sprechen würden, als auch an dem Anruf. Also verließen sie hastig sein Büro und machten sich auf den Weg zu den Umkleideräumen, um ihre Taschen zu holen, wobei sie etwaige neugierige Blicke ignorierte. Zum Glück gab es nicht viele, wenn überhaupt welche.

Lochlan sprach mit einem seiner Jungs am Eingang und dann standen sie vor ihrem Wagen. »Ich bin zu Fuß gegangen«, erklärte er, als er sich auf ihren Fahrersitz setzte. Sie war kein Fan vom Autofahren, daher machte es ihr nichts aus. Schließlich hatte Lochlan gern die Kontrolle. Und da sie ihn gerade in sich gehabt hatte, was das bewies, war es nur logisch so.

Sie war nicht nervös, nicht wirklich. Nicht wenn sich etwas zwischen ihnen veränderte. Als sie dann schließlich in Lochlans Haus angekommen waren und er ihr sagte, sie solle duschen und sich frische Kleidung anziehen, während er das Gleiche täte, folgte sie seiner Bitte, während sie sich fragte, was er wohl zu verbergen gehabt hatte, und war dankbar, dass er es ihr endlich sagen würde. Sie konnten ihre Probleme nicht lösen, wenn er sein Geheimnis für sich behielt.

Die Tatsache, dass sich nach ihrem Gespräch noch

etwas anderes zwischen ihnen ändern könnte, war ihr auch in den Sinn gekommen, aber sie kannte Lochlan. Sie liebte ihn.

Er bedeutete ihr etwas.

Er bedeutete ihr alles.

Und für seine Tochter gilt das Gleiche, dachte sie, als sie aus dem Badezimmer kam und ihn am Telefon mit Misty reden hörte. Er beendete gerade das Gespräch, als er sie erblickte und ihr zunickte.

»Sie wollte mit ihrer Großmutter spielen und ich habe ihr nicht gesagt, dass du hier bist. Normalerweise hätte ich dich mit ihr reden lassen, aber ich will endlich unser Gespräch hinter mich bringen.«

Sie hob eine Augenbraue. »Hinter dich bringen?«

»Die Sache ist nicht ganz einfach, sondern verdammt kompliziert, deshalb weiß ich nicht, wo ich anfangen soll. Aber ich muss einfach irgendwo anfangen, okay?«

Sie umfasste sein Gesicht. Als er sich nicht zurückzog, nahm sie das als einen Sieg. »Okay, raus damit, Lochlan. Erzähl ... erzähl es mir einfach.«

Er stieß den Atem aus. »Ich hoffe nur, dass du mich nicht hasst, wenn ich fertig bin.« Als sie die Hand senkte, entfernten sie sich nicht voneinander, sondern blieben sich so nahe, dass sie sich kaum beherrschen konnte, sich nicht an ihn zu schmiegen und ihm zu versichern, alles würde gut werden. Sie war sich ohnehin nicht sicher, ob das die Wahrheit war.

»Ich könnte dich niemals hassen.« Aber sie musste sich eingestehen, dass sie trotzdem Angst hatte. Wenn etwas ihn so verängstigt hatte, dass er sich so verhielt, dann musste auch sie sich Sorgen machen. »Manchmal allerdings, wenn ich wütend auf dich bin und dir gegen dein Schienbein treten möchte, weil du dich zurückziehst und dich versteckst … dann wünsche ich mir, dich hassen zu können. Aber ich kann es nicht.« Und vielleicht war genau das das Problem.

Lochlan trat noch näher an sie heran und fuhr mit dem Finger über ihre Wange. Sie fing seinen Blick ein und weigerte sich, die Augen zu schließen und sich zu ihm zu beugen, um sein Mienenspiel nicht zu verpassen.

Er musterte ihr Gesicht noch ein paar Augenblicke lang, bevor er ihre Hand ergriff und sie zur Couch führte. Dieselbe Couch, auf der er sie geliebt hatte, auf der sie miteinander geschlafen hatten. Dasselbe Möbelstück, auf dem sie endlose Abende mit schlechten Filmen und langweiligen Fernsehsendungen verbracht hatten. Dieselben Kissen, auf denen sie sich auf ihm ausgestreckt hatte, nach einem gewissen harten Training, bei dem er keine Gnade gekannt hatte. Die Couch, auf der sie mit Misty gekuschelt und Lochlan dabei zugesehen hatte, wie er sein kleines Mädchen in einer langen, schlaflosen Nacht mit Koliken auf dem Schoß gehalten hatte.

Diese Couch barg so viele übereinandergelagerte Erinnerungen und sie wusste, dass jetzt vielleicht noch eine weitere hinzukommen würde.

Es war der Ort, an dem er ihr sagen würde, was er vor ihr verborgen hatte.

Ziemlich viel Gefühl und Bedeutung für ein Stück aus Holz und Stoff.

»Der Anruf im Büro kam von jemandem, den ich vor langer Zeit kannte. Jemand, von dem ich dachte, ich hätte ihn vor Jahren hinter mir gelassen.« Er runzelte die Stirn. »Wie sich herausgestellt hat, habe ich mich gründlich geirrt.«

Ainsley griff nach seiner Hand und die Schwielen seiner Finger unter ihrer Handfläche erinnerten sie daran, dass Lochlan immer mit den Händen gearbeitet hatte. Er war immer ein Mann des Geistes *und* des Körpers gewesen.

»Erzähl es mir einfach.«

»Es ist eine lange und komplizierte Geschichte und ich weiß nicht, wo ich anfangen soll.«

»Dann fang chronologisch an. Das sage ich meinen Schülern auch immer. Fangt am Anfang an, wenn ihr nicht wisst, wie ihr eine Gleichung aufstellen sollt.«

Er schenkte ihr ein kleines Lächeln, bevor seine Augen sich mit Grauen füllten. Dann fuhr er fort: »Du weißt, dass ich früher im Sicherheitsdienst gearbeitet habe, aber ich habe nie über die Einzelheiten geredet.«

Sie wusste, dass ihr Lächeln schwach war, aber es war echt. »Ich dachte immer, dir gefiele die Vorstellung, dass die Leute dich für einen Spion mit einem Geheimnis oder etwas Ähnliches halten.«

Lochlan schüttelte den Kopf. »Nein, nicht wirklich. Es war nur … da gab es nicht viel zu erzählen. Ich war ein bezahlter Leibwächter für diejenigen, die mich brauchten. Ich führte Aufklärungs- und andere legale Missionen durch, aber die meisten Auftraggeber waren Leute, die so viel Geld besaßen, wie ich es mir für mich selbst nicht einmal erträumen konnte. Mein Boss und Mentor, der Eigentümer der Firma, hatte strenge Moralvorstellungen und brachte mir alles bei, was ich auf diesem Gebiet weiß. Das bedeutete, dass wir nie als Söldner arbeiteten oder Aufträge bekamen wie diese

Kerle, über die man liest, dass sie die falschen Jobs annehmen und am Ende entweder unschuldige Menschen umbringen oder selbst getötet werden.«

Er strich mit dem Daumen über ihre Haut und sie schluckte schwer, weil sie wusste, dass die Geschichte nicht gut ausgehen würde.

»Jason, mein Mentor, war ein guter Mann, aber er hat nicht immer gute Leute eingestellt. Er holte sich die Besten und daher brachten diese Leute manchmal ihre eigenen Probleme mit sich. Einer von ihnen, Riker, war ein ehrgeiziges Arschloch, das verdammt gut in seinem Job war, dem es aber nichts ausmachte, den kürzeren Weg einzuschlagen. Und er lehnte nie einen Auftrag ab, egal wie gefährlich er war oder welche Grenzen er dabei überschreiten musste.«

Bei der Erwähnung von Rikers Namen lief Ainsley ein Schauer über den Rücken, aber sie hörte weiter zu, denn sie wusste, dass noch mehr kommen würde.

»Riker war ... ist ein Söldner. Er wollte meinen Job, er wollte Jasons Job. Er dachte, wenn er stets in Jasons Gunst stände und stets der Beste bliebe, koste es, was es wolle, würde er die Firma bekommen, sobald Jason in den Ruhestand ginge, und er könnte sie für seine eigenen, nicht ganz so moralischen Zwecke nutzen. Ich bin wegen Misty gegangen, aber ich bin auch gegangen, weil ich nicht tot oder im Gefängnis enden wollte, nur weil Riker keine Grenzen kannte. Außerdem ist jene Welt etwas für jüngere Männer. Ich bin zwar noch nicht alt und habe noch viele Jahre vor mir, bevor ich mich alt nennen kann, aber mich kopfüber in die Gefahr zu stürzen, das wollte ich nicht. Also bin ich nach Hause zurückgekehrt und habe das Fitnessstudio und nebenbei das Sicherheitsgeschäft aufgebaut, um meine Familie und Freunde vor den Gefahren der Welt zu schützen … und vor der Welt, in der ich früher gelebt habe.«

Ainsley runzelte die Stirn. »Was meinst du damit?« Es gefiel ihr nicht, dass er von seinem Tod sprach, als sei er fast eine Gewissheit. Kein Wunder, dass schon die bloße Erwähnung von Rikers Namen in ihr den Wunsch geweckt hatte, sich an Lochlan zu klammern und nicht mehr loszulassen.

»Ich habe mit ein paar schlechten Leuten zusammengearbeitet. Am Anfang war es nicht so, aber am Ende ist das dabei herausgekommen. Jason hat die falschen Leute, wie zum Beispiel Riker, in die Firma aufgenommen und ich war immer vorsichtig mit den Informationen, die ich in die Welt hinausließ. Das ist schwer, wenn du einen Bruder hast, der Polizist war, dessen frühere Verwundungen und Fälle landesweites Aufsehen erregten, und der andere Bruder ein Journalist ist. Ganz zu schweigen von der Tatsache, dass Tabby in Denver Probleme hatte und ich nie abtauchen konnte.« Er machte eine Pause und blickte Ainsley in die Augen. »Nicht dass ich das jemals tun würde. Meine Familie bedeutet mir alles. Deshalb bin ich aus der Firma ausgeschieden.«

»Aber du sagst, Riker und die anderen würden … was wollen? Dir drohen? Weil du gegangen bist? Aber warum?« Sie war sich nicht sicher, ob sie das wirklich verstand, aber das war auch nicht ihre Welt und sie kannte nicht alle Einzelheiten.

»Dass ich gegangen bin, könnte eine Rolle spielen«, stimmte Lochlan zu. »Riker hat nie gern verloren. Und er hat viel verloren, als ich noch dabei war. Ich war immer Jasons zweiter Mann und hatte mehr Befugnisse als Riker. Ich hatte mir das jedoch nicht ausgesucht.«

Sie schüttelte den Kopf. »Du bist immerhin Lochlan. Natürlich hast du dir vorgenommen, der Beste zu sein. Dir war es vielleicht nicht bewusst, aber du verlierst nicht gern und du bist nicht gern der Zweitbeste, nicht einmal vor dir selbst. Du steckst alles, was du hast, in alles, was du tust.«

Er schnaufte und drückte ihre Hand. »Das ist wahr, obwohl ich am Ende nicht das wollte, was Jason hatte. Aber Jason war damit nicht einverstanden und Riker hat mir das übel genommen. Ich gehöre nicht mehr zu diesem Leben, auch wenn ich noch ein paar Kontakte habe. Mein Leben besteht jetzt aus meiner Familie. Meiner Tochter. Meiner Arbeit.« Er hielt inne. »Und dir.«

Ihr wurde ganz warm ums Herz, aber sie sagte nichts, denn sie wusste, dass noch mehr kommen würde.

»Riker hat das nie verstanden, aber obwohl ich ihn immer im Hinterkopf behalten habe, habe ich weitergemacht. Ich wollte nicht mehr an jenem Leben teilhaben und ich habe es mir verboten. Ich nahm an, Riker könnte die Firma übernehmen, wenn es ihm gefiele. Ich teilte Jason meine Bedenken mit, aber mein alter Mentor sagte mir, alles würde gut werden. Am Ende blieb ihm offensichtlich nur der einzige Ausweg, mir die verdammte Firma zu geben.«

Ainsley blinzelte. »Was ... wovon redest du?«

»Jason ist tot«, erklärte Lochlan kurz und bündig. »Ich habe es erst erfahren, als ich einen Brief von einem Anwalt bekam, in dem stand, dass ich jetzt die Firma besäße und über einige finanzielle Mittel verfügte, die ich vorher nicht hatte.« Er kniff sich wieder in den Nasenrücken und Ainsley rückte näher, sodass sie sich berührten. Sein Körper strahlte Spannung aus und sie wollte ihn einfach nur festhalten und dass alles wieder gut würde. Aber das hier war die reale Welt und sie funktionierte nun mal nicht so.

»Es tut mir leid«, flüsterte sie. Vor heute Abend hatte sie von diesem Mann, Jason, nichts gewusst, aber Lochlan hatte ihn als seinen Mentor bezeichnet. Und gemessen an dem Schmerz in seiner Stimme war er auch ein Freund gewesen und Lochlan trauerte um den Mann. Bei allem, was um sie herum geschah, war sie sich jedoch nicht sicher, wie viel Zeit – falls überhaupt – er sich tatsächlich gegeben hatte, um sich dieser Trauer bewusst zu werden.

»Mir tut es auch leid.« Er hob seinen Arm und sie schmiegte sich an ihn, als er sie an sich zog und auf den Kopf küsste. »Es tut mir leid, dass er tot ist, und es tut mir leid, dass ich nicht weiß warum. Ich habe Leute angerufen, die ich dort kenne, und sie glaubten an einen natürlichen Tod. Und so sehr ich das auch glauben möchte, ein Teil von mir kann das nicht, wenn Riker im Spiel ist.«

Sie seufzte. »Erzähl es mir.«

»Ich weiß nicht, was Jason widerfahren ist, aber ich werde es herausfinden. Ich habe auch mit den Behörden dort gesprochen, aber das wird dauern. Und bis dahin? Ich muss mir überlegen, was ich mit der Firma und dem Geld, das ich jetzt habe, machen soll. Ich will nichts davon, Ainsley. Warum hat der Mann das nicht gesehen? Warum hat er nicht gesehen, was ich wollte, als ich alles hinter mir ließ? Jetzt lädt er mir all das auf die Schultern, obwohl ich nie etwas davon gewollt habe.«

»Was wirst du jetzt tun?« Sie wusste nicht, was es bedeutete, ein solches Unternehmen zu besitzen, aber sie vermutete, dass es eine Menge Arbeit war und dass nichts Gutes dabei herauskommen konnte. Und außerdem hatte sie keine Ahnung, was *die Firma*, wie er sie nannte, eigentlich tat. Er blieb immer noch vage, aber in gewisser Weise verstand sie ihn. In manchen Fällen musste man nicht jede Einzelheit offenlegen, solange es nicht absolut notwendig war. Die Tatsache, dass er jetzt darüber sprach, sogar einige Einzelheiten preisgab, bedeutete, dass es jetzt notwendig war.

»Ich werde die verdammte Firma auflösen und alles verkaufen. Sie schließen. Was auch immer rechtlich getan werden muss, damit sie nicht auf meinen Namen läuft und niemandem schadet. Denn obwohl wir vielleicht viel Gutes geleistet haben, könnte diese Art von Informationen – Informationen über persönliche Daten und Geheimnisse hochgestellter Persönlichkeiten – in den falschen Händen, in *Rikers* Händen, eine Menge Schlechtes anrichten. Jemand könnte Jasons guten Namen benutzen, um schreckliche Dinge zu tun, an die ich nicht einmal denken möchte. Aber im Moment bin ich der Eigentümer und ich kümmere mich nicht darum. Noch nicht. Denn zuerst muss ich mich mit dem auseinandersetzen, was in Whiskey vor sich geht.«

Sie schluckte schwer. »Du redest von Dennis.« Irgendwie hatte sie gewusst, dass das alles zusammenhing.

Er nickte. »An dem Abend, an dem ich den Brief bezüglich der Firma erhielt, bekam ich auch einen Brief, den ich nicht zurückverfolgen konnte, in dem stand, dass ich auf mich aufpassen sollte und: *Sie wird mir gehören.* Da es in meinem Leben im Moment nur eine Sache gibt, auf die diese Worte anspielen könnten, nämlich die Firma, dachte ich sofort an Riker. Und bei den fortschreitenden Ermittlungen im Fall Dennis deutete alles darauf hin, dass Riker auch damit zu tun hatte. Und dann kam der Anruf.«

Ainsley setzte sich aufrechter hin. »Du sagst, dass Riker etwas mit dem Tod von Dennis zu tun hatte? Und dass, was? Dass er dir etwas anhängen will?«

»Ich weiß nicht, ob Riker Dennis selbst umgebracht hat oder ob er den Tod des Mannes nur benutzt, um mich zu denunzieren. Aber zuerst *glaubte* ich nur, dass er etwas damit zu tun haben musste. Und nach dem Anruf heute? Weiß ich es.«

»Was wollte er?«

»Er wollte mir sagen, dass er mich beobachtet.« Er machte eine Pause. »Und dass ich weiß, was er will. Ich nehme an, die Firma, die ich ihm aber nicht geben werde.«

»Deshalb hast du mich also weggestoßen?«, fragte sie. »Warum Misty bei ihren Großeltern ist? Weil du Angst davor hast, was Riker tun könnte?«

Er nickte ihr kurz zu. »Misty hält sich jetzt in einem Haus auf, das ich mit den besten Sicherheitssystemen ausgestattet habe, die es gibt. Es ist sogar sicherer als meins, da die Architektur des Hauses dem entgegenkommt. Sie ist dort sicherer, bis ich herausgefunden habe, was hier vor sich geht. Was dich betrifft? Verdammt, Ainsley, ich dachte, wenn du nicht in meiner Nähe wärst, wärst du kein Ziel, aber du bist in jeder

Hinsicht ein Teil meines Lebens. Es gibt nicht viel, was ich tun kann, um es so aussehen zu lassen, als gehörtest du nicht zu mir. Und ja, es gibt eine Menge anderer Dinge zwischen uns, die wir klären müssen, aber ich habe dich wegen Riker weggestoßen. Ich bin vielleicht paranoid, aber ich will dich in Sicherheit wissen.«

»Es ist nicht paranoid, wenn sie wirklich hinter dir her sind.« Sie hatte gewusst, dass es einen Grund gab, warum er ihr wehgetan hatte, aber sie hatte ihm noch nicht ganz verziehen. Sie hatten noch viel mehr zu besprechen, aber die Tatsache, dass er ihr so viel anvertraut hatte, musste etwas bedeuten.

Natürlich bedeutete sie etwas.

Sie musste einfach ihr Herz schützen, auch wenn sie sich noch ein bisschen mehr in ihren besten Freund verliebte.

Dann küsste er sie, bis sie zu zittern begann.

»Ich weiß nicht, was als Nächstes geschehen wird. Aber ich muss wissen, dass du in Sicherheit bist.«

»Wenn du willst, dass ich in Sicherheit bin, dann darfst du mir keinen Anlass geben, ständig zu grübeln und mich zu fragen, was zwischen uns vorgeht. Darüber müssen wir vielleicht mal reden. Irgendwann.« Sie hasste es, die Forderung überhaupt zu stellen, aber Kommunikation war der Schlüssel, und sie hatte nicht vor, sich den Kopf tätscheln und sagen zu lassen, alles sei in Ordnung.

»Wenn ich das wüsste, Ainsley, wäre ich nicht so griesgrämig.«

Sie schnaufte. »Du bist immer griesgrämig. Das will schon was heißen. Aber ernsthaft, was wirst du jetzt tun?«

»Ich werde dich küssen.«

Ihr wurde heiß. »Lochlan.«

Er stieß den Atem aus. »Ich werde noch einmal mit den Detectives reden und ihnen sagen, was geschehen könnte, auch wenn es weit hergeholt ist und keinen Sinn ergibt. Vor dem Anruf habe ich nichts gesagt, weil das alles nur Vermutungen waren. Aber jetzt? Nun, es sind immer noch nur Vermutungen, aber jetzt habe ich mehr Argumente im Kopf, die dafür sprechen, dass es einen Zusammenhang gibt. Und was dich anbelangt? Verdammt, Ainsley, ich könnte dich nicht aufgeben. Niemals. Ich weiß nicht, was als Nächstes zwischen uns geschehen wird, aber ich kann mich nicht von dir fernhalten. Wenn du mich haben willst, werde ich versuchen, nicht alles noch mehr zu vermasseln, als ich es bereits getan habe.«

Und als er sie wieder küsste, wusste sie, dass ihr das vorerst genügte.

Er war genug für sie.

Sie hoffte nur, dass sie auch genug für ihn war.

Kapitel Zwölf

Lochlan hielt Ainsley umschlungen, sein Körper war völlig wach, auch wenn sein Geist gerade erst aufwachte. Es war noch nicht Morgen, nicht annähernd, da Ainsley und er gerade erst zu Bett gegangen waren, aber sie musste mitten in der Nacht näher an ihn herangerückt sein und einen sehr wichtigen Teil von ihm geweckt haben.

Draußen tobte ein Sturm, Blitze zuckten über den Himmel, und Regen und Schnee prasselten gegen die Fenster. Die Tatsache, dass es Winter war, bedeutete gar nichts, aber ein Schneesturm war etwas Besonderes. Ab und zu donnerte es draußen und er wachte auf, nur um Ainsley fester an seine Seite zu ziehen. Er hatte nicht bemerkt, wie sehr er sie anscheinend im Schlaf brauchte, aber andererseits hatte er sich auch lange genug eingeredet, dass er nicht mehr von ihr bräuchte als das, was sie miteinander gehabt hatten. Vielleicht hätte er das von Anfang an wissen müssen.

Nachdem er und Ainsley geredet hatten, waren sie

ohne Abendessen zu Bett gegangen und hatten einfach nur dagelegen und über alles geredet, was sie sich vorher nicht gesagt hatten. Sie hatten sich noch einmal bei Misty und ihren Großeltern gemeldet, obwohl seine Tochter schon ins Bett gegangen war, bevor er anrief. Lochlan vermisste seine Tochter so sehr und er hatte das Gefühl, dass er sie bald abholen würde, ganz gleich, welche Abmachung er mit Marnies Eltern getroffen hatte. Ainsley war bereits tief in sein Leben eingebettet und wenn Riker ihn wirklich so beobachtete, wie er gesagt hatte, musste er sie bereits gesehen haben. Was seine Tochter betraf, so war sie vielleicht sicherer, wo sie war, aber verdammt, er vermisste sie.

Wieder erschütterte ein Donner das Haus. Ainsley rutschte noch näher an ihn heran und die Gedanken an Riker und alles andere verblassten. Stattdessen ließ er seine Hand hinuntergleiten und zwischen die Beine der Frau in seinen Armen.

Ainsley stöhnte auf und Lochlan biss ihr sanft in die Schulter.

Sie schwiegen, als er zuerst ihre Hose herunterzog, dann seine, sodass sie Haut an Haut lagen und sein Schwanz gegen ihren Hintern drückte. Als sie leicht hin und her rutschte, grinste er, löste seine Hände von ihrer Muschi und fuhr mit ihnen zwischen sie beide. Er ließ den Daumen zwischen ihren Pobacken entlanggleiten und tauchte in sie ein, um ihren Anus zu reizen. Sie erstarrte, dann warf sie einen Blick über ihre Schulter.

»Lochlan?«, flüsterte sie.

»Nächstes Mal.« Er wollte ihren Hintern, und wenn sie dazu bereit war, würde er ihn bekommen.

Sie schnaufte. »Sicher, mein Süßer.«

Er grinste und biss erneut in ihre Schulter, bevor er sich zurückzog, um sie vom Rest ihrer Kleidung zu befreien. Dann hob er langsam ihr Bein über das seine und glitt mit seinem Schwanz an ihrer feuchten Hitze entlang. Sie war bereits feucht und bereit für ihn. Er hatte eine Hand um sie herumgelegt und umfasste ihre Brust, während die andere zwischen ihren Beinen lag und mit ihrer Klitoris spielte, als er langsam in sie eindrang und sich wieder aus ihr herauszog. Er ließ sich Zeit, während sie sich gegenseitig Lust bereiteten und sich im Dunkeln kennenlernten – dieses Mal auf sanfte Art und nicht so heiß und hart wie zuvor.

Nach einer Weile zog er sich zurück, drehte sie auf den Rücken und glitt wieder in sie hinein, zwischen ihre gespreizten Beine. Auf diese Weise hatte er mehr Zugang zu ihrem Mund, ihren Brüsten, einfach zu ihr.

Ihr Orgasmus baute sich langsam gemeinsam auf. Beide atmeten schneller, als sie um ihn herum kam und sein Sperma sie füllte, bis sie beide zitterten, nach Luft schnappten und schwitzten.

Das war es, was Lochlan brauchte, was er wollte.

Er hatte so viel Zeit damit vergeudet, Angst zu haben, Ainsley mit den Augen eines Liebenden zu betrachten, und hatte sich keinen einzigen Gedanken in diese Richtung erlaubt.

Er küsste sie ausgiebig und sein weicher werdender Schwanz war immer noch in ihr, als sie ihn an sich zog. Ihre Brüste pressten sich gegen seinen Oberkörper, als sie ihre Arme um ihn schlang und mit den Händen träge seinen Rücken streichelte.

Er wollte keine Zeit mehr vergeuden. Das konnte er nicht. Nicht, wenn Ainsley in seinen Armen war.

In seinem Bett.

In seinem Leben.

Einfach … in ihm.

EIN WEITERER BLITZ ERHELLTE DEN RAUM UND diesmal folgte der Donner direkt darauf. Das Zimmer erbebte und dann erlosch das Nachtlicht im Flur, das Lochlan für Misty dort angebracht hatte. Auch im Rest des Hauses wurde es sofort dunkel und die Heizung schaltete sich mit einem Knall ab, als ein höllisch lautes Geräusch hinten aus dem Garten kam, als sei etwas direkt neben seinem Haus explodiert.

»Verdammt«, knurrte Lochlan und stieg aus dem Bett. Ein weiterer Blitz zuckte über den Himmel, als er in dessen Lichtschein auf Ainsleys Gesicht hinunterblickte. Bei dem Ausdruck ihrer weit aufgerissenen Augen zog sich ihm das Herz zusammen.

»Was war das?«

»Ich glaube, der Blitz hat einen Transformator zerstört. Ich habe einen Generator, aber ich muss rausgehen und mich um alles kümmern. Mein Gott, ich wusste nicht, dass das Gewitter so schlimm sein würde.« Sie befanden sich in Pennsylvania und da sie am unteren Rand des Staates lebten, zogen die Stürme oft an ihnen vorbei, auch wenn die Meteorologen einen Schneesturm vorausgesagt hatten. Manchmal wurden sie jedoch durch Küstenwinde und Ähnliches abgelenkt und Lochlan endete mit einem durchgebrannten Transformator und einem dunklen Haus.

Und möglicherweise ohne Alarmanlage.

Verdammt.

»Ich muss die Alarmanlage überprüfen.« Er beugte sich zu ihr hinunter und küsste sie hart auf den Mund. Dann schlüpfte er in seine Jeans, die er auf den Stuhl neben dem Bett geworfen hatte, bevor er und Ainsley unter die Decke geglitten waren. »Bleib hier und schließ die Tür ab.«

Ihre Augen schienen sich noch mehr zu weiten, wenn das überhaupt möglich war. »Du glaubst doch nicht, dass Riker etwas damit zu tun hat?«

Lochlan schüttelte den Kopf. »Nein, aber ich möchte es ihm nicht ermöglichen, das zu seinem Vorteil zu nutzen. Bleib hier. Bleib in Sicherheit. Ich bin gleich wieder da.« Er küsste sie noch einmal, dann verließ er sein Schlafzimmer und schloss die Tür hinter sich. Ainsley würde nichts Dummes tun. Sie konnte genauso dickköpfig sein wie er, aber wenn es um etwas Wichtiges ging, tat sie das Richtige.

Der Generator sprang nicht an und das beunruhigte ihn, da er bei Stromausfall wichtige Teile des Hauses versorgte und außerdem die Alarmanlage. Er wusste, dass Riker den Sturm nicht heraufbeschworen hatte, denn das war unmöglich und allein der Gedanke grenzte an Paranoia, aber das bedeutete nicht, dass der andere Mann nicht etwas getan hatte, um Lochlans Strom-Reservesystem zu sabotieren. Lochlan war am Abend zuvor so abgelenkt gewesen, dass er nicht alles doppelt überprüft hatte, wie er es normalerweise tat. Er hatte sich zwar vergewissert, dass die Alarmanlage einge-schaltet war, aber den Generator hatte er nicht über-prüft. Er war unvorsichtig gewesen, weil er völlig erschöpft gewesen war, Ainsley sich hatte hinlegen wollen und er dafür gesorgt hatte, dass sie sicher war und es warm hatte.

Verflucht sei sein Schwanz. Er hoffte inständig, dass er für diesen Mangel an Aufmerksamkeit nicht teuer bezahlen musste, denn dies war nicht der richtige Zeitpunkt, um bei den wichtigen Dingen nachlässig zu sein – einschließlich der Sicherheit der Frau, von der er glaubte, sie vielleicht mehr als nur wie eine Freundin zu lieben.

Lochlan schlich die Treppe hinunter und lauschte auf ungewöhnliche Geräusche, aber angesichts des tobenden Sturms wusste er, dass es ihm schwerfallen würde. Wahrscheinlich war es etwas weit weniger Unheimliches, als er es sich einbildete, aber es war mitten in der Nacht, draußen tobte ein Sturm, der scheinbar das Haus niederreißen wollte, und eine sehr warme und willige Frau lag in seinem Bett, wahrscheinlich zu Tode erschrocken, weil Lochlan überreagierte.

Nimm dich zusammen, sagte er sich. Er sprach es nicht laut aus, für den Fall, dass seine Befürchtungen doch nicht so abwegig waren. Aber im Ernst, er musste einfach nur zurück nach oben zu Ainsley, noch ein paar Stunden Schlaf bekommen und dann Misty abholen. Die Polizei würde doch in der Lage sein herauszufinden, was mit Dennis geschehen war und was auch immer um ihn herum vor sich ging, und er wusste, dass er wahrscheinlich aus einer Mücke einen Elefanten machte. Und dass Riker angerufen und einen Brief geschickt hatte? Das machte den Mann noch lange nicht zu einem Mörder. Es machte ihn zu einer Plage, die Lochlan ignorieren konnte, sobald er seine neu erworbene Firma losgeworden wäre. Es war alles nicht so schlimm, wie seine schlechten Gefühle es ihm vorgaukelten.

Gerade als ihm dieser Gedanke in den Sinn kam, hörte er das Geräusch eines zerbrechenden Fensters im Wohnzimmer, und Lochlan wirbelte herum, weil er sicher war, dass es kein Ast gewesen war, der das Geräusch verursacht hatte. Nein, er wusste, dass er nicht allein im Zimmer war, aber es war zu dunkel, um etwas zu sehen. Verdammt noch mal. Die Arme ausgestreckt, den Körper entspannt, obwohl er innerlich angespannt war, beruhigte er seinen Atem und lauschte.

Da.

Er duckte sich, als in der Dunkelheit eine Faust auf ihn zukam, und holte mit seiner eigenen aus, um den Angreifer in den Bauch zu treffen. Anhand der Größe des kaum wahrnehmbaren Schattens und des männlichen Stöhnens, als Lochlan ihn traf, nahm er an, dass es sich um einen Mann handelte. Lochlan wich zur Seite aus, als der Eindringling ihn erneut angriff und Lochlan diesmal am Kiefer traf. Der Kerl war gut trainiert, aber nach der Größe des Schattens und der Geschicklichkeit seiner Bewegungen zu urteilen war es nicht Riker. Es war jemand anderes, den Lochlan aus ferner Vergangenheit kannte.

Chris.

Rikers Stellvertreter. Ein weiteres Arschloch.

Chris beugte sich tief hinunter, um Lochlans Knie zu treffen, aber Lochlan war schneller. Er wich aus und schlug Chris zu Boden. Zum Pech für beide war der Couchtisch im Weg. Ein weiterer lauter Knall erfüllte die Luft, als die hölzerne Tischplatte in zwei Teile brach, da sie dem Gewicht von Chris' Körper nicht standhalten konnte, denn Lochlan hatte ihn mit ziemlicher Gewalt zu Boden geschleudert.

Chris rollte sich auf die Beine und stürzte sich erneut auf Lochlan. Diesmal schien das Mondlicht kaum durch die Wolken und die Jalousien, ließ aber einen Gegenstand aus Metall aufblitzen.

Verflucht, der Mann hatte ein Messer und Lochlan war nicht bewaffnet, da er sich, verdammt noch mal, in seinem eigenen Haus aufhielt und eigentlich kein Eindringling in diesem Haus sein sollte.

Lochlan wich aus, als Chris sich vorwärtsbewegte, das Messer vor sich haltend. Soweit Lochlan sich erinnern konnte, war Chris sogar noch geschickter im Umgang mit Klingen als er selbst, und die Zeit schien die Fähigkeiten des anderen Mannes noch verbessert zu haben. Im Nahkampf würde Lochlan jedoch immer besser sein als Chris. Daran musste er sich erinnern, wenn er hier lebend herauskommen wollte.

Mein Gott. War es die ganze Zeit Chris gewesen und Riker hatte nur angerufen, um es so aussehen zu lassen, als sei er es gewesen? Oder arbeiteten die beiden zusammen? Lochlan wusste es nicht und er würde später Zeit haben, darüber nachzudenken. Im Moment musste er versuchen, hier lebend rauszukommen, und dafür sorgen, dass niemand nach oben gelangte und Ainsley fand. Verdammt, er hoffte inständig, dass Riker nicht zusammen mit Chris gekommen war und gerade nach oben schlich, wo Ainsley war. Oder in diesem Augenblick sogar bereits bei Marnies Eltern war, um zu versuchen, Misty in seine Gewalt zu bringen.

Angesichts dieses Szenarios senkte sich ein kalter Hauch von Angst und Wut auf Lochlan hinab und dann dachte Lochlan nicht mehr über *was wäre, wenn* nach. Stattdessen wurde er zu dem Mann, der er einmal gewesen war, zu dem Kämpfer, der er einmal gewesen war, und trat in Aktion.

Ein Schlag seitwärts, ein Schnitt über den Arm, ein Grunzen, ein Schrei, und dann lag Chris am Boden und das Messer glitt über das Parkett, das von Lochlans Wohnzimmer in die Küche führte. Er versetzte Chris einen Schlag über den Kopf und der andere Mann wurde ohnmächtig. Lochlan suchte in den Überresten seines zerstörten Couchtisches nach den Kabelbindern, die er in einem Fach aufbewahrte, das Misty nie öffnete. Er war immer vorbereitet für den Fall, dass seine Vergangenheit ihn wieder einholte.

Und genau das tat sie jetzt.

Im nächsten Moment ertönten Sirenen vor dem Haus und Lichter flammten auf. Und Lochlan atmete auf, weil er wusste, dass Ainsley die Polizei gerufen hatte, als sie die Geräusche unten gehört hatte. Dann blickte er auf und sah sie oben auf der Treppe, in seinem Hemd und ihrer Jeans, mit dem Baseballschläger in der Hand, den er in seinem Schrank aufbewahrte. Sieben Jahre Softball bedeuteten, dass seine beste Freundin und Geliebte wusste, wie man ihn benutzte. Er war nur ein bisschen sauer, dass sie überhaupt aus dem Schlafzimmer gekommen war. Aber andererseits hätte auch er es nicht geschafft, sich bei all dem Lärm und den Kämpfen im Schlafzimmer einzusperren.

»Lochlan?« Ainsleys Stimme zitterte, aber sie klang immer noch stark. Bereit.

War es ein Wunder, dass er sie liebte?

Er würde später über diesen Gedanken nachdenken.

Zuerst musste er dafür sorgen, dass seine Frau und seine Tochter in Sicherheit waren.

»Ainsley. Ist alles in Ordnung?«

Sie kam die Treppe hinunter. Die Scheinwerfer und Blitze im Vorgarten warfen Schatten auf ihr Gesicht. Mit verengten Augen starrte sie auf seinen Arm. »Du blutest, also sollte wohl eher *ich* diese Frage stellen.«

Er sah auf den Schnitt an seinem Arm hinunter und schüttelte den Kopf. »Er ist oberflächlich und muss nicht einmal genäht werden. Bleib, wo du bist. Auf dem Boden liegen überall Glas- und Holzsplitter herum und ich will nicht, dass du dir wehtust. Hast *du* die Polizei gerufen?«

Sie nickte. »Als ich die Schreie hörte, habe ich sofort angerufen. Hätte ich das nicht tun sollen?«

»Ich bin nicht in einer Geheimorganisation oder Batman, Ainsley. Bei einem Einbruch ruft man immer die Polizei. Ich habe nicht sofort angerufen, weil meine Alarmanlage ausgefallen ist und ich ein bisschen damit beschäftigt war, Chris zu Boden zu schlagen.«

»Du kennst seinen Namen? Er ist nicht Riker?«

»Ich erzähle dir später alles.« Ein Klopfen ertönte an der Tür und er seufzte. »Und auch denen werde ich alles erzählen.«

Es hatte keinen Sinn mehr, irgendetwas zu verheimlichen, vor allem aber, weil die Zusammenhänge, die er sich zuvor nur eingebildet zu haben glaubte, sich jetzt bestätigt hatten.

ALS DIE POLIZISTEN SCHLIEßLICH MIT CHRIS IM Schlepptau abfuhren, hatte Lochlan höllische Kopfschmerzen und einen Verband um den Arm. Wie erwartet hatte er nicht genäht werden müssen, obwohl das Blut Ainsley beunruhigt hatte. Jetzt saßen er und Ainsley auf seiner Couch. Das Haus war wieder sauber, denn sie wollten keine Trümmer herumliegen haben, nachdem die Polizei die Beweise gesichert hatte. Der Strom war vor etwa einer Stunde wieder da gewesen und Lochlan hatte seine Alarmanlage und das Reserve-system wieder einrichten können. Chris hatte ein Kabel zum Generator durchgeschnitten, aber das war leicht zu reparieren gewesen.

Jetzt waren Fox und Dare bei ihnen, die herbeigeeilt waren, als Ainsley sie aus ihren Betten gescheucht hatte. Als die beiden eingetroffen waren, war Lochlan gerade von Renkle mit Fragen gelöchert worden, obwohl ihn eindeutig keine Schuld traf. Die Beamten schienen das jetzt zu verstehen. Ainsley hatte genau gewusst, wen Lochlan im Haus brauchte und was zu tun war. Sie hatte auch Marnies Eltern angerufen und sie geweckt, um sich nach Misty und ihrem Haus zu erkundigen. Dabei hatte sie es irgendwie geschafft, sie zu beruhigen und nicht aufzuregen, denn sie hatte es so klingen lassen, als sei sie nur wegen des Sturms besorgt und nicht wegen etwas Schlimmerem. Ainsley hatte in der Vergangenheit nicht viel Kontakt zu dem älteren Ehepaar gehabt, da die Atmosphäre immer etwas angespannt war, wenn es um Lochlans Freundschaft mit ihr ging, aber das schien keine Rolle zu spielen, wenn sie anrief, um sich zu verge-wissern, dass es seinem kleinen Mädchen gut ging.

Irgendwie würde er Misty und Marnies Eltern seine neue Beziehung zu Ainsley erklären müssen, ebenso wie einige der Gefahren, die um sie herum lauerten. Doch der richtige Zeitpunkt dafür würde kommen, aber nicht um fünf Uhr morgens nach einem schrecklichen Sturm und einem Einbruch in sein Haus.

»Das ist lächerlich«, murmelte Dare neben ihm und trank Kaffee, um sich wach zu halten. Alle kippten das Zeug hinunter, obwohl er das Gefühl hatte, dass Ainsley und er selbst das Koffein nicht brauchten, denn ihr Adrenalinspiegel war hoch genug. »Was hat dein alter Kumpel davon, wenn er Dennis' Tod zu seinem Vorteil nutzt oder ihn sogar selbst ermordet? Du wirst ihm doch nicht die Kontakte der Firma geben, nur weil er dich bedroht. Wenn überhaupt, würdest du sie ihm gerade deshalb verweigern, weil du nicht gern bedroht wirst.«

Lochlan zuckte mit den Schultern. »Ich habe nicht behauptet, Riker sei geistig gesund und das alles sei logisch. Aber wenn er es auf meine Familie abgesehen hat? Auf mein Kind?« Er blickte unsicher zu Ainsley hinüber, bevor er sich wieder Dare zuwandte. »Auf jemanden, der mir etwas bedeutet? Das könnte mich blockieren. Und das weiß er.«

»Du wirst ihn damit nicht davonkommen lassen. Und die Polizei auch nicht.« Ainsley verschränkte die Arme vor der Brust. Sie trug immer noch sein Hemd. Seine Brüder hatten es bemerkt, aber das war ihm egal. Sie wussten, dass ihre Beziehung sich geändert hatte, also sollte es sie nicht überraschen.

»Ich weiß. Ich weiß nicht, was als Nächstes geschehen wird, aber wir werden uns darum kümmern.« Lochlan stieß den Atem aus. »Ich werde euch beschützen. Und weil ich weiß, dass du dir Sorgen machst, Fox, werde ich keine rechtlichen oder ethischen Grenzen überschreiten. Die Polizei kann die Ermittlungen übernehmen. Ich werde mich um die Sicherheit meiner Familie kümmern.« Zu seiner Familie gehörte auch Ainsley und er wusste, dass sie es wusste. Er würde sich einfach bemühen, ihr die Konsequenzen verständlich zu machen, die sich daraus ergaben. Denn sie gehörte jetzt ihm, und das bedeutete, dass er nicht loslassen würde. Sie hatte gesagt, sie würde ihn nicht verlassen wie die anderen, und darauf musste er einfach vertrauen.

Denn sie gehörte ihm.

Und das bedeutete, dass er für ihre Sicherheit sorgen musste.

Und dafür, dass sie in seinem Leben blieb.

Was auch geschehen mochte.

Kapitel Dreizehn

Ainsley rieb sich die Schläfen, denn die Tatsache, dass sie in der Nacht zuvor nicht genügend Schlaf bekommen hatte, begann, sich mit Fortschreiten des Tages bemerkbar zu machen. Als sie in Lochlans Armen lag, nachdem sie bis spät in die Nacht geredet hatten, während der Sturm aufzog, hatte sie so fest geschlafen, als hätte sie gewusst, dass sie in seinen Armen sicher sein würde, egal was um sie herum geschah. Und wie sich herausgestellt hatte, war das auch der Fall gewesen. Ihre Sicherheit und ihr Leben waren mit Lochlan in der Nähe nie in Gefahr. Er war fähig, mit allem fertigzuwerden, was ihm in die Quere kam. Aber dass er sich überhaupt mit so etwas auseinandersetzen musste, vermittelte ihr nicht gerade ein Gefühl der Behaglichkeit. Und wenn sie daran dachte, was hätte geschehen können, wenn Lochlan den Eindringling nicht überwältigt hätte, beschlich sie immer noch ein Gefühl der Angst.

Wie konnte dies ihr Leben sein? Wie um alles in der

Welt konnte das alles in so kurzer Zeit geschehen? Sie gewöhnte sich gerade erst daran, dass Lochlan und sie *endlich* einen Schritt in Richtung von etwas Neuem und Wirklichem gemacht hatten, und nun kamen ihnen all diese Widrigkeiten dazwischen.

Aber so war das wirkliche Leben nun einmal, schätzte sie. Unerwartete Wendungen und Ereignisse und der Versuch, irgendwie mitzuhalten, während man im Augenblick lebte.

Lochlan und seine Brüder hatten alles besprochen, als die Sonne aufging. Jetzt konnte auch noch so viel Kaffee nichts mehr daran ändern, dass sie nur ein paar Stunden Schlaf bekommen hatte, bevor sie Arm in Arm mit Lochlan aufgewacht war. Dann hatten sie den süßesten und heißesten Sex ihres Lebens gehabt und waren danach wie vom Teufel gejagt aus dem Bett gesprungen.

Offenbar hatte Chris – und wie Lochlan glaubte, vielleicht sogar Riker – den Generator sabotiert und den Sturm benutzt, um einzubrechen. Lochlan nahm an, dass Chris oder Riker später ohnehin in sein Haus eingedrungen wäre, wenn der Strom nicht durch den Gewitter-Schneesturm ausgefallen wäre. Das bedeutete, dass jemand das Haus beobachtet hatte. Und als sie erwähnt hatte, dass sie glaubte, jemanden vor dem Fenster gesehen zu haben, als sie bei Melody gewesen war, war Lochlan vollkommen ausgeflippt. Sie wusste nicht, was er vorhatte, aber sie hatte das Gefühl, dass sie ab jetzt außer auf der Arbeit nicht mehr ohne Begleitung sein würde. Im Augenblick befand Lochlan sich auf dem Polizeirevier, um eine weitere Aussage zu machen und alle ihm bekannten Informationen weiterzugeben, während sie zu Hause war, eingeschlossen und durch die Alarmanlage gesichert, die Lochlan im Jahr zuvor eingebaut hatte. Sie hatte Arbeiten zu benoten, aber sie wusste, dass sie sich nicht so sehr darauf konzentrieren konnte, wie sie sollte.

Bei all den Problemen mit Lochlan hatte sie das gewisse Datum vergessen.

Normalerweise vergaß sie das Datum niemals.

Und deshalb kamen nun die Schuldgefühle, es vergessen zu haben, zu denen hinzu, in früheren Jahren nicht genug gewesen zu sein, und plötzlich wollte sie mit niemandem mehr reden. Sie hätte sich am liebsten in eine Decke eingewickelt und vergessen, wie schrecklich die Welt war. Nur für einen Moment.

Aber das war ihr nicht vergönnt.

Wie aufs Stichwort klingelte ihr Telefon und sie wusste, ohne auch nur einen Blick auf den Bildschirm zu werfen, wer es war. Ihre Mutter rief nur an bestimmten Tagen an und den heutigen Tag würde sie nie vergessen – auch wenn es Ainsley selbst ein paar Stunden lang entfallen war.

Wieder überfielen die Schuldgefühle sie. Sie nahm das Gespräch an und versuchte, ihre Stimme ruhig und gefasst klingen zu lassen.

»Hi, Mom.«

»Ainsley.« Eine betonte Pause. »Wie geht es dir?«

Ihre Mutter wohnte nicht in Whiskey und hatte sicher nichts von den jüngsten Ereignissen mitbekommen. Dafür war Ainsley dankbar. Sie liebte ihre Mutter wirklich. Die Frau war die einzige Familienangehörige, die ihr noch geblieben war, und das würde Ainsley nie vergessen, aber sie wusste auch, dass ihre Mutter sich nach jedem Gespräch mit Ainsley in sich selbst zurückzog und sich versteckte, um sich ihren Depressionen zu überlassen. Doch das war weder ihre Schuld noch die von irgendjemand anderem.

Es war nur so, dass sie nicht mehr die Familie waren, die sie einmal gewesen waren, und den Schmerz und den Verlust, den sie miteinander teilten, konnten beide manchmal nicht mehr ertragen.

»Mir … mir geht es gut.« Nicht vollkommen gelogen, aber auch nicht die ganze Wahrheit. Und das lag nicht einmal an dem, was in der Nacht und in der Woche zuvor geschehen war.

Ainsley hatte den Tag vergessen.

Wie hatte ihr das nur passieren können?

»Mir geht es auch gut«, fuhr ihre Mutter fort. »Ich rufe nur an, nun ja … du weißt ja, warum ich anrufe.« Eine Pause, in der ihre Mutter wahrscheinlich ihre Tränen unterdrückte, wie Ainsley wusste. Es ging ihnen besser, viel besser, nach all den Jahren, aber der heutige Tag und der andere Tag, der wichtig war, würden für die beiden immer schwierig bleiben. »Ich habe sie heute Morgen besucht, als ich aufgewacht bin. Gehst du später hin? Ich kann dich begleiten, wenn du willst.«

Ainsley schüttelte bereits den Kopf, noch bevor sie sagte, dass sie es allein tun würde. Es fiel Mom schwer, das Grab ihrer Schwester zu besuchen, und sie taten es auch nicht oft. Ein paar Jahre lang, nachdem Katie gestorben war, hatten Ainsley und ihre Mutter sie regelmäßig besucht, um Blumen niederzulegen und einfach nur zu reden. Aber Blumen waren für die Lebenden, genau wie Grabsteine und gepflegte Gräber. Kürzlich, als sie sich bei einem Bier unterhielten, hatte Ainsley

Lochlan erklärt, dass sie nach ihrem Tod eingeäschert werden wollte, nachdem ihre Organe einem guten Zweck zugeführt worden wären.

»Ich will mit dem Wind fliegen«, hatte sie ihm zugeflüstert. »Ich will niemandem Platz wegnehmen.«

Lochlan hatte ihre Hand ergriffen und sie gedrückt. »Du nimmst nie Platz weg, Ainsley.«

»Wenn ich sterbe, bringst du mich dann an einen Ort, den du liebst, und lässt mich frei?«

Er hatte sie befremdet angesehen. »Wenn du das willst, aber warum glaubst du, ich würde dich überleben?«

Sie hatte nicht gewusst, was er damit gemeint hatte. Vielleicht, dass er vor ihr gehen würde, oder vielleicht, dass es zu schwer für ihn sei, wenn sie zuerst ginge. Sie verstand das. Abschied zu nehmen war nie leicht, aber viel zu früh Abschied zu nehmen zerbrach etwas tief in einem.

»Ich werde heute später gehen. Es hat ein bisschen geschneit«, fügte sie hinzu und unterdrückte einen Seufzer. Ihre Mutter hatte das Grab in Whiskey bereits besucht. Sie musste also den Schnee gesehen haben.

»Ich habe es gesehen. Aber die Straßen waren nicht so schlecht. Die Stadt kümmert sich sehr gut um alles. Ihr Geburtstag ist immer der schwerste Tag, aber das sage ich dir ja jedes Jahr, nicht wahr? All die Jahrestage, die ersten, der zehnte, all das kommt hinzu, aber die Geburtstage sind am schwersten.«

»Ich weiß.« Und sie wusste es wirklich. Katies Geburtstag bedeutete, dass Katie nicht mehr da war, um ihn zu erleben, nicht mehr da war, um dieses Alter zu erreichen.

Katie war zehn Jahre alt gewesen, als sie an einem Herzfehler starb, von dem niemand gewusst hatte. Sie war gesund und aktiv gewesen, wenn auch ein etwas größerer Bücherwurm als Ainsley. Ainsley war sechs Jahre älter, also zu alt, um ihre Schwester als beste Freundin haben zu können, aber sie hatte ihre kleine Schwester vergöttert. Und weil Mom alleinerziehende Mutter geworden war, nachdem Dad sie verlassen hatte, musste sie sowohl die Nacht- als auch ein paar Tagesschichten arbeiten. So war es an Ainsley gewesen, auf Katie aufzupassen und dafür zu sorgen, dass diese ihre Mahlzeiten bekam und ihre Hausaufgaben machte. Sie war da gewesen, wenn Katie zu Bett gehen musste und schlecht träumte. Sie war bei vielen von Katies ersten Malen dabei gewesen und hatte vieles davon für ihre Mom auf Video festgehalten.

Ainsley war allein im Haus gewesen, als Katie mit einer Erkältung eingeschlafen und nicht mehr aufgewacht war.

Sie war allein im Haus gewesen, als sie den Notarzt hatte anrufen und um Hilfe für ihre Schwester bitten müssen. Tabby und ihre Familie, einschließlich Lochlan, waren noch vor Ainsleys Mutter aufgetaucht, weil sie in der Nähe wohnten und nicht gearbeitet hatten.

Mom hatte sich nie verziehen, dass sie an diesem Tag nicht da gewesen war.

Aber Ainsley hatte ihrer Mutter nie die Schuld dafür gegeben. Mom hatte jede Woche Überstunden gemacht, um dafür zu sorgen, dass sie etwas zu essen im Bauch und ein Dach über dem Kopf hatten, nachdem Dad sie mit nichts zurückgelassen hatte, da er ihre Bankkonten und ihre Schulgeldersparnisse geplündert hatte. Und jedes Mal, wenn Mom zu Hause gewesen war, hatte sie trotz ihrer Erschöpfung und der dunklen Ringe unter ihren Augen zuerst an ihre Töchter gedacht. Für ihre kleinen Mädchen hatte sie alles gegeben.

Aber Katie war trotzdem gestorben.

Und Mom und Ainsley waren nicht in der Lage gewesen, das zu kitten, was sie einst verbunden hatte, denn ihre Bindung war durch den Verlust zerrissen worden. Nicht wegen der Schuldgefühle, das nicht, sondern weil die Erinnerungen zu stark waren. Zu schmerzhaft.

Ainsley hatte die Schule beendet, war aufs College gegangen und erwachsen geworden, wobei sie Lochlan und seiner Familie immer nähergekommen war. Und Mom hatte sich in sich selbst verschlossen, hatte zwar versucht, ihr die Hand zu reichen, es aber nie wirklich geschafft. Ainsley wusste nicht, wie ihre Beziehung ausgesehen hätte, wenn sie in der Lage gewesen wären zusammenzubleiben, als ihre Welt in Stücke brach, aber sie wusste, dass es wehtat zusammenzubleiben. Nähe tat weh. Nicht nur ihrer Mutter, sondern auch ihr selbst.

Denn jedes Mal, wenn sie die Stimme ihrer Mutter hörte, erinnerte sie sich an das klagende Gewimmer, als ihr gesagt wurde, Katie sei tot.

Ainsley hörte die Tränen und das Schluchzen aus ihrer Kindheit, als Mom unter der Dusche gestanden und versucht hatte, ihre Verzweiflung vor ihr und Katie zu verbergen.

Mom hatte versucht, sie vor allem abzuschirmen. Aber am Ende hatte es nicht gereicht.

Aber nein, Ainsley machte ihrer Mutter keine

Vorwürfe, doch sie kannte sie inzwischen auch nicht mehr so gut.

Ihre Mutter räusperte sich und Ainsley merkte, dass sie unangenehm lange geschwiegen hatten, während sie in Gedanken gewesen war.

»Und, gibt es etwas Neues bei dir? Verabredest du dich mit jemandem?«

Ihre Mutter versuchte, das Thema zu wechseln, und obwohl Ainsley das verstand, war es ihr immer unangenehm. So sehr Ainsley sich auch wünschte, den Riss zwischen ihr und ihrer Mutter zu kitten, war sie sich nicht sicher, ob sie das konnten oder überhaupt sollten. Mancher Schmerz war zu groß, um ihn zu ertragen, und obwohl sie ihre Mutter liebte, wusste sie nicht mehr, was sie tun sollte, was sie betraf.

Ainsley hatte sich der Familie Collins angeschlossen und vielleicht machte sie das zu einem schlechten Menschen. Sie mochte vielleicht vor etwas davonlaufen, aber ihre Mutter war gesünder und glücklicher, wenn sie nicht gute Freundinnen waren.

Und allein aus diesem Grund würde Ainsley alles tun, was sie konnte, damit alles so blieb, wie es war.

»Ich treffe mich mit jemand Neuem«, sagte sie vorsichtig. »Äh, ich treffe mich mit Lochlan, um genau zu sein.« Sie wollte weder erwähnen, was sonst noch alles vor sich ging, noch die Gefahr, die ihnen drohte, denn sie wollte ihre Mutter nicht beunruhigen, aber Mom kannte Lochlan. Sie hatte Lochlan gern, auch wenn sie ihn nicht oft sah, da sie Ainsley nicht oft sah. So war es besser. Sicherer. Gesünder.

»Wirklich?« Zum ersten Mal hellte sich die Stimme ihrer Mutter auf. Ausgerechnet an diesem Tag klang ihre

Mutter glücklich. »Oh, Ainsley. Ich liebe ihn für dich. Ihr seid so gute Freunde und da ist etwas zwischen euch … nun … ich freue mich für dich, Baby.« Eine Pause. Diesmal eine längere. »Katie hätte sich auch für dich gefreut. Erinnerst du dich daran, als sie ihn das erste Mal getroffen und ihn einfach nur angestarrt hat, mit ihren großen Babyaugen voller hingebungsvoller Liebe? Sie war so bezaubernd und er konnte so gut mit ihr umgehen.«

Ainsley hatte jenen Tag vergessen, da er schon so lange her war, aber jetzt lächelte sie und ihr wurde warm ums Herz. »Ich erinnere mich. Ich werde Lochlan fragen, ob er sich noch daran erinnert. Denn ich hatte auch eine Schwäche für ihn, obwohl ich damals noch zu jung für ihn war.«

»Ich höre ein Lächeln in deiner Stimme, Baby. Das ist gut. Er ist gut.«

Die beiden unterhielten sich noch ein paar Minuten länger und das Gespräch verlief viel besser als alle ihre bisherigen Gespräche. Und obwohl es schmerzte, sich an jenen Tag zu erinnern, gab das Telefonat Ainsley Hoffnung.

Nachdem sie aufgelegt hatte, packte Ainsley ihre Sachen zusammen und machte sich auf den Weg. Sie musste Katies Grab besuchen und sie musste es allein tun. Es war mitten am Tag. Niemand würde sie verfolgen, weil sie offensichtlich hinter Lochlan und nicht hinter ihr her waren, auch wenn der Mann mit seinem übertriebenen Beschützerinstinkt genau das befürchtete.

Sie würde sich den einen Tag nicht nehmen lassen, den sie brauchte, um mit ihrer Schwester zusammen zu sein, auch wenn es nur symbolisch war und sie nicht wirklich mit Katie zusammen sein konnte.

Also hinterließ Ainsley Lochlan eine Nachricht, da er nicht ans Telefon gegangen war, und machte sich selbst auf den Weg zum Friedhof. Ihre Mutter hatte recht gehabt, als sie sagte, dass die Straßen geräumt seien. Als Lochlan sie heute Morgen sicher nach Hause gebracht hatte, waren die Straßen in ihrem Viertel nicht besonders frei gewesen, aber in den Stunden seither hatte die Sonne einen Großteil des Schnees bereits geschmolzen.

Obwohl Ainsley wusste, dass andere Leute in der Nähe waren, da es sich um einen ziemlich großen Friedhof handelte, fühlte sie sich in diesem Moment, als sei sie ganz allein auf der Welt, inmitten all des aufgetürmten Schnees um sie herum und den sanften Hügeln, die weder von Menschen noch von Tieren berührt worden waren und die alle jungfräulich und unberührt wirkten. Und das war genau das, was sie jetzt brauchte.

Einsamkeit.

Sie machte sich auf den Weg zu Katies Grab und folgte den einzigen anderen Fußspuren auf dem geräumten Weg. Denen ihrer Mutter, wenn sie richtig vermutete. Sicherlich waren auch andere über den Friedhof gegangen, aber außer ihrer Mutter, die auf dem Weg war, Katie zu ihrem Geburtstag zu besuchen, hatte sich noch niemand hierhergewagt. Ainsley würde das Gleiche tun. Sie würde reden und vielleicht weinen. Sie würde versuchen zu lachen, aber sie würde daran denken müssen, dass Katie nicht mehr da war. Mit ihr zu sprechen, als sei sie noch da, war eher für Ainsley als für Katie von Bedeutung, aber bei der Vorstellung, für immer für andere verloren zu sein, breitete sich stets

Kälte in Ainsley aus, also stellte sie sich gern vor, dass Katie zuhörte, wo immer sie auch sein mochte.

Und wahrscheinlich lachte sie über die Lächerlichkeit von Ainsleys Leben.

Sie hatten nicht viel Geld gehabt, als Katie starb, und um ehrlich zu sein, hatten Ainsley und ihre Mutter auch jetzt nicht viel Geld, aber einen kleinen Stein für ihre Katie hatten sie sich leisten können.

Katie Michelle Harris

Unser kleines Mädchen

Ainsley ging in die Knie, ignorierte die Kälte und die Nässe an ihrer Hose und wischte den Schnee vom Stein. Ihre Mutter hatte den größten Teil schon vorher entfernt, aber da Katie unter einem Baum lag, was sie zu Lebzeiten immer geliebt hatte, war noch etwas Schnee von den Ästen gefallen.

»Ich vermisse dich«, sagte Ainsley leise. »Immer. Und wie immer weiß ich nicht, ob ich dir zum Geburtstag gratulieren soll oder nicht. Eigentlich solltest du hier sein. Ich klinge immer wie ein Kind, wenn ich sage, dass es nicht fair ist, aber ich habe recht. Du solltest hier bei mir sein, Mom nerven und so entzückend sein, wie du immer warst. Ich sage nicht mehr *bist*, denn ich bin nach all den Jahren besser in den Zeitformen geworden. Ich weiß, dass ich mit dir rede, wenn ich zu Hause bin oder wenn ich unterrichte. Oder wenn ich im Tanzkurs bin und weiß, dass du darüber lachst. Ich rede mit dir, wenn ich mit Lochlan zusammen bin und wenn ich nur an ihn denke – was scheinbar oft vorkommt. Aber hier mit dir zu reden tut mehr weh, obwohl ich weiß, dass es das nicht sollte. Ich weiß, dass du keine Schmerzen hast, aber mir als die Hinterbliebene tut es weh. Und ich hasse es. Ich hasse es für dich, aber vielleicht gibt es noch etwas anderes, das so viel größer ist als dieser Schmerz, und du wartest auf mich. Das würde ich gern glauben.«

Ainsley erzählte von ihren Schülern, von ihrem Zuhause, von Lochlans Familie, von Misty, einfach von allem. Sie erzählte Katie von dummen Dingen, die in den Monaten geschehen waren, seitdem sie das letzte Mal zu ihrem Grab gekommen war.

»Ich gehöre zu Lochlan«, flüsterte Ainsley. »Das weißt du wahrscheinlich schon. Aber jetzt ist es geschehen. Ich liebe ihn schon seit Ewigkeiten, Katie. Oder zumindest kommt es mir wie eine Ewigkeit vor. Und es scheint mir so seltsam, dass es so lange gedauert hat, während ich gleichzeitig nicht glaube, dass es die Wirklichkeit ist. Ich will, dass es die Wirklichkeit ist. Ich will, dass es für immer ist, denn ich wollte schon immer ein Happy End haben. Ich weiß, dass du es nicht bekommen hast, und ich werde das Leben immer hassen, zumindest dafür, dass es dich uns weggenommen hat, aber du sollst wissen, dass ich dich liebe, okay? Und ich liebe auch ihn, aber so, dass ich hoffe, dass er mir nicht das Herz bricht.« Ainsley stieß einen Seufzer aus. »Das sind wahrscheinlich ein bisschen zu viele Informationen, aber du bist ja hier und, nun ja, wenn du wirklich hier wärst, würde ich dir das wahrscheinlich auch alles erzählen. Ich liebe ihn, Katie. Mit allem, was ich bin. Ich weiß nicht, wie es weitergeht, aber ich hoffe, es gibt eine Zukunft für uns. Ich liebe sein kleines Mädchen und ich liebe die Vorstellung, dass wir eine Familie sein könnten. Ich weiß, dass das alles noch viel zu frisch ist, aber ich habe ihn schon seit einer gefühlten Ewigkeit in meinem Leben. Und ich will mehr.«

Ainsley stieß einen Seufzer aus.

»Aber zuerst müssen wir uns mit dem auseinandersetzen, was ihn bedroht – uns bedroht.«

Ainsley erzählte ihrer Schwester von allem, was mit Dennis und den anderen geschehen war. Was in der Nacht zuvor in Lochlans Haus geschehen war. Von allem.

Sie vermisste ihre Schwester, aber sie wusste, dass es nicht gesund war, in der Vergangenheit zu schwelgen und darüber nachzudenken, was gewesen wäre, wenn … Ein weiterer Grund, warum sie nicht oft zur Grabstätte kam. Der heutige Tag war jedoch genau das, was sie brauchte. Sie musste durchatmen und sich daran erinnern, dass die Welt mehr war als die Spannungen, die sich in letzter Zeit um sie herum aufgebaut hatten.

Kaum hatte sie das gedacht, knackte ein Ast hinter ihr, und sie wirbelte herum, um sich umzusehen. Sie schrie keuchend auf, als etwas gegen ihre Schläfe schlug und sie zu Boden warf. Für einen Augenblick verschwamm alles vor ihren Augen und dann konnte sie überhaupt nichts mehr sehen.

Da war nur noch Dunkelheit.

Kapitel Vierzehn

»**A**insley, Baby, wach auf.« Lochlans Stimme zitterte und er umfasste Ainsleys Gesicht mit beiden Händen, während er versuchte, sie aufzuwecken.

Er war zum Friedhof gekommen, als er ihre Nachricht abgehört hatte, direkt nachdem er das Polizeirevier verlassen hatte. Er hatte genau gewusst, wo sie an diesem Tag um diese Zeit sein würde. Er hätte daran denken, bevor er sie allein gelassen hatte, und sie begleiten müssen, aber er hatte andere Dinge im Kopf gehabt.

Jetzt hoffte er nur, dass sie seinen Mangel an Voraussicht nicht teuer bezahlen musste.

»Lochlan?« Ihre Wimpern flatterten, als sie die Augen öffnete, noch während sie sprach. »Hat mich jemand niedergeschlagen?«

Er fluchte leise vor sich hin und war dankbar, dass unter ihr kein Blut auf dem Schnee lag. Er hätte sich nie verziehen, wenn sie seinetwegen geblutet hätte. Er würde es sich ohnehin nicht verzeihen.

»Sieht so aus. Ich habe schon auf dem Polizeirevier angerufen, wo ich gerade erst herkomme. Die Beamten sind bereits auf dem Weg. Mein Gott, Ainsley. Geht es dir gut? Was ist passiert?«

Sie winkte abwehrend und versuchte, sich aufzusetzen. »Lass mich. Ich will mich aufrecht hinsetzen«, bat sie, als er sie auf seinem Schoß festhielt.

»Ich muss dich eine Weile im Arm halten, schon allein für den Fall, dass du eine Gehirnerschütterung hast. Wir sollten dich einfach ruhig halten.«

»Mir geht es gut. Es tut nur ein bisschen weh an der Stelle, wo mich jemand von hinten getroffen hat, wer auch immer es gewesen sein mag.« Sie hielt inne. Sie konnte ihre Augen einen Moment lang nicht fokussieren. Er hoffte, dass sie sich nur an etwas erinnerte und nicht wirklich verletzt war, denn er war sich nicht sicher, ob sein Herz das verkraften würde. »Ich war die ganze Zeit über allein. Die einzigen Fußspuren im Schnee waren die meiner Mutter, denn sie hatte angerufen und gesagt, dass sie bereits hier gewesen sei.«

Er nickte und runzelte die Stirn, denn er wusste, dass es Ainsley an diesem bestimmten Tag nie gut ging, und nach dem Gespräch mit ihrer Mutter erst recht nicht. Dazu kam, dass sie gerade angegriffen worden war, und er konnte sich gerade noch beherrschen, sie nicht auf den Arm zu nehmen und nach Hause zu bringen, um sie von allen fernzuhalten, die ihr etwas antun könnten.

»Da war ein Geräusch, als sei jemand auf einen Zweig getreten, und als ich mich herumdrehte, sah ich verschwommen eine Bewegung, und dann tat mein Kopf weh.« Sie fasste sich an den Kopf und überlegte. »Und dann … warst du da. Wie hast du mich gefunden?«

»Du hast angerufen und eine Nachricht hinterlassen. Und wenn ich früher auf den Kalender geschaut hätte, hätte ich gewusst, wo du bist.«

Ich kenne dich.

Das sagte er zwar nicht, aber er dachte es, und der Ausdruck in ihren Augen verriet, dass sie verstand.

Er umfasste ihr Gesicht und senkte den Kopf, um seine Lippen auf ihre zu legen. Er hatte sie leicht angehoben, damit sie auf ihm lag und nicht auf dem schmelzenden Schnee, aber er wollte sie bald an einen warmen Ort bringen. Zum Glück konnte er in der Ferne eine Sirene hören, was ihm sagte, dass die Beamten bald da sein würden – hoffentlich mit dem Krankenwagen, den er angefordert hatte. Wenn er bedachte, dass sie ihn erst gestern bei ihm zu Hause und vor einigen Minuten auf dem Polizeirevier gesehen hatten, wurden ihm die örtlichen Behörden für seinen Geschmack ein wenig zu vertraut.

»Es tut mir so verdammt leid«, flüsterte er und senkte den Kopf, als die anderen näher kamen.

»Es war nicht deine Schuld.«

Das sah er zwar nicht so, aber er hatte keine Zeit mehr zu widersprechen. Als sie dann schließlich wieder einmal befragt wurden, und Ainsley untersucht worden war und nur eine Beule am Kopf und zum Glück keine Gehirnerschütterung davongetragen hatte, war Lochlan mit seinen Nerven am Ende und wollte nur noch nach Hause und aus dem bitteren Wind heraus.

Die beiden Detectives, die seit Kurzem überall dort zu sein schienen, wo Lochlan sich aufhielt, verhielten sich nicht so, als hielten sie Lochlan für den Angreifer, und dafür war er dankbar. Nachdem er ihnen alle Informationen über seine Vergangenheit und die möglichen Motive der Täter gegeben hatte und nach dem Vorfall in seinem Haus hatte er das Gefühl, dass sie endlich auf derselben Seite standen.

Er wusste nur nicht, ob es ihnen nützen würde, da Riker ihm immer drei Schritte voraus zu sein schien.

Es musste Riker sein. Chris schwieg, zumindest nach dem zu urteilen, was Lochlan der Polizei hatte entlocken können, aber er wusste, dass Riker hinter all dem steckte.

Und der Mann beobachtete ihn.

Denn entweder hatte Riker einen anderen Partner, der die Firma aus Gott weiß was für Gründen in Rikers Händen sehen wollte, oder Riker hatte Ainsley selbst angegriffen. Es war nicht möglich, dass es keinen Zusammenhang gab. Es musste eine Botschaft sein.

Und das bedeutete, dass Lochlan seine Familie in Sicherheit bringen musste. In seine Nähe. Und geschützt.

Sie waren auf dem Weg zu seinem Haus. Ainsleys Wagen hatten sie auf dem Parkplatz stehen lassen. Fox und Dare hatten versprochen, sich bald für ihn darum zu kümmern. Lochlan konnte sich vor Wut kaum beherrschen, nicht das verdammte Lenkrad aus seiner Halterung zu reißen.

»Du ziehst bei mir ein«, stellte er aus heiterem Himmel mit zusammengebissenen Zähnen fest.

»Was?«, fragte Ainsley mit schriller Stimme. »Was?«

Er unterdrückte einen Fluch. Er musste sie überzeugen, ihr klarmachen, dass es um ihre Sicherheit ging und nicht darum, dass ihre Beziehung sich wieder einmal dramatisch veränderte – obwohl das natürlich der Nebeneffekt sein würde. Er wusste nicht, wann alles so kompliziert geworden war, aber wenn es um ihn und Ainsley ging, war immer alles kompliziert.

Er stieß den Atem aus und versuchte, sich zu beruhigen, als er in seine Einfahrt einbog. »Du bleibst hier bei mir. Zu deiner Sicherheit.« Er hielt inne. »Und Misty auch, weil ich sie heute von ihren Großeltern abhole.« Er stellte den Motor ab und blickte Ainsley an. »Riker und seine Männer wissen, dass du zu mir gehörst.«

»Ach, wirklich?« Sie zog eine Braue in die Höhe und sah für einen Moment gar nicht wie eine Frau aus, die gerade auf einem verdammten Friedhof einen Schlag über den Kopf bekommen hatte. Stattdessen sah sie aus wie seine Ainsley, sarkastisch und wunderschön.

Er schloss für einen Moment die Augen und betete um Geduld. Er hatte nicht viel davon, vor allem wenn er daran dachte, dass Riker denjenigen Schaden zufügen könnte, die er liebte. »Du weißt, was ich meine.«

»Nein, das weiß ich nicht, aber lass uns einfach weitermachen. Das ist das, was wir am besten können.« Sie warf ihm einen Blick zu und er verzog das Gesicht. Ja, sie mussten noch mehr darüber reden, wie es mit ihnen weitergehen sollte, aber zuerst mussten sie Riker aufhalten, was auch immer er vorhaben mochte.

»Bei mir zu Hause wirst du sicher sein.«

»Ja, so sicher wie du letzte Nacht in deinem Haus warst.« Wut blitzte in ihren Augen auf und er wusste, dass sie an seinen verbundenen Arm unter seiner Jacke dachte. Er tat zwar nicht weh, aber sie hatte ihm gesagt, dass sie ihn nicht gern bluten sah. Und, verdammt, ihm war es andersherum ebenso ergangen. Hätte sein Herz nicht beinahe aufgehört zu schlagen, als er sie auf dem Boden vor Katies Grab hatte liegen sehen? Sie waren also quitt, aber das würde er nicht laut aussprechen. Er hätte Riker am liebsten aufgespürt und eigenhändig erwürgt. Sich an die Vorschriften und das Gesetz zu halten machte die Sache nicht einfacher, aber er würde trotzdem keine Selbstjustiz üben, er wollte nur seine Familie beschützen.

»Das Haus ist sicher. Ich habe alles repariert und werde heute, sobald ich Misty abgeholt habe, eine zweite Alarmanlage installieren. Es wird nicht wieder vorkommen.« Das war ein Versprechen, für dessen Einhaltung er alles tun würde.

»Das wird in jedem Mörder-Podcast behauptet, den ich mir bisher angehört habe. Ich will sexy bleiben. Ich will nicht ermordet werden.«

»Wenn du noch einmal von Mord redest …«

Sie schenkte ihm ein Lächeln, das verriet, dass sie noch nicht fertig waren, aber alberne Witze waren der einzige Weg, die Spannung zu brechen. »Wie auch immer. Ich bleibe bei dir, weil ich dir vertraue, und ja, dein Haus ist theoretisch sicherer als meins. Aber es muss etwas passieren, denn ich habe Angst, Lochlan. Und ich mag es gar nicht, Angst zu haben.«

Er beugte sich vor und küsste sie, wobei er ihr Gesicht so sanft wie möglich umfasste. »Lass mich auf dich aufpassen.«

»Das tust du immer, Lochlan. Denk nur daran, dass ich auch auf dich aufpassen muss.«

Die beiden machten sich auf den Weg ins Haus. Lochlan überprüfte die Alarmanlage dreimal, bevor er

Marnies Eltern anrief. Er musste jedoch nicht zu ihnen fahren, denn sie wollten Misty bei ihm vorbeibringen, weil sie ihn auch sehen wollten. Sie wussten nicht alles, was vor sich ging, aber sie machten sich Sorgen und waren verdammt gute Menschen – auch wenn man das von ihrer Tochter nicht behaupten konnte.

Es war seltsam, dass er nicht einmal daran dachte, Marnie zu kontaktieren, um ihr zu sagen, dass ihre Tochter in Sicherheit sei. Das war nicht nötig und er hatte sowieso keine Ahnung, wo sie sich aufhielt. Ihre Eltern hatten vielleicht eine Telefonnummer von ihr, aber unter der war sie kaum erreichbar und ihre Adresse änderte sich ständig. Marnie hatte praktisch nichts mit Mistys Leben zu tun und für Lochlan war das ganz in Ordnung so. Misty hatte Frauen in ihrem Leben, zu denen sie aufblicken konnte, und zwei Paar Großeltern, die sie liebte.

Und sie hatte Ainsley.

Und das hätte er beinahe zerstört, weil er zu viel Angst gehabt hatte, sich der Realität zu stellen und ein Risiko einzugehen.

Dann standen sie in seinem Schlafzimmer und er zog Ainsley an sich und drückte sie an seine Brust.

»Was ist los?«, fragte sie. »Außer dem Offensichtlichen.«

»Es tut mir leid, dass ich dich weggestoßen habe. Ich habe aus dem Bauch heraus reagiert, weil unsere Beziehung sich veränderte … und wegen Riker. Ich kann es kaum noch glauben, dass ich das getan habe. Selbst wenn du und ich nicht … das tun würden, was wir tun, hätte ich dir niemals drohen dürfen, dich aus Mistys Leben zu stoßen. Es könnte noch interessant werden, wenn sie herausfindet, dass wir zusammen sind, aber daran werden wir gemeinsam arbeiten. Ich kann euch beide auf keinen Fall trennen. Und die Tatsache, dass ich glaubte, es tun zu müssen, um sie zu schützen, um *mich* zu schützen, zeigt dir, dass ich manchmal ein verdammter Idiot bin. Nun, meistens sogar, wenn man meinen Brüdern und Tabby Glauben schenken will.«

»Ich hätte nicht zugelassen, dass du das kleine Mädchen aus meinem Leben reißt, Lochlan. Es hätte sich zwar alles verändert, wenn ich aus deinem Leben verschwunden wäre, und ich wäre innerlich ein bisschen zerbrochen, wenn ich dich verloren hätte, aber ich hätte auf jeden Fall um sie gekämpft. Und um dich.«

Da küsste er sie, denn er brauchte sie so sehr, dass er kaum noch atmen konnte. »Nie wieder. Ich weiß nicht, wie es mit uns weitergeht, aber du sollst wissen, dass Misty immer in deinem Leben bleiben wird, was auch geschehen mag. Du bringst sie zum Lächeln, zum Lachen. Du gibst ihr etwas, das ich ihr nicht geben kann. Und das will ich nicht kaputt machen.«

Sie suchte seinen Blick und er küsste sie erneut. »Du sagst: *Was auch geschehen mag.* Aber, Lochlan? Ich will auch dich nicht verlieren. Du bist mein bester Freund. Vergiss das nicht.«

»Nein, das werde ich niemals vergessen.«

Dann war sein Mund auf ihrem und ihre Hände waren unter seinem Hemd, Haut an Haut, Atem an Atem.

»Bist du zu verletzt, um das hier zu tun?«, fragte er. »Wir haben eine Stunde, bis Misty kommt.«

Ihre Augen funkelten. »Du musst nur sanft sein.«

»Für dich kann ich es versuchen.«

Sie bog seinen Kopf zu sich hinunter und biss ihn ins Kinn. Er wusste, dass es ihn Mühe kosten würde, nicht zu wild zu sein, aber für Ainsley würde er sich eher fesseln, als ihr wehzutun. Langsam zog er sie aus, wobei er darauf achtete, die Beule an ihrem Kopf nicht zu berühren. Dann trat er einen Schritt zurück. Und jetzt zog sie ihn aus, wobei ihre Hände zitterten, als sie seine Gürtelschnalle ergriff, aber er wusste, dass der Grund dafür weder Schmerz noch Nervosität war.

Es war die Vorfreude, die sie elektrisierte und sie beide vorwärtstrieb.

Es war das Gegengift für seinen Schmerz: sein Verlangen.

Sie war sein Ein und Alles.

Sie legte ihre Hand um seinen Schwanz und drückte ihn, bevor sie ein paarmal pumpte. Er verdrehte die Augen und stöhnte, wich aber nicht zurück, weil er ihre Hände auf ihm genoss. Als sie jedoch auf die Knie gehen wollte, hielt er sie auf.

»Ich will nicht, dass dir die Knie wehtun.«

»Aber ich will dich schmecken.«

Er leckte sich die Lippen, hob sie hoch und trug sie zu seinem Bett. »Dann lass es uns so machen, denn ich habe mir schon viel zu lange deinen Mund an meinem Schwanz vorgestellt.« Er setzte sie auf die Bettkante, während er es sich in der Mitte bequem machte. »Aber wenn du mich schmeckst, will ich dich gleichzeitig auch schmecken. Du hast also die Wahl, ob du auf meinem Gesicht reitest oder ob wir uns Seite an Seite legen.«

Sie errötete, während sie sich die Lippen leckte. »Du sagst immer so süße und sexy Dinge.«

Normalerweise war er nicht so, dafür war er nicht

der Typ. Aber für Ainsley? Ja, für sie würde er so sein. »Nur für dich.«

»Das sollte auch so sein. Und ich weiß nicht, ob ich mich mit gespreizten Beinen auf dein Gesicht setzen und gleichzeitig an deinen Schwanz herankommen kann, da du so viel größer bist als ich.« Sie warf einen betonten Blick auf seinen Schaft. »Nun, du bist überall groß, nicht wahr?«

»Jetzt sagst du süße und sexy Dinge.«

Sie legten sich Seite an Seite hin und bald war sein Mund zwischen ihren Beinen. Sie wiederum leckte vorsichtig über seinen Schwanz, bevor sie ihn in ihren Mund einsog und die Zunge über die Spitze seines Schaftes schnellen ließ. Er stöhnte auf und verlor fast die Konzentration, denn er wollte sie doch verschlingen und Tropfen für Tropfen ihrer Säfte auflecken.

Als sie an seinen Hoden saugte und sie dann in die Hand nahm, um so viel von ihm zu schlucken, wie sie konnte, wäre er beinahe direkt gekommen, aber er zwang sich, sich zurückzuhalten, da sie noch nicht gekommen war. Er leckte ihre Klitoris und biss sanft hinein, während er ihre Feuchtigkeit nutzte, um mit ihrem Anus zu spielen. Sie sog den Atem ein und presste sich in seine Hand, als er mit dem Zeigefinger sanft ihren Eingang dehnte.

»Lochlan«, keuchte sie und ließ seinen Schwanz aus ihrem Mund gleiten.

»Zu viel?«

Sie schüttelte den Kopf und leckte seinen Schaft. »Nicht genug.«

Er grinste, dann arbeitete er mehr von seinem Finger in sie hinein und zog ihn wieder heraus, während er mit der anderen Hand mit ihrer Muschi spielte und den Kopf senkte, um sie gleichzeitig zu lecken. Er spielte mit ihr, liebte ihren Geschmack, die Art, wie sie keuchte, wenn er sich genau richtig bewegte. Und als sie kam, leckte er alles auf, denn er wollte jeden Tropfen von ihr und hatte nicht vor, etwas zu verschwenden.

Beinahe wäre er wieder gekommen, als sie ihn fester umklammerte, aber er zog sich zurück und positionierte sie beide so, dass sie auf ihm saß und ihre Brüste vor ihm auf und ab wippten. Und weil er sie direkt vor Augen hatte und er nie genug von ihren Brüsten bekommen konnte, umfasste er sie mit den Händen und drückte sie zusammen, während er mit den Daumen über ihre harten Brustwarzen strich.

»Ich war noch nicht fertig«, keuchte sie, als er mit einem einzigen Stoß in sie eindrang. »Mein Gott. Du bist so verdammt groß. Das vergesse ich manchmal.«

Er grinste und glitt langsam in sie hinein und wieder heraus, während sie sich auf seinem Schwanz hin und her bewegte. »Und du bist feucht und eng. Es wird nicht lange dauern.«

»Da ich versucht habe, dich mit meinem Mund zum Kommen zu bringen, solltest du auch besser kurz davor sein.«

»Komm, küss mich, schmeck dich auf meiner Zunge.« Sie tat es, bewegte ihre Hüften aber immer noch mit seinen im Rhythmus. Sie fickten einander langsam und sanft, aber doch ein wenig hart, so wie sie es mochten.

Sie kam noch einmal und er tat es ihr gleich. Sein Höhepunkt war so intensiv, dass er wusste, er würde alles in sich loslassen, allein durch ihre Berührung.

Diese Frau gehörte ihm.

Um sie zu lieben.

Um sie zu beschützen.

Um sie zu ehren.

Sie war sein.

Und er würde alles in seiner Macht Stehende tun, damit es so bliebe.

Alles.

KAPITEL FÜNFZEHN

Ainsley taten alle Knochen weh, und das nicht nur, weil sie an diesem Tag einen Schlag auf den Kopf bekommen hatte. Nein, Lochlan hatte sein Bestes getan und dafür gesorgt, dass sie auf jede erdenkliche Weise geliebt wurde, bevor Mistys Großeltern das Kind zu Lochlan nach Hause brachten, die Augen voller Sorge und Liebe.

Misty hatte einen Blick auf Ainsley geworfen und war mit ausgebreiteten Armen begeistert auf sie zugelaufen. Ainsley hatte sie fest umarmt, ihre Liebe zu dem kleinen Mädchen war unendlich. Die Blicke zwischen Mistys Großeltern waren ihr nicht entgangen, aber es waren keine wütenden Blicke gewesen. Stattdessen, so dachte Ainsley, könnte es eher Traurigkeit gewesen sein, Traurigkeit, weil ihre Tochter nicht da war, um daran teilzuhaben. Aber es war Marnies Verlust und Ainsley würde ebenso wenig wie diese Großeltern das Kind verlassen. Sie würden einen Weg finden, miteinander auszukommen, denn der Blick, den sie miteinander getauscht hatten, hatte nicht so gewirkt, als wollten sie Ainsley nicht um sich haben. Den Anschein hatten sie noch nie erweckt. Sie waren großzügig und liebevoll, wenn auch nicht so emotional wie Lochlans Eltern.

Misty war ein sehr glückliches Mädchen, auch ohne Marnie in ihrem Leben. Und obwohl Ainsley es nie laut ausgesprochen hätte, dachte sie, dass Misty wahrscheinlich ohne Marnie glücklicher war.

Das machte Ainsley vielleicht zu einem schlechten Menschen, aber die Tatsache, dass Misty ihre Mutter nie gekannt hatte, bedeutete auch, dass das kleine Mädchen sie nicht so sehr vermissen konnte, wie es vielleicht der Fall gewesen wäre, wenn Marnie erst später aus Mistys Leben verschwunden wäre. Ainsley wusste, dass es schwieriger werden würden, je älter Misty wurde, aber Lochlans Familie, Mistys Großeltern mütterlicherseits und Ainsley selbst würden einen Weg finden, diese Wunden zu heilen. Was auch immer geschehen mochte.

Jetzt war es jedoch an der Zeit, Misty zuliebe so zu tun, als sei alles in Ordnung, wenn sie im Haus von Lochlans Eltern saßen, wo die Familie Collins gemeinsam zu Abend speisen würde. Ainsley wurde schon seit Jahren dazu eingeladen und kam oft, aber heute kam sie zum ersten Mal nicht nur als Lochlans beste Freundin.

Zu behaupten, sie sei nervös gewesen, wäre eine Untertreibung.

Hinzu kam, dass sie wusste, dass die Erwachsenen über die Geschehnisse der Woche würden sprechen wollen und dass es ein langes Abendessen werden würde, wenn auch ein köstliches.

Der Abend war bereits geplant worden, bevor sie

und Lochlan miteinander geschlafen hatten, vor dem Mord, dem Angriff auf sie, na ja … vor all dem, was sich scheinbar schlagartig geändert hatte, und Ainsley hatte früh dort sein müssen, da Fox und sie mit dem Kochen an der Reihe waren. Das bedeutete, dass Lochlan und Misty ebenfalls früh dort eingetroffen waren, da sie zusammen gekommen waren.

Wie eine Familie.

Nein, nicht daran denken. Das war zu viel und viel zu früh. Sie lebten vielleicht im Moment zusammen, taten vielleicht so, als seien sie in ihrer Beziehung weiter fortgeschritten, als sie es in Wirklichkeit waren, aber das lag an den Umständen. Die Tatsache, dass sie bereits eine Basis für ihre Beziehung hatten, war natürlich hilfreich, aber wegen allem anderen, was um sie herum geschah, fühlte sich alles so viel dringlicher an und … weiter entwickelt.

Also nein, daran würde Ainsley nicht denken.

Stattdessen würden Fox und sie das im Kochkurs Gelernte anwenden und im Haus der älteren Collins' ein Abendessen für alle zubereiten. Ainsley würde nie vergessen, wie Lochlan sich verhalten hatte, als er herausfand, dass sie und Fox gemeinsam den Kurs besuchten. Sie hatten es geheim halten wollen, denn erstens war es ihnen irgendwie peinlich, dass sie so viel Hilfe brauchten, nur um die Grundlagen des Kochens zu erlernen, und zweitens sollte der Kurs etwas ganz allein für Ainsley sein. Und natürlich für Fox, aber vor allem etwas für sie ganz allein. Fox und sie waren eines Abends aus dem Unterricht gekommen und waren von Melody und Lochlan gesehen worden. Melody hatte sich nichts dabei gedacht. Sie hatte geglaubt, Fox und

Ainsley seien nur Freunde, und Ainsley wusste, dass Fox es erklärt hatte.

Lochlan aber war seltsam eifersüchtig geworden, was Ainsley damals einfach verdrängt hatte.

Aber jetzt … vielleicht hätte sie das damals nicht einfach so verdrängen sollen.

Doch das spielte keine Rolle mehr, denn Fox und Melody waren verlobt und bekamen ein Baby, und Ainsley und Lochlan waren … nun ja, sie waren … Sie hasste feste Definitionen, aber sie nahm an, dass er ihr … fester Freund war? Sehen Sie, Definitionen sind Mist.

Und heute Abend ging es um die Familie. Um das Abendessen. Und um den Versuch, sich nach einer hektischen und gefährlichen Woche zu beruhigen.

»Du wirkst nervös«, stellte Fox neben ihr fest. »Liegt es daran, dass du eine bessere Köchin bist als ich und Angst hast, ich könnte dich verletzen, während wir kochen? Oder liegt es daran, dass du heute den Eltern deines Liebsten vorgestellt wirst, die dich aber bereits kennen?«

Ainsley warf einen Blick über die Schulter und starrte Fox an. »Typisch jüngerer Bruder. Du bist eine Plage.«

Er grinste nur. »Tabby ist jünger als ich. Und du auch. Aber ja, dein Lochlan-Junge ist eigentlich der große, mürrische Bruder. Und jetzt lächelt er trotz der ganzen beschissenen Geschichte immer noch. Ich nehme mal an, das haben wir dir zu verdanken.«

Sie lehnte sich an den Küchentisch, wohl wissend, dass sie sich nicht lange ausruhen konnte, da Barbara Collins jeden Moment in der Küche auftauchen würde, um nach ihnen zu sehen. Die Tatsache, dass Lochlans

Mutter überhaupt ihren Platz in der Küche geräumt hatte, damit Ainsley und Fox ihre Kochkünste beim Abendessen unter Beweis stellen konnten, bedeutete entweder, dass sie eine Wette verloren hatte, oder tatsächlich glaubte, dass aus dieser Küche nur Köstlichkeiten kommen konnten.

Oder ... im Gefrierschrank wartete eine Notfall-Lasagne.

In jedem Fall war Ainsley einfach nur froh, dass sie versuchen konnte, etwas für die Familie zu tun, die sie aufgenommen hatte, als sie glaubte, alles verloren zu haben – einschließlich einer Mutter, die nicht in der Lage gewesen war, für ihre verbliebene Tochter gesund zu bleiben.

»Du bist gefährlich, aber ich bin froh, dass Melody dich liebt.«

Fox grinste jetzt übers ganze Gesicht und seine Augen leuchteten. »Sie ist wunderbar, nicht wahr? Und hast du sie heute gesehen? Ihr Bauch ist dicker geworden, aber als ich ihr das gesagt habe, hat sie mir gegen das Schienbein getreten.«

»Fox.«

»Ich weiß, ich weiß. Man sagt einer Frau nicht, dass sie dicker ist als am Tag zuvor. Aber es ist unser Baby. Es sollte eine Regel geben oder so etwas, die einem diesen Ausdruck erlaubt, wenn man von seinem eigenen Baby redet.«

»Fox.«

»Na gut.«

Ainsley grinste nur. Es machte Spaß, sich mit Fox zu streiten, weil er normalerweise das Wort führte. Sie brauchte ihm nur einen Blick zuzuwerfen und er verstand, was sie meinte.

»Also, wir machen Kartoffelpüree, gebratenes Huhn, zwei Gemüsesorten, Brötchen und die Pastete, die Melody und du gestern gebacken habt und die schon dort auf der Arbeitsplatte steht. Wir schaffen das schon.« Sie hielt inne, plötzlich unsicher. »Oder?«

»Das Huhn ist bereits im Ofen, gefüllt mit Orangen, einer Zitrone und Butter. Das haben wir gemacht und dabei nichts kaputt gemacht. Wir sind gut. Und jetzt zu den Beilagen. Die Brötchen lassen wir gerade gehen und ich habe mir nicht das ganze Gesicht mit Mehl verschmiert, was ich schon mal als einen Sieg betrachte.«

Sie erwähnte nicht, dass er Mehl in seinem Haar hatte, aber sie war sich ziemlich sicher, dass sie in ihrem eigenen auch etwas verteilt hatte.

»Dann lass uns weitermachen.«

Sie lachten, als sie sich wieder an die Arbeit machten. Barbara kam ein paar Minuten später herein, um nach ihnen zu sehen. Sie strich liebevoll das Mehl aus Fox' Haar und tat dann dasselbe bei Ainsley, wobei in ihren Augen ein Lachen tanzte. Fox verdrehte nur die Augen, aber Ainsley schmiegte sich in die Arme der anderen Frau, weil sie offensichtlich mehr Umarmungen brauchte, als sie gedacht hatte.

»Danke für deine Hilfe«, sagte Ainsley mit einem Augenzwinkern. »Mehl ist gefährlich.«

»Ihr habt *mich* noch nicht gesehen, wenn ich backe. Ihr seht mich natürlich bei der Weihnachtsbäckerei, aber Brote und andere Teige? Überall Mehl.« Sie tätschelte sich die Seiten und lächelte. »Aber ich achte darauf und säubere mich, bevor ich zu den anderen ins Wohnzimmer hinausgehe. Vielleicht kann ich Lochlan dazu bringen, diese Wand einzureißen. Ich wünsche mir wirklich ein offenes Raumkonzept wie in all diesen Fernsehsendungen.«

»Lochlan ist ein guter Handwerker, aber ich glaube nicht, dass er Wände einreißen sollte ...« Ainsley lächelte, aber sie konnte sich gut vorstellen, was Lochlan tun würde, wenn man ihn um Hilfe bitten würde. Er würde sich informieren, jemanden suchen, der ihm helfen würde, und den Abriss eigenhändig in Angriff nehmen, denn so war Lochlan nun einmal.

»Stimmt ...«, sagte Barbara und starrte die Wand an.

»Und wenn es eine tragende Wand ist?«, fragte Fox, woraufhin die beiden Frauen ihn ansahen. »Was denn? Ich kenne mich aus.«

»Ich weiß nicht, ob es eine tragende Wand ist, aber es gibt Pfosten und Stützen, die man einbauen kann. Unser Esszimmer und unser Wohnzimmer sind offen, aber in der Küche fühlt man sich manchmal so ausgeschlossen von allem.«

»Hast du nicht gerade gesagt, dass du in der Küche gern mit dem Mehl für dich allein bist?«, fragte Ainsley.

Barbara verdrehte nur die Augen. »Du gönnst mir ja gar keinen Spaß. Ich werde Bob sagen, dass ich eine neue Küche haben will, nur um zu sehen, wie er die Augen aufreißt.« Ihre eigenen Augen leuchteten, als sie ging und Fox und Ainsley zurückließ, die sich praktisch vor Lachen auf dem Boden wälzten.

»Ich möchte wie sie sein, wenn ich groß bin«, meinte Ainsley.

»Ich weiß, was du meinst. Ich habe ziemliches Glück, was meine Eltern betrifft. Die Tatsache, dass sie sich heute noch so sehr lieben wie vor fast vierzig Jahren, sagt viel über sie aus. Weißt du was? Das wünsche ich mir mit Melody.«

Ainsley wurde es warm ums Herz. »Ich glaube, du wirst es haben. Die Grundlage dafür hast du bereits.«

»Sollte ich etwas in der Art sagen wie, dass du und Lochlan es auch haben werdet? Oder wirst du mir gegen das Schienbein treten? Ich habe nämlich schon einen blauen Fleck von Melody auf der rechten Seite. Wirst du wenigstens die linke benutzen? Ich bin zerbrechlich.«

Sie warf ihm eine Kartoffel zu und funkelte ihn an. »Fang an zu schälen. Und du kennst die Regeln, wir reden in der Küche nicht über neue Beziehungen.«

»Die Regel hast du gerade aufgestellt und ich weiß nicht, ob ich sie befolgen will.«

»Vergiss nicht, Fox, ich werde für das Baby da sein. Ich könnte ihm oder ihr all die kleinen Geschichten aus deiner Kindheit erzählen, die du vielleicht lieber für dich behalten möchtest.«

»Dafür habe ich meine Eltern, vielen Dank. Hat Melody dir erzählt, dass meine Mutter ihr ein gerahmtes Foto von mir geschenkt hat, das mich nackt auf einem Bärenfellteppich zeigt? Gerahmt, Ainsley. Gerahmt.«

»Ich hoffe, dass es dich als Baby zeigt und dass es kein Foto vom letzten Monat war. Das wäre nämlich lustig.«

Diesmal war er derjenige, der eine Kartoffel nach ihr warf. »Ich hasse dich. Aber ich liebe dich auch. Und ich werde nur eines sagen. Ich weiß, dass das Schicksal euch beiden im Augenblick eine Menge in den Weg legt, über das wir alle später reden werden, wenn Nate und Misty ein Nickerchen machen oder anderweitig beschäftigt sind, aber ich freue mich für euch beide. Lochlan braucht jemanden und obwohl er dich schon immer an seiner Seite hatte, weil du so wunderbar bist, bin ich froh, dass er dich jetzt wirklich hat. Und Ainsley? Ich bin auch froh, dass du ihn hast. Ihr macht euch gegenseitig glücklich, und das ist alles, was ich sagen werde.« Er machte eine Pause. »Vorerst.«

Dann lächelte er und machte sich wieder an die Arbeit, während Ainsley sich fragte, was geschähe, wenn sich alles änderte. Wenn ihnen das, wofür Lochlan und sie kämpften, irgendwie aus den Fingern glitt, konnte sie alles verlieren. Nicht nur den Mann, den sie liebte, sondern alles. Lochlan war so tief in ihr Leben eingedrungen, dass sie nicht wusste, woher sie die Kraft nehmen würde, um sich und ihr Leben wieder zusammenzustricken. Und wenn sie Lochlan trotz seiner Versicherungen verlöre, könnte sie auch Misty und Lochlans Familie verlieren.

Die Familie, die sie aufgenommen hatte und ihr das Gefühl gab, eine von ihnen zu sein.

Sie machte sich wieder ans Kochen. Später dann saß sie zwischen Lochlan und Misty bei der gemeinsamen Mahlzeit und tat so, als sei alles in Ordnung. Das war es aber nicht. Denn alle um sie herum waren miteinander verbunden, gehörten wirklich zur Familie. Und Ainsley war einen Schritt davon entfernt.

Es mochte jetzt im Augenblick alles gut sein, aber das könnte sich ändern.

Und das beunruhigte sie, vielleicht nicht so sehr wie die Gefahr, die irgendwo in der Nähe lauerte, aber doch so sehr, dass sie das Essen, von dem alle sagten, es sei fantastisch, nicht richtig genießen konnte. Sie wollte

Lochlan nicht aus ihrem Leben streichen, aber sie wusste auch, dass sie wahrscheinlich nicht zu einer einfachen Freundschaft zurückkehren konnte.

Er war ihr Ein und Alles, trotz ihrer Anstrengungen, es nicht so zu sehen.

Sie stieß den Atem aus und lächelte, obwohl sie wusste, dass Lochlan etwas in ihren Augen sah, das ihn beunruhigte. Sie würde ihm ihre Gefühle mitteilen. Später. Nachdem Riker gefasst worden und Lochlan in Sicherheit war. Vorerst würde sie lächeln und so tun, als machte sie sich keine Sorgen darüber, was geschähe, falls alles zu Ende wäre. Es half nichts, sich über etwas Sorgen zu machen, das vielleicht gar nicht eintreten würde.

Aber es war genau dieses *Vielleicht*, das sie nachts wach hielt.

Egal wie sehr sie versuchte, so zu tun, als sei es nicht so.

Kapitel Sechzehn

Lochlan hatte Kopfschmerzen und aus irgendeinem Grund schmerzte sogar einer seiner Zähne. Er hatte keine Zeit für Karies, aber es schien, als würde sich sein Leben in nächster Zeit nicht verlangsamen. Er stand auf dem Parkplatz und wartete darauf, in die Schule gehen und Misty abholen zu können. Sein Tagesablauf war vollkommen durcheinandergeraten und so war er in diesen Tagen kaum noch im Fitnessstudio, weil er sich bemühte, so viele Stunden am Tag wie möglich persönlich für Misty und Ainsley da zu sein.

Da Misty erst vier Jahre alt war, blieb sie nicht den ganzen Tag in der Schule und es gab auch nicht die übliche Schlange fürs Bringen und Abholen, wie sie für alle höheren Klassen üblich war. Nächstes Jahr würde es nervig werden, wenn er wie Vieh in der Schlange stehen musste, um sein Kind abzuholen, aber er würde das schon hinkriegen.

Aber auf dem Parkplatz zu warten bedeutete, dass er

sich mit anderen Eltern auseinandersetzen musste, was er hasste. Er hasste zwar nicht die Menschen im Allgemeinen, aber er war auch kein großer Menschenfreund, und mit anderen Müttern und Vätern zu tun zu haben war noch nie sein Ding gewesen. Vor allem weil er in diesem Jahr aus irgendeinem Grund der einzige alleinerziehende Vater war. Ainsley hatte ihm gesagt, dass es nicht immer so sei, aber dieses Jahr hatte er Pech. Normalerweise war das kein Problem, aber es gab eine Mutter, die auch alleinstehend war und ihn nie in Ruhe ließ.

Er wollte kein Arschloch sein, aber sie gab ihm ganz sicher das Gefühl, eines zu sein, weil er ständig ihre Annäherungsversuche abwehren musste, ohne dass die Kinder mitbekamen, was los war. Es gab Zeiten und Orte, die geeigneter für so einen Unsinn waren, als auf dem Schulparkplatz, während man auf seine kleinen Kinder wartete. Außerdem akzeptierte die Frau kein Nein als Antwort, da er mit keiner Frau zusammen war.

Oder besser gesagt, weil er mit keiner Frau zusammen *gewesen* war.

Nun denn. Der heutige Tag war vielleicht doch anders.

Tammy schlenderte – um nicht zu sagen schlich – über den Parkplatz. Mein Gott, dafür hatte er heute weder Zeit noch Geduld. Er war sicher, dass sie eine nette Frau war, wenn er nicht gerade mit ihr zu tun hatte, aber sie hörte ihm nie zu und begaffte nur seine Muskeln. Niemals sein Gesicht. Ja, er hatte es verstanden, er trainierte, er besaß ein verdammtes Fitnessstudio, aber er wollte nicht mit ihr ausgehen.

Er war mit seiner besten Freundin zusammen.

Dieser Gedanke brachte ihn trotz aller Widrigkeiten zum Lächeln. Natürlich war es das Lächeln, das Tammy sah, als sie neben ihn trat, und ihrem Blick nach zu urteilen glaubte sie wohl, es gälte ihr. Das würde nicht lustig werden, nicht im Geringsten.

»Lochlan. Wie schön, dich wiederzusehen.«

»Tammy.«

Er warf einen Blick auf die Uhr, vielleicht nicht ganz so diskret wie in der Vergangenheit. Misty würde jeden Moment herauskommen und da er ganz vorn geparkt hatte, würde sie nicht erst an anderen Fahrzeugen vorbeigehen müssen, um zu ihm zu gelangen. Er hielt die Augen offen, denn er wusste, dass Riker überall sein konnte, wenn man bedachte, was am Tag zuvor mit Ainsley geschehen war.

Sein Blut kochte bei der Erinnerung daran und er musste sein rasendes Herz beruhigen, wenn er nicht wie ein verdammter Serienmörder aussehen wollte. Ainsley hatte in der Nacht zuvor bei ihm übernachtet und ihre Tasche und alles, was sie sonst noch brauchen konnte, mitgebracht. Sie hatte trotz seiner Proteste im Gästezimmer geschlafen, wie sie es in der Vergangenheit getan hatte, denn sie hatte gesagt, dass sie zuerst mit Misty reden wollte, und der Abend nach einem Familienessen und dem Angriff auf sie war nicht der richtige Zeitpunkt dafür gewesen.

Das bedeutete, dass es über einen Tag her war, dass er sie in seinen Armen gehalten und ins Bett gebracht hatte, und er war das Warten leid. Ihm war nicht klar gewesen, dass er sich so sehr nach ihr sehnen würde, und jetzt, da er einen Vorgeschmack bekommen hatte, wusste er, dass er sie immer begehren würde.

»Lochlan? Hast du mich gehört? Es gibt ein neues Restaurant an der Hauptstraße, von der Kneipe deines Bruders aus gesehen genau am anderen Ende. Das Essen wird zwar nicht so hervorragend sein wie bei Dare, weil deine Familie einfach unschlagbar ist, aber willst du es mal mit mir ausprobieren? Als zwei Freunde ... die die Gesellschaft des anderen genießen?«

Lochlan blinzelte und blickte Tammy zum ersten Mal in die Augen. Er hatte nicht gehört, was sie zuvor gesagt hatte, und dafür hätte er sich am liebsten selbst eine Ohrfeige gegeben. Er hatte sich auf seine Gedanken konzentriert und auf die Tür, aus der Misty kommen würde, nicht auf die Frau vor ihm, die ihn um ein Rendezvous bat ... wieder einmal.

Vorher war er nett gewesen – anscheinend zu nett –, aber jetzt hatte er eine Ausrede, die alles übertraf.

»Tut mir leid, Tammy. Wenn ich das neue Restaurant ausprobiere, gehe ich mit Ainsley hin.«

Tammy verdrehte die Augen. »Ihr zwei seid ja ganz niedlich als Freunde, aber ein Mann hat Bedürfnisse, Lochlan.«

Gab es hier nirgendwo ein Loch, das so groß war, dass er sich darin verstecken konnte? Nur um ihn aus seinem Elend zu erlösen?

»Mir geht es gut, Tammy. Ich bin mit jemandem zusammen.«

Ihre Augen weiteten sich. »Oh. Mit *ihr*?« Sie blinzelte ein paarmal. »Nun, ich denke, ich sollte sagen, dass es an der Zeit war.« Sie warf einen Blick über die Schulter. »Einen schönen Tag noch.«

Dann machte sie sich praktisch im Laufschritt davon, und Lochlan wusste, dass er das nicht gut hinbekommen hatte. Er war nicht der Beste in solchen Situationen, aber Ainsley war seiner Meinung nach gut darin.

»Redest du von Ainsley? Bist du mit ihr zusammen, Daddy?«

Lochlan wirbelte herum und Misty warf sich in seine Arme. Ihr Lächeln war breit und ihre Augen strahlten noch mehr als sonst. Er hob sie hoch, hielt sie fest und sah sich um, ob jemand in der Nähe war. Er konnte nichts Ungewöhnliches wahrnehmen und niemand schien sie zu beobachten, aber er hielt Misty trotzdem fest und ärgerte sich über sich selbst, weil er sich wieder einmal hatte ablenken lassen. Es standen Leben auf dem Spiel und er verhielt sich wie ein Idiot. Er würde es niemandem verübeln, wenn jemand ihm gegen das Schienbein träte, wie Fox es am Abend zuvor erwähnt hatte.

»Hi, mein kleines Mädchen.« Er küsste sie auf den Scheitel und trug sie zu seinem Pick-up. »Was hast du gesagt?«

Sie verdrehte die Augen. Er zog die Brauen hoch. Als sie ihm einen verlegenen Blick zuwarf, wusste er, dass sie zumindest versuchte, es nicht allzu oft zu tun, es ihr aber nicht gelang. Ainsley hatte einmal sarkastisch gesagt, dass Misty als Teenager lustig sein würde, und Lochlan hatte das Gefühl, dass noch viel auf sie zukommen würde.

»Ainsley. Du hast gesagt, du bist mit jemandem zusammen. Ich weiß, was das bedeutet. Das ist, wenn man miteinander ausgeht und sich liebt. Ainsley, du gehst mit ihr aus. Du liebst sie. Aber du musst mit ihr an einen richtigen Ort gehen, Daddy. Mit richtigem Essen.

Nicht nur zu Hause bleiben. Ainsley ist hübsch, Daddy. Ich liebe sie auch. Also, juhu!«

Lochlan schnallte Misty im Kindersitz an, während sie ununterbrochen über ihren Schultag plapperte. Über den Schnee, der den Unterricht nicht wirklich verhindert hatte, obwohl einige der Kinder sich schneefrei gewünscht hätten. Dabei streute Misty ein paar typische Ainsley-Ausdrücke ein.

Er räusperte sich, während er versuchte, sich zu überlegen, was er sagen sollte. Ainsley und er waren noch nicht dazu gekommen, darüber zu sprechen, was sie Misty sagen wollten, denn obwohl sie ehrlich sein wollten, war es kein einfaches Gespräch.

Misty jedoch schien ihre eigenen Vorstellungen zu haben.

»Wir reden darüber, wenn wir zu Hause sind.« Misty war noch zu jung, um alles zu verstehen, und er wollte sie nicht verwirren. Da war es auch nicht gerade hilfreich, dass er selbst schon ziemlich verwirrt war.

»Okay, Daddy. Holen wir jetzt Ainsley ab? Sie ist doch deine Freundin, oder? So wie Denny Marys Freund ist? Er hat ihr einen Aufkleber gegeben und sie hat mit ihm in der Pause gespielt. Du solltest Ainsley einen Aufkleber schenken.«

Lochlan blinzelte und dachte sich, dass er später mit Misty darüber würde reden müssen, was das im Einzelnen bedeutete. Sein Kind war vier, nicht vierundzwanzig. In diesem Alter sollte es keine festen Freunde oder Freundinnen geben und Aufkleber sollten nichts damit zu tun haben.

»Mary ist die feste Freundin von Denny?«

Sie nickte. »Jup.« Sie sagte tatsächlich *Jup* anstatt *Ja*, und er schüttelte den Kopf. Dieses Kind, Mann. Dieses Kind.

»Du hast aber keinen Freund oder eine Freundin, richtig?« Er war sich nicht sicher, ob er die Antwort hören wollte, da er befürchtete, sie könnte beides bejahen und am Ende selbst eine Sammlung von Aufklebern haben, mit der er klarkommen müsste.

Sie schüttelte den Kopf. »Ich kann mir selbst Aufkleber besorgen.«

Das brachte ihn zum Lachen und er beugte sich hinunter, um sie auf den Scheitel zu küssen. »Das ist mein Mädchen. Und jetzt lass uns Ainsley abholen und dann werde ich mich um deine Aufkleber kümmern.« Er hielt inne. »Du sollst nur wissen, dass, wenn ein Junge oder ein Mädchen dir Aufkleber schenkt, du in der Pause trotzdem nicht mit ihm oder ihr spielen musst, wenn du nicht willst, okay?«

»Ich weiß, Daddy. Achte nur darauf, dass du Ainsley Aufkleber oder etwas anderes schenkst, das sie mag. Nicht, damit sie mit dir spielt, sondern weil sie das zum Lächeln bringt. Sie braucht gute Dinge. Wir sind auch gute Dinge für sie.«

Aus dem Mund eines Kindes.

Er küsste sie noch einmal, dann schloss er die Tür und ging zum Fahrersitz. Er startete seinen Wagen und fuhr vom Parkplatz, wobei er Tammys Blicken mit Absicht auswich. Kurz darauf erreichten sie Ainsleys Schule. Sie grinste die beiden an, als sie in den Wagen stieg. Obwohl es an ihrer Schule auch kein schneefrei gegeben hatte, hatte sie wegen des Wetters nicht länger bleiben müssen, und heute war einer der wenigen Tage, an denen beide Schulen zur gleichen Zeit schlossen. Das bedeutete, dass er Zeit mit seinen beiden Mädchen haben würde. Zeit, in der er über Aufkleber und Abendessen und andere Dinge reden konnte, die nicht Gedanken an Tod und dunkle Erinnerungen aufbrachten.

Davon hatten sie in den letzten Tagen und Wochen genug gehabt und in dem Moment, in dem Ainsley auf den Beifahrersitz kletterte, fühlte es sich irgendwie so an, als sei alles normal, als sei alles genau so, wie es sein sollte. Unterschwellig spürte er zwar immer noch die drohende Gefahr, allein schon aufgrund der Tatsache, dass er ein besonders wachsames Auge auf seine Umgebung hatte, aus Sorge, wer ihn beobachten könnte, was auf ihn warten könnte. Und aufgrund der Tatsache, dass sein Telefon mit der Überwachungsanlage in seiner Wohnung und im Fitnessstudio verbunden war. Aber für ein paar Augenblicke konnte er so tun, als sei alles in Ordnung.

Vielleicht war es nicht die beste Idee der Welt, bei all den anderen Geschehnissen gleichzeitig eine neue Beziehung zu beginnen, aber er hatte nicht vor, jetzt etwas daran zu ändern, weil es sich richtig anfühlte.

Er würde sich später fragen, warum sie dies nicht schon früher getan hatten. Aber andererseits konnte er sich diese Antwort bereits geben. Die Tatsache, dass Ainsley am Tag zuvor angegriffen worden war, war Antwort genug, nicht wahr?

»Hallo, ihr zwei«, sagte Ainsley, als sie die Tür hinter sich schloss. »Hattet ihr einen schönen Tag?«

»Jup«, antwortete Misty wieder anstatt eines *Ja*. »Miss Tammy hat Daddy geärgert, glaube ich, aber dann hat er gesagt, dass er mit jemandem zusammen ist, und ich dachte, dass du das bist, und er sollte dir Aufkleber schenken, weil du gern glücklich bist. Können wir einen heißen Kakao trinken, wenn wir nach Hause kommen?«

Lochlan sah, wie Ainsley die Augen aufriss. Er schnaufte. »Heißen Kakao können wir machen, aber dann müssen wir darüber reden, warum du so fasziniert von diesen Aufklebern bist.«

»Ich mag hübsche Dinge«, erklärte Misty und klimperte mit den Wimpern wie eines der Ponys in der Sendung, die sie gern sah, mit all den Farben und den Aufklebern auf ihren Hinterteilen. Jetzt verstand er es. Vielleicht.

»Soll ich fragen?«, flüsterte Ainsley.

Er schüttelte den Kopf, dann nahm er ihre Hand in seine und verschränkte ihre Finger miteinander. »Später.«

Sie schaute auf ihre ineinander verschlungenen Hände hinunter, dann wieder zu Misty, die in den Rückspiegel grinste. Als Ainsley ihn auf der Fahrt nach Hause wieder ansah, schenkte er ihr ein Lächeln, woraufhin sie sich entspannt in den Sitz zurücklehnte.

Es war nur ein Schritt. Nicht der letzte, aber immerhin etwas. Es gab jetzt kein Zurück mehr. Andererseits war Lochlan sich nicht sicher, ob es jemals ein Zurück gegeben hatte, nicht nachdem ihm bewusst geworden war, was er mit Ainsley haben konnte. Er hoffte verzweifelt, dass er herausfand, was er bezüglich Riker und der Firma machen sollte, bevor er alles verlor.

Denn er liebte die Frau neben sich. Verdammt, er liebte sie.

Er musste nur herausfinden, wie er ihr das sagen … und gleichzeitig für ihre Sicherheit sorgen konnte.

KAPITEL SIEBZEHN

Ainsley stöhnte auf, als Lochlans Telefon zwanzig Minuten vor ihrem Wecker klingelte. Er löste sich von ihr, drehte sich schnell herum und schaltete den Ton aus, damit er nicht im ganzen Haus widerhallte. Misty schlief wahrscheinlich noch tief und fest, da sie wegen eines freien Schultags nicht früh aufstehen musste. Ein freier Schultag bedeutete, dass Ainsley auch nicht zur Arbeit gehen musste. Sie verstand zwar nicht, warum sie direkt nach dem Wochenende frei-hatten und sie auch als Lehrerin nicht zur Arbeit gehen musste, aber sie würde sich den heutigen freien Tag gönnen.

Allerdings bedeutete das Klingeln des Telefons so früh am Morgen, dass sie ohnehin in absehbarer Zeit nicht wieder einschlafen konnte.

Als sie sich herumdrehte, hatte sie Lochlans Rücken vor Augen und fuhr mit der Hand über seine nackte Haut, während sie versuchte, vollständig wach zu werden, um verstehen zu können, was er sagte. Sie hoffte, dass es nur ein normaler Anruf war und nichts Ernstes, aber sie wusste, dass das nicht der Fall sein würde. Nicht, solange Riker immer noch da draußen herumlief und Gott weiß wer sonst noch, der mit Chris und diesem Mann in Verbindung stand.

Angesichts der Schwangerschaft von Melody und Kenzies Versuchen, schwanger zu werden, befürchtete sie außerdem, dass es bei einem Anruf so früh am Morgen um eine von ihnen gehen könnte. Zum Glück war Misty bei ihnen und nicht bei den Großeltern – also eine Sorge weniger.

An dem schroffen Klang von Lochlans Stimme und der Anspannung in seinen Schultern erkannte sie, dass der Anruf, worum es dabei auch immer gehen mochte, nichts Gutes verhieß.

»Ich werde in zehn Minuten dort sein. Nein, das ist schon in Ordnung. Danke.«

Lochlan beendete das Gespräch und drehte sich auf dem Bett zu ihr herum, sein Gesicht zu einer finsteren Miene verzogen, die sie sogar im schwachen Licht der hereinbrechenden Morgendämmerung erkennen konnte, die durch das Fenster fiel.

»Was ist los?« Sie setzte sich auf und zog die Decke über sich, denn ohne seine Körperwärme war ihr kalt. Sie trug immer noch sein Hemd und eine Unterhose, da Misty jeden Moment wegen eines Albtraums hereinkommen konnte, weswegen auch Lochlan seine Shorts trug. Man konnte eben nicht nackt schlafen, wenn ein Kind im Haus war.

»Jemand hat mein Fitnessstudio verwüstet. Hat die Fenster zerbrochen und die ganze Einrichtung, alle Geräte, alles. Derjenige hat alles mit Wasser und Öl besudelt. Er hat lediglich darauf verzichtet, alles in Brand zu stecken oder in mein Büro einzudringen, da ich dort einen weiteren Satz Schlösser angebracht habe, weil dort drinnen so viele persönliche Daten gelagert sind. Verdammt, Ainsley. Das kann nicht alles Zufall sein. Vor allem da der Eindringling irgendwie wusste, wie er meine Alarmanlage umgehen kann. Ich habe nicht einmal das Signal auf meinem Telefon erhalten.«

Sie schüttelte den Kopf und strich ihm mit der Hand über den Arm, weil sie nicht wusste, wie sie ihn sonst hätte trösten können. Das Studio war sein zweites Zuhause, sein ganzer Stolz und seine ganze Freude. Er hatte so viel in das Studio investiert, nachdem er sich in Whiskey niedergelassen hatte, um Misty ein Vater zu sein.

Und jetzt hatte jemand all das zerstört.

»Glaubst du, es war Riker?«

»Falls nicht mehr Leute sauer auf mich sind, als mir bewusst ist, ist er der Einzige, der infrage kommt. Ich wusste, dass der Mann die Grenze zwischen Gut und Böse überschreitet, aber verdammt, Ainsley, ich weiß nicht, was er vorhat.«

Er beugte sich zu ihr hinunter und küsste sie heftig, dann stand er vom Bett auf. Er begann, sich anzuziehen, und Ainsley stand ebenfalls auf und schlüpfte in ihre Sachen vom Vortag. Sie würde später duschen und sich umziehen, aber sie fühlte sich besser, wenn sie jederzeit darauf vorbereitet war, das Haus zu verlassen, falls etwas passieren sollte. Nicht dass sie damit rechnete, aber sie war auch so kribbelig, als wartete sie darauf, dass wieder etwas passierte. Ein Unglück kommt schließlich selten allein. Und das gefiel ihr nicht.

»Du machst dich also auf den Weg dorthin?«

Lochlan nickte und schnürte sich die Schuhe zu. »Ich muss mich noch einmal mit Renkle und Shannon treffen. Sie sind es inzwischen sicher leid, sich mit mir abgeben zu müssen.«

»Du hast wahrscheinlich auch genug von ihnen.« Sie ging zu ihm und schlang ihm die Arme um die Taille. Aus irgendeinem Grund machte es sie nervös, dass er das Haus verließ, obwohl es keinen Grund dafür gab. Mit den neuen Sicherheitsvorkehrungen, die er am Haus angebracht hatte, würden Misty und sie sicher sein, und was die Sicherheit Lochlans betraf, glaubte sie nicht, dass Riker an einem Ort herumschleichen würde, den er gerade zerstört hatte, während die Polizei dort arbeitete, aber es gefiel ihr trotzdem nicht.

Ihr gefiel das alles nicht.

»So ist es, aber wir werden der Sache auf den Grund gehen. Er macht jetzt Fehler, ich weiß es. Es hat so lange gedauert, weil wir die Teile nicht zusammengefügt haben, und ich bin kein Polizist, schon vergessen? Ich bin nur ein Mann mit Familie, der die Frau, die er *liebt*, in den Armen hält. Ich weiß nicht, warum Riker denkt, dass dies der Weg ist, auf dem er bekommt, was er will, aber er irrt sich. Vollkommen.«

Ainsley erstarrte bei seinen Worten, sicher, dass sie entweder noch träumte oder nicht ganz wach war. »Was hast du gerade gesagt?«, fragte sie im Flüsterton.

Lochlan versteifte sich, dann blickte er zu ihr hinunter, bevor er ihr Gesicht umfasste. »Mist. Das wollte ich nicht sagen.«

Sie war sich ziemlich sicher, dass ihr in diesem Moment das Herz brach. Es wurde in Stücke gerissen, bis nichts mehr übrig war als ein Haufen Asche und Bedauern.

»Oh.«

Er fluchte wieder, dann küsste er sie heftig, sein Mund presste sich hart auf ihren. »Nein, das habe ich nicht gemeint. Ich liebe dich, Ainsley. Ich wollte es dir nur nicht sagen, während ich schon halb aus der Tür heraus bin und mich um das Studio und wer weiß, was noch alles, kümmern muss.«

Sie trat einen Schritt zurück, ihr Herz klopfte so heftig in ihrer Brust, dass sie Angst hatte, es würde herausspringen wie in einem dieser Zeichentrickfilme, die Misty sich samstagmorgens anschaute.

»Lochlan …«

Sein Gesicht verschloss sich ein wenig bei ihrem Tonfall. Er nickte ihr kurz zu. »Ich weiß, es geht schnell und es hört sich unlogisch an, dass ich dich so schnell lieben kann, aber die Sache ist die, dass ich so lange versucht habe, dich nicht auf diese Weise zu lieben, dass es nur natürlich ist, dass ich jetzt so für dich empfinde, jetzt, da wir es endlich wahrhaben wollen und an einem Punkt angelangt sind, an dem wir schon vor Jahren hätten sein sollen. Es tut mir leid, dass ich so lange gebraucht habe, Ainsley. Es tut mir leid, dass ich zu stur war, um zu sehen, was ich direkt vor Augen hatte. Ich weiß, dass du vielleicht nicht bereit bist, die gleichen Worte zu sagen, und ich verstehe das. Ich wollte warten, bis wir herausgefunden haben, wer wir zusammen sind, unabhängig von dem, was in der Stadt vor sich geht. Ich meine, verdammt, ich habe dich noch nicht einmal zu einem richtigen Rendezvous ausgeführt. Was für ein Mann bin ich eigentlich?«

Ainsley schlang ihm die Arme um den Hals und drückte ihre Lippen auf seine, damit er seine Liebe nicht zerredete. Sie kannte sowohl ihn als auch sich selbst gut genug, um zu wissen, dass es wahrscheinlich so enden würde, wenn sie sich nur lange genug im Kreis drehten.

Er schlang die Arme um sie und zog sie fest an sich. Sie passten perfekt zusammen, und das war etwas, das sie immer gewusst hatte, auch wenn sie versucht hatte, ihren Wunsch zu vergessen, dass es Wirklichkeit werden würde.

»Ich liebe dich«, flüsterte sie an seinen Lippen. »Ich liebe dich schon länger, als ich weiß, wie deine Lippen schmecken. Ich dachte, du siehst mich nur als deine Freundin, und vielleicht ist das auch so, aber, Lochlan? Ich liebe dich so sehr. Und Misty liebe ich auch.«

Da grinste er und zog sie an sich. »Danach werden wir es langsamer angehen lassen, das verspreche ich, aber ich möchte dich in meinem Bett, in meinen Armen haben. In meinem Leben. Wenn wir Riker aufgehalten haben, können wir über ernste Dinge reden, aber ich lasse dich nicht gehen, Ainsley. Egal was auch geschehen mag.«

Und als er sie wieder küsste, fiel sie in seinen Armen fast in Ohnmacht. Sie war noch nie in ihrem Leben ohnmächtig geworden, aber anscheinend war der heutige Tag für Überraschungen gut.

Sie wusste, dass sie noch mehr zu klären hatten, sich mit viel mehr auseinandersetzen mussten, aber Gefühle konnten nicht ignoriert werden. Sie waren noch nicht einmal lange genug zusammen, als dass sie es mit dem Verstand hätten erfassen können, und doch … funktionierte es. Weil sie es waren. Weil sie Lochlan und

Ainsley waren. Sie waren seit Jahren zusammen, und doch ... war es jetzt anders.

Jetzt ... jetzt hatte sie Hoffnung.

LOCHLAN WAR SCHON EIN PAAR STUNDEN WEG, ALS Misty aufwachte, und Ainsley machte Frühstück für die beiden. Es war nicht das erste Mal, dass Ainsley hier übernachtete und dem Kind Frühstück machte. Sie hatte im Gästezimmer gewohnt, während Lochlan beruflich unterwegs gewesen war und sie über Nacht auf Misty aufgepasst hatte. Zum Glück war es bei ihm dabei immer um die Arbeit und nie um eine romantische Verabredung gegangen.

Sie verzog das Gesicht. Nein, daran wollte sie nicht denken. Lochlan hatte ihr erzählt, er hätte noch nie eine andere Frau in diesem Bett gehabt, nur sie, und das brachte sie zum Lächeln. Sie jedoch hatte einen anderen Mann in ihrem Bett gehabt, denn sie war vor Lochlan nicht enthaltsam gewesen, aber sie war territorial, wenn es um Lochlan ging, daher war es ihr nur recht, die Einzige zu sein.

»Ich mag es, dass du hier bist und ich nicht darauf warten muss, dass du rüberkommst«, sagte Misty, bevor sie in ihren Pfannkuchen biss. Ainsley hatte es mit den Schokoladensplittern ein wenig übertrieben, aber es war ihr erster Morgen allein mit Misty, nachdem sie als Lochlans Freundin bei ihnen übernachtet hatte, und sie war noch dabei, sich einzuleben. Die Situation war für sie viel schwieriger, als sie für jede andere Frau gewesen wäre, da sie nicht nur Lochlan, sondern auch

Misty bereits lange kannte, aber sie würde ihren Weg finden.

»Mir gefällt es auch, dass ich hier bin.«

»Wirst du für immer hierbleiben?«

Ainsley lächelte nur. »Ich habe meine eigene Wohnung.« Es war noch zu früh, um wirklich ganz einzuziehen, und das wusste sie. Sie wollte nichts noch mehr überstürzen, als sie es ohnehin schon getan hatten, um die Beziehung zu den beiden wichtigsten Menschen in ihrem Leben nicht zu gefährden. »Aber ich werde wie immer hier sein. Ich bleibe nur eine Weile, um deinem Vater zu helfen.« So war es doch, wenigstens ungefähr. Sie hatten Misty nicht erzählt, was in der Stadt vor sich ging, aber sie hatten ihr eingeschärft, vorsichtig gegenüber Fremden zu sein – wie immer. Lochlan war gut in solchen Dingen und Ainsley war dankbar dafür.

»Ich mag es, wenn du hier bist.«

»Ich weiß. Mir gefällt es hier auch. Aber du magst meine Wohnung auch.«

»M-mhh.«

Das kleine Mädchen lächelte nur und widmete sich wieder ihren Pfannkuchen. Ainsley grinste und aß ihren eigenen auf, während sie eine Einkaufsliste machte. Im Haus fehlten ein paar Dinge, die sie heute brauchen würden, und sie wollte das erledigen. Sie kaufte oft für Lochlan ein und er tat das auch für sie, also war das für sie nichts Neues heute.

Abgesehen von der Sache mit Riker.

Sie runzelte die Stirn und nahm ihr Handy zur Hand, da sie nicht wusste, wann Lochlan nach Hause kommen würde. Er hatte sie auf dem Laufenden gehalten und vorhin angerufen, um mit Misty zu sprechen, aber sie wusste, dass er mit den Behörden, den Handwerkern und wer weiß wem noch alles beschäftigt war. Fox und Dare waren ebenfalls dort und ihre Frauen halfen in Dares Gasthaus aus, da Melodys Tanzstudio direkt neben Lochlans Fitnessstudio lag. Melodys Studio war verschont geblieben, aber Melody wollte es geschlossen halten, bis Lochlan wusste, was los war. Beide Frauen hatten angeboten, zu ihr zu kommen, um Zeit mit ihr zu verbringen, aber Ainsley hatte Misty nicht beunruhigen wollen.

Ainsley: *Hi, ich muss zum Supermarkt fahren. Ist es okay, wenn ich Misty mitnehme? Oder soll ich warten, bis du nach Hause kommst?*

Nach Hause.

Sie hatte das Wort *Zuhause* schon früher benutzt, wenn sie bei ihm übernachtet hatte, weil es einfacher gewesen war, aber jetzt war es anders. Über ein Wort, das sie benutzte, nachzugrübeln, würde ihr allerdings Kopfschmerzen bereiten, also verdrängte sie diesen Gedanken.

Lochlan: *Ich werde noch ein paar Stunden brauchen. Tut mir leid, Baby. Hol, was du brauchst, und benutze meine Kreditkarte. Pass auf dich auf und gib acht auf deine Umgebung. Du kannst nicht leben, wenn du ständig eingesperrt bist ... obwohl ich das gern hätte.*

Ainsley grinste und schüttelte den Kopf. Sie würde seine Karte benutzen, auch wenn sie es hasste. Sie verdiente nicht viel Geld als Highschool-Lehrerin, und das wussten sie beide. Lochlan verdiente mehr und hatte klug investiert. Also benutzte sie für Lebensmittel und Besorgungen für Misty die Karte, die er ihr gegeben hatte, auch wenn sie nicht gerade begeistert darüber war.

Ainsley: *Ich werde auf mich und dein Mädchen aufpassen. Pass du aber auch auf dich auf, okay? Ich liebe dich.*

Bei dem letzten Satz spürte sie ein Kribbeln und sie unterdrückte ein Kichern, da Misty sie beobachtete.

Lochlan: *Pass auf meine beiden Mädchen auf. Ich liebe dich auch.*

Und da war es wieder, das Kribbeln.

»Willst du mit mir einkaufen gehen?«, fragte Ainsley, während sie die Teller abräumte.

Misty hüpfte auf dem Stuhl auf und ab. »Ja!«

»Wasch dir zuerst die Hände und putz dir die Zähne.«

»Okay, Ainsley.« Dann flitzte sie los wie eine Rakete. Ainsley schüttelte nur den Kopf und räumte das restliche Geschirr in die Spülmaschine. Sie würde sie laufen lassen, während sie weg waren, und wenn sie zurückkamen, würde sie mit der Vorbereitung des Abendessens beginnen, denn sie hatte Lust auf einen Eintopf. Es war eines der Rezepte, die sie in ihrem Kochkurs gelernt hatte, und sie hatte es noch nicht für Lochlan ausprobiert. Hoffentlich würde sie es nicht vermasseln. Aber, hallo, die Pfannkuchen waren ihr heute doch auch gut gelungen.

Als die beiden endlich in Ainsleys Wagen saßen und zum Laden fuhren, waren sie beide etwas aufgedreht vom Zucker in den Pfannkuchen und sangen zu einem von Mistys Liedern aus dem Radio. Ainsley kannte den ganzen Text, weil sie so oft mit dem Kind zusammen war, und die beiden grinsten und lächelten … bis ein Fahrzeug so nahe von hinten an sie heranfuhr, dass Ainsley nicht einmal die Lichter sehen konnte.

Ainsley drehte die Musik leiser, brachte Misty zum

Schweigen, als sie sich beschwerte, und raste um die Kurve, um an eine Stelle zu kommen, an der dieses Arschloch sie überholen und sie sich wieder entspannen konnte. Nur, dass der Kerl das nicht tat. Stattdessen kam er immer näher. Schließlich stieß er gegen ihre hintere Stoßstange und Misty stieß einen Schrei aus.

Ainsley konnte nur mit Mühe ihren eigenen Schrei unterdrücken, während sie das Lenkrad umklammerte und versuchte, auf der Straße zu bleiben. Doch da stieß er wieder von hinten an ihre Stoßstange und sie rutschte über den Schotter und in das Ackerland neben der Straße. Sie pflügten durch das Gras, der Lärm war ohrenbetäubend, aber sie überschlugen sich nicht. Stattdessen kamen sie zum Stehen, der Wagen schüttelte sich und ihr Puls raste. Es waren keine anderen Fahrzeuge in der Nähe, da sie sich nicht auf der Hauptstraße befanden und es auch für einen Wochentag noch recht früh war. Sie war dankbar, dass sie nicht gegen die Böschung oder einen der Bäume gefahren waren, die die Straße säumten.

Misty weinte hinter ihr in ihrem Kindersitz und Ainsley zitterte, als sie den Wagen in den Parkgang schaltete und versuchte, sich herumzudrehen, um sich zu vergewissern, dass das kleine Mädchen, das sie liebte, nicht verletzt worden war.

»Misty? Geht es dir gut?«

Misty nickte. »Ich will zu Daddy.«

»Ich auch.« Sie drehte sich herum, um zu sehen, ob das andere Fahrzeug auch von der Straße abgekommen war. Das Adrenalin in ihrem Körper stieg so stark an, dass sie kaum noch denken konnte. Doch bevor sie sich genau umsehen konnte, schlug jemand das Fenster auf der Fahrerseite ein. Sie schrie auf und warf sich über Mistys Beine, das Einzige, was von Misty in Reichweite war. Dann wurde die Tür aufgerissen und jemand griff nach Ainsleys Sicherheitsgurt, während er mit solcher Kraft an ihrem Haar zog, dass ihr die Augen tränten.

Als der Mann sie an den Haaren aus dem Wagen zerrte und sie mit dem Hintern mit solcher Wucht auf dem gefrorenen Boden landete, dass ihr die Zähne klapperten, trat Ainsley schreiend um sich und versuchte, ihn zu kratzen, aber er trug lange Ärmel und Handschuhe.

Sie versuchte, nicht in Panik zu geraten, denn sie wusste, das durfte sie nicht, da auch Misty in Gefahr war. Der Mann warf sie zu Boden, so heftig, dass ihr Kopf hart aufschlug, trotzdem konnte sie noch den Kopf heben, um zum Wagen hinüberzublicken, wo ein anderer Mann gerade die Hintertür öffnete und Misty herauszerrte.

Ainsley schrie wieder, diesmal trat sie nach dem Mann, als dieser nach ihr griff. Er stieß ein Grunzen aus, als sie ihn am Knie traf, und sie rappelte sich auf, ohne auf ihre blutigen Hände zu achten, die sie sich am Boden aufgeschürft hatte. Sie lief auf Misty zu und schrie sich die Seele aus dem Leib, in der Hoffnung, dass jemand sie hören könnte. Aber sie befanden sich am Ortsrand von Whiskey, wo es weder Häuser noch Geschäfte gab.

Und diese Männer hatten sie beobachtet. Sie hatten auf sie gewartet und genau diese Stelle abgepasst.

Oh Gott.

Sie glaubte, dass keiner der beiden Männer damit rechnete, dass sie sich wehren würde oder gar über irgendeine Kampftechnik verfügte, aber Lochlan hatte ihr beigebracht, wie man sich in Sicherheit brachte und wie man sich verteidigte – zumindest so gut wie möglich. Mit all ihrer Kraft stürzte sie sich auf den Mann, der Misty an der Hand hielt und versuchte, sie aus dem Wagen zu zerren, anstatt sie auf den Arm zu nehmen.

Dank der Schwerkraft und der Kraft ihres Körpers warf Ainsley den Mann zu Boden und beide prallten gegen das Heck ihres Wagens.

Sie rollte sich ab, aber er rollte mit ihr und drückte sie auf den Boden. »Lauf!«, rief sie. »Misty, lauf!«

Und das kleine Mädchen tat es. Ihre kleinen Beine pumpten, als sie davonlief. Genau das hatte Lochlan Misty beigebracht. Sich zu einem Polizisten oder einem Familienmitglied zu flüchten. Vor Fremden wegzulaufen.

Und aus irgendeinem glücklichen oder vielleicht auch unglücklichen Grund lief der andere Mann nicht hinter ihr her. Stattdessen stellte er sich neben Ainsley und musterte sie mit zur Seite geneigtem Kopf. Da bemerkte sie, dass beide Männer Masken trugen und sie nur ihre Augen sehen konnte.

»Du bist ohnehin diejenige, die wir brauchen«, sagte der, der auf ihr lag, dann holte er aus und schlug ihr seine Faust ins Gesicht.

Dann sah sie nichts mehr.

Nur Dunkelheit.

Schon wieder.

Kapitel Achtzehn

Lochlan rieb sich den Hinterkopf und stieg in seinen Wagen. Er hatte heute Morgen viel zu viele Stunden damit verbracht, sich mit den Folgen der Zerstörung in seinem Fitnessstudio zu beschäftigen. Er konnte es einfach nicht fassen, wie viel Schaden in so kurzer Zeit angerichtet worden war. Er musste zwar nicht von Grund auf wiederaufbauen, aber es war schlimm genug.

Die Arschlöcher hatten mit einem Vorschlaghammer alle Geräte in seinem Studio zertrümmert und die Türen zu allen seinen Privaträumen außer seinem Büro aus den Angeln gehoben. Sie hatten die vom Boden bis zur Decke reichenden Spiegel zertrümmert, ein paar der Deckenleuchten heruntergerissen und sogar ein paar Wände beschädigt, indem sie mit dem Vorschlaghammer auf die Rigipswände eingeschlagen hatten. Sie hatten ein Rohr beschädigt, sodass überall Wasser war, ganz zu schweigen von anderen Flüssigkeiten wie Öl und sogar

Benzin. Alles deutete auf Vorsatz und ungemeine Wut hin.

So viel Zorn, so viel Zerstörung. Und wofür? Um Lochlan wütend zu machen? Um ihm Angst einzujagen, damit er Riker die Firma überließ? Für Lochlan ergab das keinen Sinn, aber er dachte ja auch nicht wie der Soziopath, der Riker höchstwahrscheinlich war. Wenn er alles zusammenfügte, Dennis – falls da ein Zusammenhang bestand –, der Angriff auf Ainsley, als sie ihre Schwester auf dem Friedhof besuchte, der Einbruch in Lochlans Haus und der Versuch, etwas Bestimmtes zu finden, der Brief, der Anruf und jetzt … das hier, hatte Riker eindeutig den Verstand verloren und Lochlan glaubte nicht, dass er so bald aufgeben würde.

Aber irgendwie passte für Lochlan immer noch nicht alles so recht zusammen. Als er das letzte Mal mit der Polizei gesprochen hatte, hatte es so geklungen, als glaubten die Beamten, dass Riker etwas mit dem Tod von Dennis zu tun hatte, aber sie hatten es Lochlan nicht direkt gesagt. Obwohl er gern alles gewusst hätte, hatte er nicht das Recht, sie nach jedem Detail zu fragen. Aber seine Familie war in Gefahr und er musste die Fakten kennen. Nur war er sich nicht sicher, ob die Behörden sie überhaupt alle kannten. Zumindest noch nicht. In Whiskey wurde es langsam sehr gefährlich, was nicht oft vorkam, wenn überhaupt mal, und Lochlan wusste, dass alle nervös waren und herausfinden wollten, wie man das aufhalten konnte. Die Tatsache, dass seine eigene Vergangenheit der Grund für all das war, gefiel ihm keineswegs, aber er konnte nichts anderes tun, als den Behörden alles zu sagen, was er wusste, und ihnen zu helfen, Riker zu finden.

Denn für Lochlan gab es keinen Zweifel daran, dass der Mann etwas mit all dem zu tun hatte, auch wenn er die Gedankengänge seines ehemaligen Teamkollegen nicht nachvollziehen konnte. Lochlan hatte seine Fühler nach seinen alten Kontakten ausgestreckt, um zu erfahren, ob sie wussten, wo Riker sich aufhielt, aber bisher hatten sie genauso wenig herausgefunden wie Lochlan selbst.

Er würde weiter suchen, aber im Moment wollte er nur wissen, ob Ainsley schon auf dem Heimweg war, und seine Mädchen sehen. Er konnte einfach nicht glauben, wie schnell sich alles verändert hatte, und doch fühlte es sich gleichzeitig so an, als hätte sich nichts verändert. Er und Ainsley waren immer schon auf diesem Weg gewesen, obwohl sie ihre besondere Verbindung ignoriert hatten. Sie hatten einfach nicht gesehen, was sie füreinander sein konnten.

Vielleicht hatte Ainsley es auch schon immer gewusst und nur er hatte es ignoriert.

Er war nicht so dumm gewesen, wie der Rest seiner Familie glaubte, wenn er an deren neugierige Blicke während all der Jahre dachte. Er hatte es bemerkt, wenn die Beziehung zwischen Ainsley und ihm sie verwirrte und sie Blicke von ihm zu ihr warfen, als hätten sie etwas übersehen. Die meisten ihrer Freunde hatten geglaubt, sie hätten bereits miteinander geschlafen, aber Lochlan hatte sich nach Kräften bemüht, nicht auf diese Weise an Ainsley zu denken, bis sie direkt vor ihm gestanden hatte, wütend und verdammt sexy. Dann war er eifersüchtig geworden. Und jetzt, nun, der Rest war Geschichte.

Dann klingelte sein Telefon und riss ihn aus seinen

Gedanken. Da er den Motor noch nicht angelassen hatte, wurde das Gespräch nicht auf sein Bluetooth übertragen, also nahm er sein Handy in die Hand, um auf das Display zu blicken, und runzelte die Stirn, als es *Unbekannt* anzeigte.

Ein Schauer lief ihm über den Rücken, als er mit rauer Stimme das Gespräch annahm. »Ja?«

»Du hättest mir einfach die Firma überlassen sollen, Lochlan. Du willst nichts damit zu tun haben, das wissen wir beide. Du bist gegangen, erinnerst du dich? Du hast die Firma im Stich gelassen und alles, wofür wir stehen, und jetzt lebst du dein perfektes kleines Leben mit deiner kleinen Göre und deiner Schlampe. Du hättest sie mir geben sollen, Lochlan. Du hättest sie mir nur überschreiben müssen und niemand wäre zu Schaden gekommen. Jetzt bist du ein Mörder, oder zumindest denkt das die Polizei. Jetzt weißt du, dass dein Haus nicht so sicher ist, wie du dachtest. Jetzt weißt du, dass dein Arbeitsplatz nicht so sicher ist, wie du es gern wolltest. Jetzt weißt du, dass du nie sicher bist, Lochlan. Du hättest sie mir geben sollen … aber du hast noch Zeit. Nur ein Wort von dir und all dies wird vorbei sein. Nur ein Wort. Sag es, Lochlan.«

Dann legte Riker auf, noch bevor Lochlan etwas sagen konnte. Er blinzelte auf das Telefon hinunter und versuchte, sich an alles zu erinnern und zu verarbeiten, was der Mann gesagt hatte. Wenn er schlau gewesen wäre, hätte er das Gespräch irgendwie aufgezeichnet, aber er hatte nicht daran gedacht, und offen gesagt war nicht genügend Zeit gewesen, vor allem weil er nicht sicher gewusst hatte, wer am anderen Ende der Leitung gewesen war. Riker hatte ohne Unterbrechung geredet, wie ein Bösewicht aus einem verdammten Film, und hatte Lochlan nicht zu Wort kommen lassen, während dieser versuchte, die Worte des anderen Mannes zu verstehen.

Riker hatte fast zugegeben, dass er Dennis ermordet und versucht hatte, es so aussehen zu lassen, als sei es Lochlan gewesen, obwohl es weder wirkliche Beweise noch ein Motiv gegeben hatte. Und das alles für Kontakte und Informationen einer Firma, die einen so guten Ruf hatte, dass Riker sie sich wahrscheinlich mit Spenden und der Hilfe einiger hoher Tiere hätte einverleiben können, um jahrelang Unsummen an Geld zu verdienen und Grenzen zu überschreiten, bevor irgendjemand gemerkt hätte, dass Jasons Firma nicht mehr das war, was sie einmal gewesen war. Lochlan wusste, dass es sich bei Jasons Hinterlassenschaft an ihn wahrscheinlich um Millionen von Dollar handelte.

Er schüttelte den Kopf und überlegte, was Riker noch alles tun würde, um an all das Geld und die Macht zu kommen. Er hatte schon so viel getan, hatte seine Männer, zum Beispiel Chris, dazu gebracht, Gesetze zu brechen, und soweit Lochlan sehen konnte, hatte er sich danach überhaupt nicht mehr bei dem anderen Mann gemeldet, wahrscheinlich hatte er die Verbindung abgebrochen, sobald Chris gefasst worden war. Was für ein Wahnsinn!

Lochlan rief eilig Detective Shannon an und informierte ihn über den Anruf, denn das war alles, was er tun konnte, und zum Glück wollten die beiden Detectives nicht schon wieder ein längeres Gespräch mit ihm führen. Sie sagten, sie würden versuchen, die Nummer herauszubekommen, aber das Revier war nicht besonders gut mit Technik ausgestattet, und Lochlan hätte wetten können, dass Riker mit Prepaidhandys und anderem umzugehen wusste, sodass garantiert niemand den Anruf zurückverfolgen konnte. Aber sie mussten es zumindest versuchen, denn irgendwann würde Riker einen Fehler machen, durch den sie ihn erwischen konnten. Denn das mussten sie, verdammt noch mal. Lochlans Familie wäre sonst nicht sicher.

Da er gerade an die dachte, die er liebte, rief er schnell Ainsley an und wurde immer nervöser, je öfter es klingelte und er schließlich auf die Mailbox umgeleitet wurde. Er versuchte es noch einmal, für den Fall, dass sie gerade Auto fuhr oder mit Misty beschäftigt war und nicht rangehen konnte, aber er wurde noch zwei weitere Male auf die Mailbox geleitet. Er steckte sein Handy in den Getränkehalter, startete seinen Pick-up und fuhr mit quietschenden Reifen vom Parkplatz seines Fitnessstudios auf die Straße. Er nahm den Weg zu seinem Haus, den Ainsley zum Lebensmittelladen entlanggefahren sein musste; er war der schnellste. Und bis auf einen kleinen Abschnitt war er von Häusern und Geschäften gesäumt. Hier sollte es sicher sein. In Whiskey sollte es sicher sein.

Lochlan rief erst Fox und dann Dare an und fragte, ob sie etwas von Ainsley gehört hätten. Beide verneinten, versprachen aber, für ihn beim Rest der Familie nachzufragen und sich wieder bei ihm zu melden, bevor sie sich selbst auf die Suche machen wollten. So war seine Familie, immer an seiner Seite und bereit, die zu beschützen, die zu ihnen gehörten, auch wenn sie alle eine Höllenangst vor dem hatten, was in Whiskey geschah.

Er bog in die Kurve zu seinem Haus ein und trat auf die Bremse, als er ein ihm wohlvertrautes kleines

Mädchen erblickte, mit geweiteten Augen und Tränen, die ihr über die Wangen strömten. Sie stand zwischen zwei Fremden am Straßenrand, während eine ihm unbekannte Limousine neben ihnen parkte.

Er parkte hinter dem anderen Wagen, stieß die Tür auf und sprintete auf das Paar und seine Tochter zu.

»Misty!«

»Daddy!«

Sie lief an dem Paar vorbei, das sie nicht aufhielt. Er hielt sich am Straßenrand und lief ebenfalls auf sie zu. Als sie auf ihn zusprang, nahm er sie auf den Arm und drückte sie an seine Brust.

»Baby, was ist los? Warum bist du hier draußen? Was ist hier los?« Er redete wirr und stellte viel zu viele Fragen, als dass eine Vierjährige sie gleichzeitig hätte beantworten können, aber er zitterte, verdammt noch mal. Wo war Ainsley? Das fragte er nicht, denn er hatte zu viel Angst, es auch nur auszusprechen.

»Sie haben Ainsley mitgenommen, Daddy!« Misty schrie jetzt. Ihr kleiner Körper zitterte so sehr in seinen Armen, dass er Angst hatte, sie hätte einen Schock erlitten. Er tätschelte ihr den Rücken und schaukelte sie hin und her, während er versuchte, sie beide zu beruhigen. Sein Herz schlug so schnell, dass er fast sein jahrelanges Training vergaß. Er konnte kaum noch klar denken.

»Was?«

»Sir?«, fragte die Frau und auch ihre Stimme zitterte. Sie musste eine Touristin sein oder nur auf der Durchreise, denn er kannte sie nicht. »Wir haben die Kleine am Straßenrand entlanglaufen sehen und haben angehalten. Sie fing an zu weinen und zu schreien und wollte nicht näher kommen, und wir merkten, dass sie Angst vor uns hatte. Also riefen wir die Polizei. Sie sollte bald hier sein. Sie hat kein Wort zu uns gesagt, also wissen wir nicht, von wem sie redet, wer Ainsley ist und was überhaupt passiert ist, aber Sie haben da ein kluges kleines Mädchen. Sie weiß, wie man sich Fremden gegenüber verhalten muss. Und es tut uns leid, wenn wir ihr Angst gemacht haben, aber wir wollten sie nicht allein lassen, obwohl sie nur in unserer Nähe stehen blieb und nicht näher kommen wollte.«

Lochlan beruhigte sein kleines Mädchen, das inzwischen nur noch wimmerte, als Sirenen ertönten und immer näher kamen. Er war dieses Geräusch verdammt leid, vor allem weil es in letzter Zeit immer mit ihm zu tun zu haben schien, aber er wollte, dass Misty untersucht wurde. Und verdammt, er musste Ainsley finden.

»Ich danke Ihnen«, sagte Lochlan, seine Stimme nur mehr ein Knurren. Er wusste, dass er groß war und beängstigend wirkte, aber er hielt seine zitternde Tochter im Arm und die Liebe seines Lebens war irgendwo da draußen. »Danke für alles, was Sie getan haben.«

Er wusste nicht, was er noch sagen sollte, während das Paar sich vorstellte und zu reden begann, um die Stille zu überbrücken, während sie auf die Polizei und den Krankenwagen warteten. Er war sich ziemlich sicher, dass es dieselben Sanitäter wie auf dem Friedhof waren, und das erinnerte Lochlan nur an Ainsley.

Wo war sie?

Und wie zum Teufel sollte er sie finden?

Denn er *wusste*, dass Riker sie hatte. Nach dem Anruf von zuvor war das nur logisch. Er musste sie finden. Er musste sie retten. Denn wenn er Ainsley verlöre, nachdem er sie gerade erst gefunden hatte, würde er sich das nie verzeihen. Riker würde es bereuen, überhaupt in die Nähe von dem gekommen zu sein, was Lochlan gehörte.

Aber für Reue hätte er nicht viel Zeit, denn wenn es nach Lochlan ginge, würde der andere Mann nicht mehr lange atmen.

Lochlan musste Ainsley finden.

Um jeden Preis.

KAPITEL NEUNZEHN

Ainsley hustete Wasser, als Riker ihr das Handtuch vom Gesicht nahm. Er hatte sich ihr zusammen mit einem anderen Mann namens Jeff vorgestellt, als sie das leere Farmhaus erreicht hatten. Sie wusste, dass es verlassen war, weil es so aussah, als könnte es jeden Augenblick über ihnen einstürzen, und weil alle Oberflächen so dick mit Staub überzogen waren, dass ihr die Augen tränten.

Doch dies kam außerdem daher, dass Riker und sein Kumpan ihr Wasser durch ein Handtuch übers Gesicht geschüttet hatten.

Riker gab ihr eine Ohrfeige. Ihre Augen brannten und ihr Gesicht war rot und zerschlagen. Sie wusste, dass sie in einem furchtbaren Zustand sein würde, wenn sie hier herauskäme, voller blauer Flecke und vielleicht sogar gebrochen.

Aber sie würde hier herauskommen.

Sie würde Riker nicht gewinnen lassen.

Lochlan würde Riker nicht gewinnen lassen.

Und sie würde sich nach Kräften anstrengen, um hier herauszukommen, irgendwie, damit Lochlan sich nicht die Schuld für all das geben musste. Ainsley wusste nicht, warum sie sie so quälten. Sie hatte weder etwas mit Lochlans Vergangenheit noch mit der Firma zu tun. Sie mochte zwar Lochlans beste Freundin sein, aber sie wusste nur, was er ihr in groben Zügen im Laufe der Jahre und erst kürzlich erzählt hatte.

Riker und Jeff schienen ihr wehtun zu wollen, um Lochlan zu verletzen, wenn er sie fand. Sie hasste Riker noch mehr für das, was er ihr antat, nicht nur, weil es wehtat – denn das tat es –, sondern weil es eine grausame und umständliche Art war, Lochlan zu verletzen. Sie wollten ihn von innen heraus verletzen und dazu benutzten sie Schuldgefühle und Schuldzuweisungen, um den Mann, den sie liebte, dazu zu bringen, sich selbst zu hassen. Sie hatte nichts anderes mehr im Sinn, als sich von den Fesseln zu befreien und einen Weg zu finden, Riker die Augen auszukratzen.

Leider war sie dafür nicht stark genug, aber sie konnte zumindest weiter versuchen zu entkommen.

Da sie ihr viel zu viel von ihren Plänen verrieten, befürchtete sie, dass sie sie nicht am Leben lassen wollten. Sie bemühte sich, die Galle herunterzuschlucken, die ihr bei dem Gedanken daran in der Kehle hochstieg. Sie würden sie nicht am Leben lassen. Sie würden ihr Schmerzen zufügen und dann würden sie sie töten. Entweder würden sie ihre Leiche dort liegen lassen, wo Lochlan sie finden konnte, oder sie würden einen Weg finden, die Polizei glauben zu lassen, dass er es war.

Oder … sie würden warten, um sie vor seinen Augen zu töten.

Denn diese Männer waren geistig nicht gesund. Das war klar. Sie waren die teuflischsten der Bösen und sie hasste sie.

Sie hoffte bei Gott, dass Misty sich in Sicherheit hatte bringen können.

Erneut stiegen ihr die Tränen in die Augen, als sie an das kleine Mädchen dachte. Sie konnte nicht glauben, dass sie nicht stark genug gewesen war, sie zu beschützen. Sie hatte alles getan, was in ihren Kräften stand, aber sie wusste nicht, ob es genug gewesen war.

»Hast du jetzt genug?«, knurrte Riker. Sie lag still da, die mit Seilen gefesselten Hände hinter ihrem Rücken zu Fäusten geballt. Er beugte sich über sie, sein Gesicht war nicht mehr unter einer Maske verborgen. Jeff und Riker hatten sie abgelegt, als sie das Haus erreichten, ohne sich dafür zu interessieren, dass sie ihre Gesichter sah. So wie es ihnen nichts ausgemacht hatte, vor ihr darüber zu reden, was sie mit Lochlan vorhatten.

Sie war sicher, dass sie heute sterben würde, falls sie sich nicht selbst rettete oder falls sie nicht so lange am Leben blieb, bis Lochlan sie gefunden hatte. So viel wusste sie. Und obwohl sie über alle Maßen verängstigt war, wusste sie, dass sie ihr jede noch verbliebene Hoffnung nehmen würden, wenn sie sich keinen Plan zurechtlegte.

Und alles, was sie bis jetzt gehabt hatte, war Hoffnung.

Sie konnte jetzt nicht aufhören.

Als sie nicht antwortete, gab Riker ihr erneut eine Ohrfeige und sie schloss die Augen, wobei ihr vor Schmerz die Tränen über die Wangen liefen. Ihr Kiefer schmerzte und sie befürchtete, sich auf die Zunge gebissen zu haben. Sie wollte dem Mann nicht die Genugtuung geben, sie bluten zu sehen.

»Lochlan hätte von Anfang an das Richtige tun sollen, aber er hat nicht auf mich gehört.« Riker begann, in dem kleinen Raum auf und ab zu gehen, während Jeff das Gebäude verließ. Sie wusste nicht, was er vorhatte, aber sie nahm an, dass es nichts war, was ihr zur Flucht verhelfen würde. Während Riker redete, versuchte sie, die Seile hinter ihrem Körper zu bearbeiten, denn solange er, wie jetzt, mit dem Gesicht zur Wand stand, konnte er zwar ihr zerschlagenes Gesicht sehen, aber nicht ihre Hände.

Riker knurrte und fuhr fort: »Das Gericht hat mir alles genommen. Mir wurde die Firma weggenommen, weil Jason ein verdammter Idiot war und entweder sein Testament nicht aktualisiert hatte oder seine Träume für seinen Prachtjungen nicht aufgeben wollte. Was zum Teufel hat Lochlan jemals für ihn getan, hä? Er war ein Nichts. Jason hat gesehen, was er sehen wollte, aber er hat Lochlans Wesen nicht erkannt. Er hat nicht gesehen, dass Lochlan keinen Mumm hat. Lochlan hat uns verlassen, weil er die Risiken nicht eingehen wollte, die er hätte eingehen müssen, um die Firma in Schwung zu bringen. Aber ich tat es. Ich tue es immer noch. Aber wenn Lochlan sieht, was ich ihm wegnehmen kann, wird er mir die Firma geben, und ich werde tun, was Jason und Lochlan nie geschafft haben. Ich werde die Firma wieder groß machen. Ich werde uns zu den Besten machen.«

Er hatte seinen verdammten Verstand verloren, allerdings war es gleichgültig, was Ainsley von ihm dachte. Denn er hatte die Oberhand. Und wenn sie nicht einen

Weg hier heraus fand, würde er sie töten. Ihr war bewusst, dass sie nicht stark genug war, sich zu wehren, es sei denn, sie konnte davonlaufen oder sich davonschleichen.

Keine Waffe und kein Selbstverteidigungskurs würden ihr dann noch helfen – nur Glück und Entschlossenheit.

Ainsley sagte nichts. Das brauchte sie auch nicht, weil der Mann lieber sich selbst reden hörte, als der Stimme der Vernunft zu lauschen.

»Wir brauchen die Kontakte, die die Firma hat und die Jason für sich behalten hat. Wir brauchen die vertraulichen Daten, das Zeug, das die Mistkerle mir vorenthalten haben. Lochlan wird das alles jetzt haben. Sobald wir es haben, kann Lochlan fröhlich seinen Weg gehen. Wir werden ihn nicht weiter belästigen.«

Eine Lüge.

Sie wussten es beide, aber Riker redete weiter; die Ader an seiner Schläfe pochte.

»Die Firma hätte mir gehören sollen. Als Jason sich zurückzog, weil er zu alt wurde, war ich derjenige, der die Entscheidungen traf. Wir haben die getötet, die wir töten mussten, und uns nie zurückgehalten, weil wir etwa zu viel Angst gehabt hätten, die Entscheidungen zu treffen, die getroffen werden mussten. Wenn man sich zurückhält, weil man gewisse Moralvorstellungen hat, verschwendet man Zeit. Menschen werden getötet, Geld geht verloren. Aber ich treffe keine schlechten Entscheidungen. Das habe ich nie getan. Und als Jason das nicht einsehen wollte ...« Riker zuckte mit den Schultern. »Nun ja, wir brauchten Jason nicht mehr. Aber das

Arschloch hat mir die Firma nicht überlassen. Er hat sie seinem *Liebling* gegeben.«

Riker spie das Wort geradezu aus und Ainsley schluckte schwer. Dieser Mann, der jammerte und wütend war wie ein Kind, dem man das gewünschte Spielzeug nicht gibt, hatte auch Lochlans Mentor umgebracht? Lochlan hatte es geahnt, er hatte sich gefragt, ob Jason wirklich eines natürlichen Todes gestorben war. Aber die Art und Weise, wie Riker diese Tatsache einfach beiläufig in den Raum geworfen hatte, untermauerte nur den Gedanken, dass sie dieses Farmhaus nicht lebend verlassen würde, außer, sie würde sich den Weg nach draußen erzwingen.

Ainsley wollte heute nicht sterben.

Sie wollte ihr Happy End, das, was sie nie für möglich gehalten hatte. Sie wollte weiter unterrichten, wollte sehen, wie die Kinder zu wunderbaren, fähigen Erwachsenen heranwuchsen. Sie wollte den Kochkurs mit Fox beenden. Sie wollte von Melody das Tanzen erlernen. Sie wollte sehen, wie Kenzie zur Mutter erblühte. Sie wollte sehen, wie Dare sein Geschäft ausbaute und zum zweiten Mal Vater wurde. Sie wollte sehen, wie Tabby ihre Zwillinge bekam, und die Babys kennenlernen. Sie wollte sehen, wie Tabbys Mann nach Whiskey kam und von der Familie willkommen geheißen würde. Sie wollte ihre Mutter wiedersehen und ihr sagen, dass sie sie liebte. Sie wollte Katies Grab wiedersehen. Sie wollte Misty im Arm halten und sie aufwachsen sehen. Sie wollte mit dem Mann zusammen sein, den sie liebte, und seine Frau werden, wenn die Zeit gekommen wäre.

Das alles wollte sie.

Aber sie würde nichts davon bekommen, wenn sie nicht einen Weg fand, sich aus ihren Fesseln zu befreien und von Riker und Jeff wegzukommen.

Riker ließ sie für einen Moment allein und schritt an der Wand auf der anderen Seite des Raumes entlang, als Jeff hereinkam. Die beiden begannen, miteinander zu reden, und ignorierten sie. Ainsley wusste jedoch, dass die beiden es bemerken würden, wenn sie sich gezielt in irgendeine Richtung bewegen würde. Sie waren genauso wachsam wie Lochlan, und Lochlan bemerkte alles, auch wenn er manchmal glaubte, sich abgelenkt haben zu lassen.

Während sie die beiden Männer nicht aus den Augen ließ, bearbeitete Ainsley langsam das Seil hinter ihrem Rücken. Sie hatten sie fest gefesselt, aber Lochlan hatte ihr auch beigebracht, wie man sich aus einigen Knoten befreien konnte. Er hatte sie während ihres Selbstverteidigungsunterrichts ein paarmal gefesselt und obwohl sie die ganze Zeit über unangebrachten Gedanken nachgehangen hatte, hatte sie ein paar Tricks gelernt. Niemals hätte sie jedoch gedacht, dass sie diese tatsächlich einmal anwenden müsste.

Sie würde diesen Mann immer und immer wieder zum Dank küssen müssen, falls sie hier herauskäme. Aber ein *Falls* gab es nicht, denn sie würde auf keinen Fall aufhören zu kämpfen, was auch geschehen mochte.

Sie musste Geduld haben und ein paarmal innehalten, als Riker zurückkam, um sie wieder mit Ohrfeigen zu reizen und mit spöttischem Blick mit dem Messer über ihre Wange zu kratzen. Aber sie schrie nicht auf und ließ ihn nicht wissen, dass sie sich fast von ihren Fesseln befreit hatte. Und als er sich zum vierten Mal umdrehte, fielen die Fesseln von ihren Handgelenken in ihre Handflächen.

Sie würde nicht sterben.

Nicht heute.

Doch die Erleichterung, dass sie der Freiheit einen Schritt näher gekommen war, stellte sich nicht ein. Stattdessen drehte sich ihr der Magen um und sie hatte Angst, sich zu übergeben. Sich aus den Fesseln zu befreien war der leichte Teil gewesen. Aus dem Haus zu kommen, ohne ernsthaft verletzt zu werden oder gar zu sterben, würde viel schwieriger werden.

Aber als Jeff sagte, er würde zum Pick-up gehen, um nach etwas zu sehen, wusste Ainsley, dass dies ihre einzige Chance war. Sie konnte vielleicht einem von beiden entkommen. Aber zweien? Sie hätte keine Chance – auch wenn ihre Verzweiflung ihr einen Vorteil verschaffte.

Riker kam näher an sie heran, schwebte drohend über ihr wie eine Schlange. »Wir haben Lochlan angerufen, aber … er hat uns weder die Firma noch die Kontakte angeboten. Anscheinend bist du ihm doch egal.«

Sie ignorierte seine Worte, denn sie wusste, dass er sie nur verspottete. Lochlan würde alles tun, um die zu retten, die er liebte, und das machte ihr Angst. Denn sie wollte nicht, dass ihretwegen jemand anderes verletzt wurde, besonders nicht Lochlan. Also würde sie einen Weg finden, um zu ihm zu gelangen, und nicht andersherum.

Zumindest hoffte sie das.

Als Riker ihr die Hand auf den Mund legte, wusste sie, dass dies ihre Chance war. Entweder sie ließ zu, was auch immer mit ihr geschah, oder sie fand einen Weg, sich zu befreien.

Also biss sie ihm in den Finger.

Fest.

Riker schrie und fluchte, taumelte ein paar Schritte rückwärts und presste sich die blutige Hand an die Brust. Ainsley nutzte diese wenigen Sekunden, um von ihrem Stuhl aufzuspringen und zur Tür zu laufen. Sie musste ihn geschockt haben, denn er rührte sich einen kurzen Moment lang nicht. Sie wusste nicht, ob Jeff direkt vor der Haustür stand oder nicht, aber sie hatte keine Wahl. Sie musste das Risiko eingehen. Entweder sie packte die Gelegenheit beim Schopf oder sie ließ es sein. Aber dann war sie verloren.

Riker holte sie an der Tür ein und zog sie an den Haaren, wie er es schon im Wagen getan hatte. Sie schrie auf und diesmal duckte sie sich unter ihm weg, weil sie genügend Platz hatte. Als ihr Blick auf etwas fiel, das im schwachen Licht der nackten Glühbirnen über ihnen aufblitzte, stürzte sie sich darauf und ihre Hände landeten auf dem Griff eines kleinen Messers.

Sie wusste wirklich nicht, was sie mit einer Waffe anfangen sollte. Sie war darin nicht geübt und würde wahrscheinlich eher sich selbst verletzen als Riker, aber sie hatte keine andere Wahl.

Riker stürzte sich auf sie mit einem Ausdruck von Triumph auf dem Gesicht. Er dachte sich offensichtlich, dass sie nicht gut mit einer Klinge umgehen konnte, aber das hieß nicht, dass sie es nicht versuchen konnte. Also streckte sie den Arm aus und richtete das Messer auf Riker. Als sie das unangenehme Geräusch von etwas Scharfem hörte, das in ein Stück Fleisch eindrang, als hätte sie in einen rohen Braten gestochen, musste sie beinahe würgen.

Sie sah auf die Stelle hinunter, an der sie das Messer tief in Rikers Seite versenkt hatte, und richtete den Blick dann wieder auf sein Gesicht. Er sah aus, als könnte er nicht so recht glauben, was sie getan hatte. Sie konnte es übrigens auch nicht. Aber sein kurzes Zögern, als er vor Schmerz stöhnte und sich die Seite hielt, schenkte ihr die Zeit, die sie brauchte. Im nächsten Moment war sie aus der Tür heraus und hastete durch den Wald, während der Schnee unter ihren Schuhen knirschte. Sie trug keine Jacke, denn die hatte man ihr abgenommen, um sie auf dem Stuhl besser quälen zu können, und der bitterkalte Wind schnitt in ihre Haut und drang ihr bis ins Mark. Das Wasser, das sich noch auf ihrer Kleidung und in ihrem Haar befand, gefror zu Eis.

Aber sie ignorierte das alles.

Wenn sie weiterlief, würde sie eine Straße finden und dann jemanden, der ihr helfen konnte. Sie durfte nicht stehen bleiben, durfte nicht darüber nachdenken, was sie getan hatte oder was noch auf sie zukommen könnte. Sie musste einfach irgendwie zu einem Menschen gelangen, zu Lochlan.

Gerade bog sie um eine Ecke und näherte sich einer Lichtung, auf der sie das leise Gluckern des fast zugefrorenen Baches hören konnte, der, wie sie wusste, um Whiskey herumfloss, als etwas gegen ihren Rücken prallte. Sie schlug mit einem dumpfen Aufprall auf dem eiskalten Boden auf. Dreck und Äste gruben sich in ihre Handflächen, die eine blutige Spur im Schnee hinterließen, als sie sich auf den Rücken rollte.

Jeff lag auf ihr, seine Hände um ihre Kehle

geschlungen und ein wildes Glitzern in den Augen. Sie geriet in Panik, krallte sich an seinen Fingern fest und versuchte, ihn loszureißen, damit sie wieder Luft bekäme. Sie brach sich einen Fingernagel ab und die nun gezackte Kante schnitt in seine Haut, aber er ließ immer noch nicht los. Stattdessen drückte er noch fester zu.

Sie blinzelte, denn ihr Sichtfeld verdunkelte sich an den Rändern, während sie um Atem rang. Sie tastete den Boden um sich herum ab. Vielleicht fand sie etwas, irgendetwas, mit dem sie sich wehren konnte. Sie durfte nicht sterben, nicht nach allem, was sie getan hatte, um zu entkommen. Sie war so nahe dran. Wenn sie es über den Bach geschafft hätte, wäre sie in der Nähe von Menschen gewesen, die ihr hätten helfen können.

Ihre Hände glitten zitternd über den schmutzigen Schnee, als sie versuchte, etwas zu finden. Irgendetwas, das sie als Waffe benutzen konnte. Als ihre Finger sich plötzlich um einen spitzen Stein schlossen, hob sie den Arm und schlug den Stein mit all ihrer verbliebenen Kraft gegen Jeffs Kopf. Sie dachte nicht einmal darüber nach, was sie da tat. Sie handelte rein instinktiv und hoffte, dass die Wirkung ausreichen würde, um ihr auch nur den Bruchteil einer Sekunde Luft zu verschaffen.

Jeff blinzelte sie an, Blut floss aus seiner Schläfe, dann lockerte sich sein Griff und er fiel auf sie. Sein Kopf schlug neben ihrem Gesicht auf dem Boden auf.

Sie rutschte unter ihm hervor, am ganzen Körper zitternd, hustend und nach Atem ringend. Sie bewegte sich jedoch sofort weiter, da sie wusste, dass Riker in der Nähe sein und Jeff jeden Moment zu sich kommen konnte. Sie musste nur Hilfe bekommen, dann würde sie frei sein. Dann wäre alles wieder gut.

Und wenn sie sich das immer wieder einredete, würde sie es vielleicht wirklich glauben.

Sie erreichte das Ufer des Baches und wusste nur, dass sie ihn überqueren musste. Zwar kam ihr kurz der Gedanke an Unterkühlung in den Kopf, aber das war ihr egal. Sie hatte keine Wahl. Sie tat einen Schritt in das eiskalte Wasser, wobei sie sich die blutige Hand vor den Mund hielt, um nicht aufzuschreien. Plötzlich zerrte jemand an ihrem Arm und zog sie zurück und ins Wasser hinein. Sie landete hart mit dem Hintern auf dem felsigen Grund, begann jedoch sofort, plätschernd um sich zu schlagen und zu versuchen, sich zu befreien.

Riker bemühte sich über ihr angestrengt, sie unter Wasser zu drücken. Blut sickerte aus seiner Wunde in das Wasser um sie herum und vermischte sich mit ihrem eigenen.

Er grinste sie an. In seinen Augen blitzte ein manischer Ausdruck auf, der ihr sagte, dass ihr Ende nahte.

Sie war nicht stark genug gewesen.

Aber sie hatte es versucht.

Und daran konnte sie sich zu guter Letzt klammern.

»Stopp!«, schrie sie. »Lass mich los!« Sie hoffte, dass jemand in der Nähe war, der sie hören konnte, dass jemand in der Lage sein würde, ihr zu helfen.

Riker stieß sie in den Bach zurück. »Halt's Maul, Schlampe.« Dann tauchte er ihren Kopf in das eiskalte Wasser und sie strampelte und versuchte, sich zu befreien.

Als er sie wieder herauszog, schnappte sie nach Luft und versuchte, sich wegzurollen, aber sie konnte sich nicht losreißen, konnte sich nicht befreien.

»Es ist vorbei, Ainsley. Gib einfach auf. Es hat keinen Sinn zu kämpfen. Von Anfang an hatte es keinen Sinn.«

Und als die Dunkelheit über sie hereinbrach, als sie wusste, dass ihr Ende nahte, glaubte sie, Lochlans Stimme zu hören, glaubte, seinen Schrei zu hören. Aber das konnte nicht sein, denn dies war das Ende.

Sie hatte verloren.

Aber sie hatte gekämpft.

Sie hatte es versucht.

Und jetzt würde sie Katie wiedersehen, auch wenn es noch zu früh dazu war.

Lochlans Stimme hallte noch einmal in ihrem Kopf wider und sie fragte sich, was er sagte, während sie fast schon bereit war, sich von der Welt zu verabschieden.

Denn er konnte nicht hier sein. Niemand war hier. Sie war allein, abgesehen von dem bewusstlosen Jeff … und Riker.

Allein.

Und tot.

KAPITEL ZWANZIG

Lochlan zerrte Riker von Ainsley herunter und schlug ihm mit der Faust ins Gesicht. Er hoffte verzweifelt, dass er schnell genug gewesen war, dass er und seine Brüder den Ort rechtzeitig gefunden hatten.

Es war Fox gewesen, der das verlassene Farmhaus gefunden hatte. Da das Haus nicht innerhalb der Stadtgrenzen von Whiskey lag, hatte in der Stadt niemand erfahren, dass jemand angerufen hatte, um zu melden, dass in der alten Farm Licht brannte, obwohl diese doch eigentlich verlassen war. Lochlan und seine Brüder hatten die Polizei darüber informiert, die sich sofort auf den Weg gemacht hatte. Lochlan und seine Brüder hatten sich jedoch näher an dem alten Farmhaus befunden. Sie waren zuerst eingetroffen, wohl wissend, dass sie verwarnt würden, aber das war Lochlan gleichgültig. Seine Sorge hatte allein Ainsley gegolten und er hatte nur den einen Wunsch gekannt, sie in Sicherheit zu bringen.

Dare war im Wasser und zerrte Ainsley aus dem Bach, während Fox versuchte, Empfang auf seinem Handy zu bekommen, um der Polizei ihren genauen Standort durchzugeben, da sie von dem Pfad, der vom Haus wegführte, abgewichen waren. Er konnte nicht sagen, ob Ainsley sich bewegte, konnte nicht sehen, ob sie überhaupt atmete, aber er musste sich zuerst um Riker kümmern. Lochlan war der einzige der Brüder, der Riker ausschalten konnte, ohne ihn zu töten, und er wollte nicht, dass der andere Mann starb. Er wollte, dass er lebte, in einer Gefängniszelle verrottete und für den Rest seines Lebens Schmerzen verspürte.

»Du verdammter Hurensohn«, spie Riker aus. Blut tropfte an seinem Kinn und seiner Seite herunter. Jemand, wahrscheinlich Ainsley, hatte das Arschloch niedergestochen, und Lochlan war stolz auf sie – und gleichzeitig zu Tode erschrocken. Was genau hatte dieser Mann ihr angetan, während Lochlan zu weit weg gewesen war, um ihr zu helfen, weil er nicht schnell genug gewesen war?

Lochlan schluckte die Galle in seiner Kehle hinunter und holte noch einmal aus, um Riker komplett außer Gefecht zu setzen. Er wollte, dass der Mann aus dem Weg war und niemanden mehr verletzen konnte, den er liebte, bis die Polizei eintraf. Er würde sogar ihre Hilfe annehmen und alles tun, um Ainsley in den Armen halten und sie vor Rikers wahnsinnigen Plänen schützen zu können – wie auch immer die aussehen mochten.

Als er und seine Brüder das Farmhaus erreicht hatten, hätte er sich fast übergeben müssen. Überall war Wasser und nasse Handtücher lagen herum. Er hatte das Gefühl, dass sie Ainsley die Tücher aufs Gesicht gedrückt und sie mit Wasser gefoltert hatten, verdammt. Auf dem Boden war Blut gewesen und ihre in Streifen gerissene Jacke hatte neben einem zerfetzten Seil gelegen. Er war ihrer blutigen Spur gefolgt. Blut, das von ihr oder Riker stammen musste. Und schließlich hatten sie Jeffs bewusstlosen Körper gefunden. Lochlan hatte den Mann schnell mit den Kabelbindern, die er bei sich trug, gefesselt, um ihn unter Kontrolle zu halten, und war dann weitergegangen bis zu dem Bach, wo er Riker gefunden hatte, der versucht hatte, Ainsley zu ertränken.

Das Arschloch hätte es beinahe geschafft.

Jetzt sah Lochlan, dass Ainsley in Dares Armen rechts von ihm hustete, also atmete sie noch.

Erleichterung durchströmte ihn. Dann knurrte er leise und wich Rikers Faust aus. »Wir sind fertig miteinander, Riker. Du bist fertig. Du hast verloren. Es ist vorbei. Verstehst du das? Du bist unbewaffnet und wir sind drei gegen einen. Jeff ist außer Gefecht und ich will dich nicht töten, aber wenn du mir und den Meinen zu nahe kommst, werde ich es tun. Hast du mich verstanden? Es ist vorbei. Verliere nicht dein Leben, nur weil du so ein egoistisches Arschloch bist.«

»Vier«, hustete Ainsley, aber Lochlan sah nicht zu ihr hinüber, denn er ließ Riker nicht aus den Augen. »Wir sind zu viert. Du verdammtes Arschloch, Riker.«

Dann grinste Lochlan, die Liebe zu der Frau zu seiner Rechten überwältigte ihn so sehr, dass er sie am liebsten auf der Stelle gebeten hätte, ihn zu heiraten. Zur Hölle, warum auch nicht? Das wäre heute das einzig Vernünftige gewesen.

Riker schrie auf und drehte sich zu Ainsley herum. Lochlan hatte plötzlich genug. Er warf den anderen

Mann zu Boden und schlug ihm immer und immer wieder ins Gesicht, bis er wusste, dass Rikers Nase gebrochen und der Mann endlich bewusstlos war – nicht tot, aber doch so stark verletzt, dass es eine Weile dauern würde, bis der Hurensohn wieder gesund wäre.

Gut.

Gerade war er dabei, den Bewusstlosen zu fesseln, als die Polizisten zwischen den Bäumen hervortraten, allen voran Shannon und Renkle. Sie sahen die fünf mit hochgezogenen Augenbrauen an, dann kamen sie ihnen zu Hilfe. Lochlan war bereits aufgestanden und hatte sich von Riker entfernt. Er überließ den Mann der Polizei und allen, die sonst noch zuständig waren, da sie sich technisch gesehen nicht in Whiskey befanden. Fox und Dare standen bei ihm, während er Ainsley an sich drückte, ihre kalten Lippen küsste und verzweifelt hoffte, dass es ihr gut ging.

»Baby«, flüsterte er.

»Mir geht es gut«, keuchte sie, aber sie zitterte am ganzen Körper und ihre Lippen waren blau angelaufen. »Es geht mir gut«, wiederholte sie immer wieder. Fox rief den Notarzt herbei. Lochlan wusste, dass gesprochen wurde und Fragen gestellt wurden, aber in diesem Moment konnte er sich nur auf die Frau in seinen Armen konzentrieren.

»Ist Misty …« Ainsley hustete, bevor sie ihre Frage beenden konnte. Er wusste, dass er sie bald loslassen musste, aber er wollte sie so lange wie möglich in seinen Armen und warm halten.

»Es geht ihr gut. Sie ist in Sicherheit. Verängstigt, aber sicher. Du hast sie gerettet, Ainsley. Du hast sie gerettet.« Er küsste sie erneut. »Und du hast dich selbst gerettet.« Er wusste, dass sie um ihr Leben gekämpft hatte, und obwohl er derjenige gewesen war, der Riker am Ende ausgeschaltet hatte, wusste er, dass er zu spät gekommen wäre, wenn sie nicht so hart gekämpft hätte.

»Ich liebe dich«, flüsterte er.

»Ich weiß.« Sie schmiegte sich an ihn und er schüttelte sie ein wenig, um sicherzugehen, dass sie nicht einschlief, während die Sanitäter näher kamen und ihre Ausrüstung auspackten. Dann begannen sie, Ainsleys Vitalwerte zu überprüfen, Blutdruck, Puls und so weiter, während sie noch in seinen Armen lag.

»Du hast diesen Satz in dem Film gehasst«, knurrte er in dem Versuch, sie weiter aufzumuntern, auch wenn ihr Lächeln ihre Augen nicht erreichte.

»Jetzt habe ich ihn verstanden«, sagte sie mit etwas schläfriger Stimme und er umarmte sie fester, während die Sanitäter ihr eine Decke um die Schultern wickelten. Dare hatte sich ebenfalls in eine Decke gehüllt, da er im Wasser gewesen war, und telefonierte mit Kenzie, um die Familie so gut er konnte über alles zu informieren.

»Wirklich?«, fragte er und rückte ein wenig zur Seite, damit der Notarzt sich um Ainsleys blutende Hände kümmern konnte. Er unterdrückte ein Knurren bei diesem Anblick, denn er wusste, dass ihre Verletzungen viel schlimmer hätten sein können ... obwohl er das ganze Ausmaß noch nicht kannte.

Sie sah zu ihm auf mit einem Leuchten in den Augen, von dem er befürchtet hatte, es nie wieder zu sehen. »Okay, gut. Ich liebe dich.«

»Das höre ich gern.«

Dann hielt er sie fest, während alle gleichzeitig zu reden begannen, um abzustimmen, was getan werden musste, in polizeilicher Hinsicht, für Ainsleys Gesundheit und sogar für Lochlans Fingerknöchel. Er wusste, dass es noch mehr Fragen geben würde, mehr Antworten, die sie brauchten und die er vielleicht nicht hatte, aber im Moment hielt er Ainsley einfach nur fest in den Armen, in dem Bewusstsein, dass seine Brüder ihm wie immer den Rücken freihielten. Später würde noch genügend Zeit zum Reden sein.

Es wird genügend Zeit geben, wiederholte er im Stillen.

Genügend Zeit, weil Ainsley um ihr Leben gekämpft hatte und Lochlan und seine Brüder gerade noch schnell genug gewesen waren, um die Sache ohne weitere Tote beenden zu können.

Und am Ende musste das doch etwas zählen.

Kapitel Einundzwanzig

Zwei Wochen später lag Ainsley in Lochlans Bett. Misty hatte sich an sie gekuschelt und schlief tief und fest, nachdem sie ihr heute Abend sogar zwei Geschichten erzählt hatte. Lochlan half Dare hinter dem Tresen aus, da Ainsley ihn aus dem Haus geworfen hatte, denn seine Fürsorge war zwar süß und entzückend, aber nach einer Weile auch etwas erdrückend.

Ihre Hände waren verheilt, ebenso wie die anderen Schnitte und Prellungen, die sie sich bei der Quälerei zugezogen hatte. Sie hatte ein paar Haarbüschel verloren, aber ein paar Tage nachdem sie nach Hause zurückgekehrt war, hatte sie sich ihr Haar stufiger schneiden lassen, um es zu kaschieren. Ihr Gesicht hatte am längsten gebraucht, um zu heilen, und sie wusste, dass Lochlan jedes Mal, wenn er sie ansah, wütend wurde und sich Vorwürfe machte. Aber er sagte nie etwas. Stattdessen drückte er sanft Küsse auf ihre blauen Flecke und hielt ihre Hand.

Er berührte sie immer überaus zärtlich und sorgte dafür, dass sie sich geliebt und umsorgt fühlte.

Misty gegenüber verhielten sie sich auf die gleiche Weise und sorgten dafür, dass das kleine Mädchen wusste, dass Ainsley und Lochlan sie nie verlassen würden, dass sie sie liebten und sich um sie kümmern würden.

Misty hatte Albträume, aber sie wurden jede Nacht besser. Bei Ainsley war es ähnlich. Es half, dass die drei als Familie auch zu einer Therapeutin gingen. Inzwischen gingen Ainsley und Lochlan auch allein dorthin und als Paar. Es war dieselbe Therapeutin, die auch Melody, Fox, Kenzie und Dare nach ihren Problemen aufgesucht hatten und immer noch aufsuchten. Irgendwann könnte die Familie Collins vielleicht einen Gruppenrabatt bekommen, aber darüber wollte Ainsley nicht zu sehr nachdenken.

Sie war noch nicht wieder zur Arbeit gegangen, denn ihre Vertretung machte ihren Job gut. Sie würde bald an die Schule zurückkehren, obwohl ihr angeboten worden war, das Semester freizunehmen, wenn sie Zeit bräuchte. Ihre Schüler schickten ihr sogar Briefe und E-Mails, um ihr mitzuteilen, dass sie mit dem Unterrichtsstoff Schritt hielten und an sie dachten.

Sie würde ihre Arbeit wahrscheinlich am Montag wieder aufnehmen, geheilt und bereit zu versuchen, wieder normal zu sein. Es war nicht so, dass sie bleibende Narben an ihrem Körper haben würde, aber ihre Seele schmerzte. Sie hatte gedacht, sie würde sterben, sie hatte geglaubt, Lochlans Stimme nie wieder zu hören, außer in ihrer Fantasie. Aber die Stimme, die sie gemeint hatte, sich einzubilden, war tatsächlich Lochlans gewesen, der ihren Namen geschrien hatte, als er ihr das Leben rettete.

Er hatte ihr versichert, sie hätte sich selbst gerettet, und sie glaubte wirklich, dass sie sich teilweise selbst gerettet hatte, indem sie es geschafft hatte, erst vor Riker und dann vor Jeff zu fliehen. Aber Lochlan war derjenige, der sie am Ende gerettet hatte.

Als Lochlan behauptet hatte, sie hätte auch ihn gerettet, hatte sie ihm nicht geglaubt, aber dann hatte er erklärt, dass sie ihm gehöre und er ohne sie verloren gewesen sei.

Die beiden waren beste Freunde. Sie waren ein Liebespaar. Und sie waren verliebt. Mit Misty zusammen waren sie eine Familie. Es war, als seien sie schon immer eine gewesen, auch wenn sie wusste, dass andere denken mochten, sie würden alles überstürzen. So war es aber nicht. Sie bewegten sich in ihrem eigenen Tempo und das war alles, was zählte. Sie verwirrten Misty nicht und sie blieben sich selbst treu.

Deshalb war sie auch noch nicht ausgezogen und wie sie Lochlan kannte, würde das wahrscheinlich nie geschehen. Es war, als sei sie schon immer da gewesen, und seitdem Lochlan und sie sich endlich einander geöffnet hatten, passte einfach alles zusammen.

Sie wusste nicht, wie es weitergehen würde, aber sie hatte einen kleinen Plan, von dem sie hoffte, dass er funktionieren würde. Ja, für andere war alles noch zu früh, aber sie waren nicht wie alle anderen. Ihr Band war geschmiedet worden, als sie noch Freunde waren, und hatte sich im Laufe der Jahre gefestigt, weil sie sich nahestanden und eben so waren, wie sie waren. Ihre Verbundenheit war auf die Probe gestellt worden und hatte sich als stärker denn je erwiesen, als Riker versucht hatte, ihr Leben zu zerstören.

Jetzt, da Riker, Chris und Jeff wegen unzähliger Verbrechen angeklagt waren, war Dennis zur letzten Ruhe gebettet worden, umgeben von denen, die ihn gekannt hatten und ihn vermissen würden. Whiskey fand wieder zu sich selbst zurück und ließ seine jüngste Vergangenheit hinter sich.

Und Ainsley konnte mit dem kleinen Mädchen in ihren Armen und in ihrem Herzen lächeln.

Das zählte.

»Da sind ja meine Mädels«, flüsterte Lochlan. »Sie ist eingeschlafen, oder?«

Ainsley lächelte und sah beim Klang seiner Stimme auf, wobei ihr der Atem stockte. Ja, bei seinem Anblick stockte ihr immer noch der Atem, sie konnte es nicht ändern. Er war ihr Lochlan, und egal, wie oft sie zusammen waren, es fühlte sich immer an wie das erste und das tausendste Mal gleichzeitig.

»Als hätte jemand ein Licht ausgeschaltet. Wir haben zwei Geschichten gelesen. Ich hätte sie aufgeweckt, wenn ich sie bewegt hätte.«

»Du solltest sie ohnehin nicht auf den Arm nehmen. Noch nicht.«

Sie verdrehte die Augen. »Lochlan. Mir geht es gut.«

»Sicher.« Sie wusste, dass er ihr nicht glaubte, aber das war okay. Sie hatte ihm genauso viel Angst eingejagt, wenn nicht sogar mehr, als sie selbst gehabt hatte. Und wenn er sich noch ein bisschen länger wie ein großer, knurriger Bär aufführen musste, würde sie ihn gewähren lassen. Und wenn es ihr zu viel werden würde, würde sie ihm wie immer in den Hintern treten. So funktionierten sie eben, das war schon so gewesen, als sie nur Freunde gewesen waren.

Obwohl *nur* kein passender Ausdruck war für ihre Freundschaft mit Lochlan.

Lochlan drückte ihr einen sanften Kuss auf die Lippen, dann hob er Misty hoch und trug sie in ihr Schlafzimmer, wo er sie vermutlich zudeckte. Ainsley lehnte sich gegen die Kissen und wartete darauf, dass er zurückkehrte und sie auch zudeckte, denn das würde er tun. Er verhätschelte sie und das gefiel ihr irgendwie, auch wenn er dabei knurrte.

Als er wieder hereinkam, küsste er sie erneut und legte sich dann neben sie auf die Seite, den Kopf in die Hand gestützt.

»Was?«, fragte sie, als er sie nur anstarrte, ohne etwas zu sagen.

Er küsste sie auf die Schulter. »Du wirst mich heiraten.«

Sie blinzelte und ihr Herz raste, auch wenn sie ihre Stimme ruhig und ihr Gesicht ausdruckslos hielt. »Oh, gut. Ich freue mich, dass wir den Höhlenmenschen-Teil dieser Beziehung endlich hinter uns haben.«

Er schnaufte, dann begann er, mit dem Saum ihres ärmelfreien Oberteils zu spielen. »Im Ernst, es wird geschehen.«

»Das hast du bereits gesagt.«

»Ich sage, du wirst mich heiraten. Es spielt keine Rolle, dass wir unsere Beziehung erst seit kurzer Zeit als *Zusammensein* bezeichnen. Der Zeitpunkt ist richtig. Also ja, du wirst mich heiraten.«

Er wiederholte seinen letzten Satz immer und immer wieder in der für ihn typischen selbstsicheren Art, und sie konnte sich kaum beherrschen, nicht vor Freude aufzuspringen und auf dem Bett auf und ab zu hüpfen. Stattdessen warf sie ihm nur einen gleichgültigen Blick zu und spielte mit.

Denn er war immer noch ihr bester Freund und das Spiel machte beiden Spaß.

»Gut, ich heirate dich, aber nur, weil ich Fox und Dare als meine Brüder haben will und Tabby schon vergeben ist.«

»Ich hasse dich und ich liebe dich«, knurrte er, während er sich über sie beugte und ihre Lippen mit seinen nahm. Sie schmiegte sich an ihn. Sie vermisste seine erotischen Berührungen, aber seit dem Angriff auf sie hatte er sich gehütet, sie auf diese Weise zu berühren. Sie glaubte auch nicht, dass er es heute Abend tun würde, nicht bevor er wusste, dass sie endgültig gesund und in Sicherheit wäre. Es machte ihr nichts aus, denn sie wusste jetzt, dass sie mit ihm ein Leben *für immer* haben würde, auch wenn sie nicht erwartet hatte, überhaupt ein Happy End zu bekommen.

»Ich weiß, ich empfinde das Gleiche.« Sie grinste zu ihm hoch. Sie zitterte am ganzen Körper, denn verdammt, er war heiß, und sie konnte nicht glauben, dass sie gerade jetzt und in diesem Moment tatsächlich über dieses Thema sprachen. »Oh, kannst du mir meine Tasche holen?«

»Meinst du das ernst?«

»Ja. Ich brauche etwas daraus.«

Er seufzte und rollte sich dann von ihr herunter, wobei er darauf achtete, sie nicht mit seinem Gewicht zu belasten, während er nach ihrer Tasche auf dem Stuhl neben dem Fenster griff. »Hier. Was gibt es denn so Wichtiges in deiner riesigen Handtasche?«

Sie lächelte nur und kramte darin herum, bis sie fand, was sie suchte. Ihre Hände zitterten und sie hatte verdammt viel Angst, aber andererseits bekam man nichts umsonst. Und wenn sie nur mit ruinierten Nerven bezahlen musste … Sie zog die kleine Schachtel heraus, die sie am Vortag in ihrer Tasche versteckt hatte, und hielt sie ihm hin.

»Ein Punkt für mich. Ich habe gewonnen.« Zumindest hoffte sie das.

Er blickte auf den Ring in der Schachtel hinunter und blinzelte zu ihr hoch. Ihm blieb der Mund offen stehen, als wüsste er nicht, was er sagen sollte. Sie hatte nicht oft Gelegenheit, ihn zu überraschen. Er schien immer alles zu wissen, aber heute war sie ihm voraus.

»Was denn? Ich wollte eigentlich *dich* fragen. Ich würde ja auf ein Knie gehen, aber du lässt mich ja seit zwei Wochen nicht mehr aus dem Bett heraus.«

»Du … du bittest mich, dich zu heiraten? Mit einem Ring? Ich habe einen Ring in der Schublade neben dir, aber ich wollte warten, bis du bereit bist.«

Sie schluckte schwer. »Ich bin jetzt bereit. Und du bist es auch. Ging es nicht gerade darum, dass du beschlossen hast, dass ich dich heirate, ohne dass du diese ganze, du weißt schon, Kniefall-Geschichte abgezogen hättest? Aber wir sind eben, wie wir sind. Also, warum tun wir nicht einfach, was wir wollen und wie wir es wollen?«

Das Herz schlug ihr bis zum Hals, als sie auf seine Antwort wartete. Und als er nichts sagte, bekam sie fürchterliche Angst, alles vermasselt zu haben. Was, wenn er andere Pläne hatte? Was, wenn der Gedanke an einen Ring und eine definitive Antwort zu viel für ihn war und sie alles ruiniert hatte, weil sie zu schnell vorging, auch wenn sie beide das Gegenteil behaupteten?

Doch da beugte er sich vor und küsste sie auf die Nase, dann auf die Wangen und dann auf die Lippen, bevor er ihr die Schachtel aus den Händen nahm und den Ring an seinen Finger steckte. Es war kein Ehering, sondern ein handgefertigter Ring aus Weißgold mit Gravuren im Rand. Sie hatte ihn in einem kleinen Laden in Whiskey gekauft, einem Laden, der sich auf das Schöne und Einzigartige spezialisiert hatte, genau das, was Lochlan in ihren Augen war, obwohl sie sich nicht traute, ihm das ins Gesicht zu sagen. Tränen stiegen ihr in die Augen, aber er küsste sie nicht noch einmal, sondern zog schweigend die Schublade neben ihr auf und holte eine kleine Schachtel hervor, die ihrer verdammt ähnlich sah.

Natürlich hatte er dasselbe Geschäft aufgesucht wie sie.

Deshalb waren sie ja auch beste Freunde.

Er steckte ihr den Ring, in den drei Steine eingelassen waren, an den Finger, und sie betrachtete die winzigen Perlen an den Rändern. Sie konnte sich nicht vorstellen, wie er etwas so Perfektes hatte finden können. Er hatte den Ring gefunden, der nur für sie bestimmt war, genauso einzigartig wie der, den sie für ihn ausgesucht hatte.

Genauso schön.

»Mein Gott, wie ich dich liebe! Und ja, ich werde dich heiraten, aber wenn jemand uns fragt, war ich derjenige, der *dich* gefragt hat.«

»Nein, ich werde allen erzählen, du wärst in Ohnmacht gefallen.«

Und dann küsste er sie und sie wusste, dass alles genau so war, wie es sein sollte. Perfekt. Für sie beide. Mit einem Happy End, mit dem sie nicht gerechnet hatte.

EPILOG

Später

Lochlan lehnte sich in seinem Liegestuhl zurück und beobachtete seine Familie im Garten seiner Eltern. Er hatte ein breites Grinsen auf dem Gesicht, dessen er sich nicht bewusst war, bis Ainsley zu ihm hinübersah und zurückgrinste. Er zwinkerte ihr zu und sie unterhielt sich wieder mit ihrer Mutter, die auf der anderen Seite von ihr saß.

Es war ein langes Jahr gewesen, aber alles, was in diesem Jahr geschehen war, war für seine Familie nicht schmerzhaft gewesen, nicht so wie im Jahr zuvor. Stattdessen war es … friedlich gewesen. Es war so viel passiert, nachdem Riker und seine Kumpane ins Gefängnis gewandert waren, und doch hatte nichts davon mit der Polizei oder Leuten zu tun, die Lochlans Familie schaden wollten.

Stattdessen hatte es Veränderungen gegeben, aber nur zum Besseren.

»Daddy! Mommy! Seht mal!«

Sowohl Lochlan als auch Ainsley sahen zu Misty hinüber, die neben Tabby und Alex stand. Seine Schwester und ihr Mann saßen auf einer großen Decke. Ihre Zwillinge Sebastian und Aria flitzten herum und lachten, während Misty in ihrem Frühlingskleid herumwirbelte.

Die Tatsache, dass sie Ainsley *Mommy* genannt hatte, war keinem von ihnen entgangen, auch war es nicht das erste Mal gewesen, dass sie das getan hatte.

Bei ihrer Hochzeit vor nur ein paar Monaten hatte Misty Lochlan an Ainsley übergeben und Ainsley an Lochlan und seitdem nannte sie seine Frau *Mommy* und *Mom*. Jedes Mal wenn sie das tat, traf es Lochlan wie ein Pfeil ins Herz und gab ihm das Gefühl, die Welt gerettet zu haben.

Ainsley lächelte ihn breit an, ebenso wie ihre eigene Mutter, die endlich einmal zu einem Familienfest der Collins' gekommen war. Die beiden arbeiteten an ihrer Beziehung und er wusste, dass er alles tun würde, um seine Frau weiterhin glücklich zu machen. Ainsleys Mutter war eine gute Frau, die viele persönliche Opfer gebracht hatte, um ihre Töchter aufzuziehen. Und als alles um sie herum zusammengebrochen war, hatte sie versucht, für Ainsley stark zu sein. Am Ende hatten sie beide zusammen herausfinden müssen, wie sie ihre Beziehung gestalten mussten, damit sich beide wohlfühlten.

Ainsley wollte, dass ihre Mutter Misty kennenlernte, dass sie als weitere Großmutter am Leben dieses kleinen

Mädchens teilhatte und auch als Großmutter für das Baby da war, das gerade in Ainsleys Bauch heranwuchs. Sie war erst im dritten Monat schwanger und sie hatten es noch nicht bekannt gegeben. Das würden sie auch erst im nächsten Monat tun, nachdem sie es Misty gesagt hätten, aber er konnte nicht verhindern, dass sich ein stolzes Grinsen auf seinem Gesicht ausbreitete, das stark an einen Höhlenmenschen erinnerte.

»Ich mag es, wenn die Babys lachen«, stellte Nate fest, der auf der Decke von Fox und Melody saß, gleich neben der von Tabby und Alex, und riss Lochlan aus seinen Gedanken. »Ich kann CP nicht dazu bringen, so zu lachen.« Er blickte auf seine Cousine hinunter und runzelte die Stirn. »Sie lacht nicht so wie die beiden.«

Melody grinste und nahm ihre Tochter in den Arm. »Caitlyn Pearl ist noch ein bisschen jünger als die Zwillinge. Sie wird bald auch so lachen wie die beiden. Ich liebe ihr Kichern auch.«

Fox lächelte und küsste seine Frau auf den Scheitel. »Bald werden deine neue Schwester und dein neuer Bruder da sein, dann kannst du versuchen, sie auch zum Lachen zu bringen.«

Nate nickte. »Ich bekomme zwei auf einmal, aber nicht so wie Tante Tabby und Onkel Alex. Mein Bruder und meine Schwester werden keine Zwillinge sein, sie sind nicht einmal verwandt, aber ich werde sie trotzdem Bruder und Schwester nennen.«

Dare und Kenzie erwarteten einen Jungen, und Dares Ex, Nates Mutter, erwartete im selben Monat wie sie ein kleines Mädchen. In Anbetracht der Tatsache, dass das andere Paar ebenfalls an der Grillparty der Familie Collins teilnahm und direkt neben Dare und

Kenzie saß, während sie ein Auge auf Nate hatten, ging Lochlan davon aus, dass die Familie, so groß und kompliziert sie auch geworden sein mochte, gut klarkommen würde. Sogar die Witwe von Dares ehemaligem Partner war mit ihrer Tochter im Schlepptau im Haus und fügte sich in die Familie ein, als hätte sie schon immer dazugehört.

Irgendwie war die Familie gewachsen und umfasste nun mehr als nur die Collins. Dare brachte gleich eine ganze Mannschaft mit, einschließlich der Freunde der Familie, die jetzt zu seiner erweiterten Familie gehörten. Melodys Großmutter saß neben Lochlans Eltern und lachte über eine Geschichte, die sie ihnen über die alten Zeiten in Vegas erzählte, wobei sie darauf achtete, sie an die vielen Kinderohren anzupassen.

Alles hatte sich verändert, seitdem seine Brüder und seine Schwester ihre Partner gefunden hatten, und doch war alles besser geworden. Im letzten Jahr war Dares und Kenzies Herberge gewachsen, ebenso wie die Kneipe und das Restaurant. Und die Idee stand im Raum, in andere Kleinstädte zu expandieren. Melodys Tanzstudio florierte, da Melody aus dem Mutterschaftsurlaub zurückgekehrt war und ihre neue Assistentin von ihrer alten Schule eine wunderbare Bereicherung darstellte. Fox und Miss Pearl schrieben gerade ein Buch über das Leben der alten Dame, obwohl Lochlan gedacht hatte, so etwas würde sein kleiner Bruder nie tun. Ainsley arbeitete wieder Vollzeit, obwohl sich das ändern würde, wenn das Baby käme, und danach würde Lochlan sie unterstützen, damit sie ihren Job behalten konnte, so wie sie es sich immer gewünscht hatte. Er selbst würde mit dem Baby und Misty zu Hause bleiben.

Er würde einen zusätzlichen Manager einstellen, um sich um das Fitnessstudio zu kümmern.

Dank des Verkaufs der Firma und dem, was Jason ihm hinterlassen hatte, hatte er jetzt mehr als genügend Geld. Lochlan und Ainsley hatten beschlossen, das Geld zu verwenden, um eine Zukunft für ihre Kinder aufzubauen, anstatt es wegzuwerfen, weil es mit so viel Trauer belastet war. Sie würden es für etwas Gutes verwenden und nicht für das, wofür Riker es vorgesehen hatte.

Und als Lochlan wieder zu seiner besten Freundin hinübersah, lächelte sie und warf ihm einen neugierigen Blick zu. Früher hatte er versucht, nicht über das *Was wäre, wenn* nachzudenken oder sich zu sehr mit dem zu befassen, was geschehen war und ihn zu dem gemacht hatte, was er war. Doch mit seiner Frau konnte er nicht anders, als das täglich zu tun.

Sie machte ihn zu einem besseren Menschen. So war es von Anfang an gewesen.

Sie nahm ihn, wie er war, und dafür würde er ihr ewig dankbar sein. Denn ohne sie wäre er nicht derjenige, der er heute war. Wäre nicht der, den seine Familie brauchte.

»Ich möchte einen Toast aussprechen«, rief Dare über den Lärm von Familie und Freunden hinweg und hob sein Glas. Die anderen schlossen sich ihm an und Lochlan drückte die Hand seiner Frau. »Diese Stadt, diese Familie hat viel gesehen, hat viel durchgemacht. Und trotzdem sind wir immer noch hier.« Er zwinkerte Tabby und Alex zu. »Ja, einige sind in eine andere Stadt gezogen, aber sie kommen zurück, um uns zu besuchen, und Whiskey wird immer in ihren Herzen sein. Diese Stadt hat uns alle auf die eine oder andere Weise geprägt und ich werde immer dankbar sein für das, was sie uns geschenkt hat. Also, auf Whiskey.«

»Whiskey ist unser Zuhause«, fügte Fox hinzu.

»Whiskey ist unser Leben«, rief Dare.

»Whiskey ist unsere Familie«, sagte Lochlan. Und dann fügten die anderen ihre eigenen Antworten hinzu, aber er hatte nur Augen für seine Frau, seine beste Freundin, sein Ein und Alles.

»Ich liebe dich«, flüsterte er.

Sie beugte sich vor und küsste sein Kinn. »Ich liebe dich mehr als Whiskey.«

Und er wusste, dass das in dieser Stadt verdammt viel bedeutete, denn nichts war wichtiger als Whiskey, nicht in dieser alten Alkoholschmuggler-Stadt voller Familie, Freunde und Geheimnisse.

Und auch die folgenden Bücher von Carrie Ann Ryan
werden in Kürze auf Deutsch erhältlich sein:
Jagged Ink – Tattoos und Turbulenzen (Buch 3)

Melden Sie sich für meinen Newsletter an, um zu erfahren, wann das nächste Buch von Carrie Ann Ryan erscheint!

BIOGRAFIE

Carrie Ann Ryan ist eine *New York Times* und USA Today Bestsellerautorin moderner und übersinnlicher Liebesromane. Außerdem schreibt sie Literatur für junge Erwachsene. Ihre Arbeit umfasst die »Montgomery Ink Reihe«, »Redwood Pack«, »Fractured Connections« und die »Elements of Five«-Reihe. Weltweit hat sie über vier Millionen Bücher verkauft.

Sie hat bereits während ihres Chemiestudiums mit dem Schreiben begonnen und hat seitdem nicht mehr aufgehört. Inzwischen hat Carrie Ann mehr als fünfundsiebzig Romane und Novellen fertiggestellt – und ein Ende ist nicht in Sicht. Carrie Ann wurde in Deutschland geboren und hat schon überall auf der Welt gelebt. Wenn sie sich nicht gerade in ihrer emotionalen und aktionsgeladenen Welt verliert, liest sie gern, während sie sich um ihr Katzenrudel kümmert, das mehr Anhänger hat als sie selbst.

Besuchen Sie Carrie Ann im Netz!
carrieannryan.com/country/germany/
www.facebook.com/CarrieAnnRyandeutsch/
twitter.com/CarrieAnnRyan
www.instagram.com/carrieannryanauthor/